Coleção MELHORES CRÔNICAS

Lima Barreto

Direção Edla van Steen

1ª Edição, Global Editora, São Paulo 2005
2ª Reimpressão, 2011

Diretor-Editorial
Jefferson L. Alves

Gerente de Produção
Flávio Samuel

Assistente-Editorial
Ana Cristina Teixeira

Revisão
Ana Cristina Teixeira
Cláudia Eliana Aguena

Apoio à pesquisa
Nonato Gurgel

Projeto de Capa
Victor Burton

Editoração Eletrônica
Lúcia Helena S. Lima

Dados Internacionais de Catalogação na Publicação (CIP)
(Câmara Brasileira do Livro, SP, Brasil)

Barreto, Lima, 1881-1922.
Lima Barreto / seleção e prefácio Beatriz Resende. – São Paulo : Global, 2005. – (Coleção Melhores Crônicas / direção Edla van Steen).

Bibliografia.
ISBN 978-85-260-0990-5

1. Crônicas brasileiras. I. Resende, Beatriz. II. Steen, Edla van. III. Título. IV. Série.

04-8843 CDD–869.93

Índices para catálogo sistemático:

1. Crônicas : Literatura brasileira 869.93

Global Editora e Distribuidora Ltda.
Rua Pirapitingui, 111 – Liberdade
CEP 01508-020 – São Paulo – SP
Tel.: (11) 3277-7999 – Fax: (11) 3277-8141
E-mail: global@globaleditora.com.br
www.globaleditora.com.br

Obra atualizada conforme o **Novo Acordo Ortográfico da Língua Portuguesa**

Nº de catálogo: **2416**

Coleção Melhores Crônicas

Lima Barreto

Seleção e prefácio
Beatriz Resende

Melhores Crônicas

Lima Barreto

LIMA BARRETO, CRONISTA DA CIDADE

...fui à rua do Ouvidor; como estava bonita, semiagitada! Era como um boulevard *de Paris visto em fotografia.*

Lima Barreto[1]

Antes de se tornar romancista, antes mesmo de iniciar sua primeira colaboração em jornais com a série de reportagens sobre o Morro do Castelo, escrita para o *Correio da Manhã*, Lima Barreto já era um cronista. Quando ainda não exercia publicamente seu ofício de escritor, era nas páginas do diário íntimo que ensaiava o ofício de cronista com textos onde a cidade do Rio de Janeiro, objeto de paixão por toda a vida, era descrita, mapeada, defendida, homenageada. É assim desde o primeiro registro nesses cadernos, em julho de 1900, onde a "antipatia do Largo de São Francisco" contrasta com "a doçura amiga da rua do Ouvidor". Em certo momento, como no conto "O homem na multidão", de Edgar Allan Poe, as pessoas "vão angustiadas, e opressas, parecendo tangidas por ocultos carrascos impiedosos". Em 1905, tendo partido de trem na estação de Todos os Santos, vai

1 *Diário íntimo*, 31 de janeiro de 1905, p. 96.

até o Largo da Carioca, de onde segue, munido de "uma ida e volta" no elétrico, do Largo do Machado até o Leme. É aí que se defronta com a visão da praia que será descrita como uma epifania:

> Pleno Leme. O dia é meigo. O sol, ora espreitando através de nuvens, ora todo aberto, não caustica. (...) O mar muge suavemente. As ondas verde-claro rebentam antes da praia em franjas de espuma. Pelo ar havia meiguices, e blandícias tinha o vento a sussurrar.[2]

Por toda sua vida, carente de amores mas plena de combatividade, Lima Barreto praticará a literatura "a que me dediquei e com quem me casei" sob diversas formas, romances, contos ou crônicas, que terão sempre como personagem principal a cidade do Rio de Janeiro.

A prática da crônica jornalística começa cedo, com artiguetes para *O Suburbano*, jornal da Ilha do Governador, onde então morava. O mesmo *Correio da Manhã* que proporcionara a experiência de juntar ao jornalismo a criação literária, embutindo no relato das escavações que a prefeitura realizava no Morro do Castelo um folhetim que conta a história de D. Garça, "Os subterrâneos do Morro do Castelo", fecha-lhe o acesso à grande imprensa depois da publicação de *Recordações do escrivão Isaías Caminha*. Na imprensa menor, nos periódicos de pequena circulação ou de vida breve, em publicações políticas, encontrará não só liberdade de opinião mas a oportunidade de exercitar uma escrita inovadora, despojada, iconoclasta que não poderia ter praticado nos principais jornais da capital da República. É sobretudo a liberdade de exercer a crítica aos poderosos, de comentar os desmandos que fazem sofrer sua amada cidade que buscará por toda a vida.

2 *Diário íntimo*, 1º de janeiro de 1905, p. 72.

Os limites do município, de onde nunca saía, ou as contingências de morador dos subúrbios jamais serão limitação à sua visão revolucionária, às avaliações da conjuntura política do país ou à clarividente análise das relações internacionais, crítica de todo sentimento excludente como pode ser, por exemplo, o patriotismo. Seu permanente sentimento democrático o guiará nas travessias por ruas, praças, prédios, repartições, instituições culturais que quis sempre fossem partilhadas por todos sem constrangimentos causados por cor, condição social, aparência ou gostos.

No final de sua breve vida, especialmente no correr dos anos entre 1920 a 1922, quando morre, Lima Barreto dedica-se de forma intensa ao jornalismo, especialmente na revista *Careta*, onde chega a assinar, num mesmo número, uma crônica com seu nome, outra sob pseudônimo e escrever ainda alguma contribuição como artigo de fundo ou reportagem, inconfundíveis sempre pela mescla de contundência e humor que caracterizam sua escrita.

Contrariamente ao que o mito do escritor *maldito* construído em torno de sua imagem pode fazer crer, Lima Barreto desfrutava, naquele momento, de bastante prestígio, a ponto de não dar conta de comentar os livros que lhe eram enviados, alguns acompanhados, como fez o popular Théo Filho por mais de uma vez, de cartões admirativos. Reconheçamos, também, que dispor da imprensa para dirigir ao Presidente da República crônicas sob forma de carta aberta em defesa de presos políticos, campanhas anticorrupção ou críticas contundentes à polícia, não é das situações mais comuns neste nosso país, mesmo nos momentos em que o regime democrático está em vigência.

Nesta seleção, bastante arbitrária, das melhores crônicas de Lima Barreto, optei por reuni-las em torno dos principais eixos temáticos que dominaram a produção do autor, por toda a vida, nas diferentes publicações para onde escreveu.

Procurei, também, revelar aspectos menos evidentes ou estudados de sua obra realizada sob forma de crônicas literárias.

Deste modo, os caminhos da leitura sugerida partem de *Subúrbios Cariocas* através de crônica escrita no final da vida, uma das muitas em que se detém sobre o caminho diário – ou quase – que o leva de trem de Todos os Santos ao Centro da cidade. Esses subúrbios são áreas do Rio de Janeiro de feições quase agrárias, onde reina um espírito de boa vizinhança e certa ingenuidade. No subúrbio, o escritor é respeitado, ser mulato não lhe traz discriminação e "alguns meus conhecidos e amigos de modesta condição, que me dão a honra de me ouvir, nas vendas e botequins, as minhas prédicas sociais e políticas" lhe dão os filhos para batizar, nas noites de bebedeira o guiam para casa, solidarizam-se com o drama familiar e apresentam-lhe seus pleitos e indignações, reconhecendo no jornalista um representante de suas causas. Os moradores dos subúrbios terão em Lima Barreto o primeiro de nossos escritores a incluí-los na literatura. Um dos poucos, até hoje. Fornecem, talvez, as imagens mais comoventes que podem atravessar um gênero que não deve carregar tristezas, como a da procissão de moças, desconfortáveis em seus sapatos, que leva ao cemitério um caixão minúsculo.

Acompanhando nosso escritor, iremos em seguida ao centro elegante da cidade, ao centro político e financeiro e a outras partes, vivenciando o *Cotidiano da Cidade*. Arte e cultura, a moda, os ícones da modernidade que vai se implantando: telefone, cinema, arranha-céus, tudo merece sua atenção. Da tradição anarquista traz a implicância com tudo que funciona como "ópio do povo": o futebol, o carnaval e os padres. Pelas ruas elegantes desfilam a elite, os arrivistas, os acadêmicos, os maus poetas e os políticos, observados pelo escritor em seu *esbodegado* vestuário.

É sobretudo o centro da cidade que provoca neste apaixonado carioca indignação pela interferência excessiva do poder na geografia da cidade através das *Reformas Urbanas*. Pereira Passos, Paulo de Frontin, Carlos Sampaio, a todos os prefeitos da Primeira República tomou a febre as reformas. Com maior ou menor razão, premidos por razões sanitárias, estéticas ou pela pura vaidade, nenhum deles temeu interferir na anatomia da cidade, o mais das vezes fazendo o espírito reformista acompanhar-se pela prática, tão cara aos poderosos, da remoção da população carente como aconteceu ao ser demolido o Morro do Castelo. Contra estes revolta-se, também, o mar com suas ressacas. Estão aí, em grande parte, muitos dos problemas que afligem os cariocas e ocupam, até hoje, nossos cronistas: as enchentes, a derrubada das árvores velhas, a falta de segurança.

Dentre os personagens da cidade, nenhum desperta sentimentos tão ambíguos como as *Mulheres*. É conhecida a ironia com que Lima Barreto tratava as feministas, em especial Berta Lutz. Mas não podemos esquecer que essas valentes senhoras bem nascidas carregavam uma nota distintiva de classe social que as colocava numa espécie de campo oposto ao do escritor. Se as diversas manifestações do feminismo provocarão, quase sempre, uma crítica plena de sarcasmo, um tipo, porém, será considerado com respeito, o feminismo de Carmen Dolores, que quer para a mulher, não trabalho ou emancipação propriamente, mas "a plena liberdade de seu coração, os seus afetos, enfim de seus sentimentos". É que este será o mote de uma das principais campanhas que Lima Barreto travou na imprensa, a luta contra os uxoricidas, os maridos e amantes que matavam, impunemente, suas mulheres ou amantes. "Deixem as mulheres amar à vontade. Não as matem, pelo amor de Deus" escreve nos jornais, elevando uma voz que ecoou, por muitos anos, solitária. Diversos são os textos que se seguem como protesto inútil porém enfático, sem poupar nem mesmo "o liberal, o socialista Evaristo, quase anarquista", o célebre Dr. Evaristo de Morais que, ao defender um desses impunes matadores, acaba entrando na história como o criador da tese da "legítima defesa da honra". Não era pouca a coragem necessária para enfrentar este perverso consenso que tanto durou entre nós. No juízo final, tal atitude deverá pesar na absolvição de nosso escritor frente às injustiças cometidas a D. Berta.

Quando trago aqui momentos da *Vida Literária*, não estou apresentando os escritos críticos, muitos a que chamaríamos hoje de resenhas, recolhidos no volume *Impressões de leitura* de suas *Obras Completas*, e que o escritor quis diferenciar das crônicas, manifestando esta reocupação ao dizer: "temo transformar esta minha colaboração no A.B.C. em crônica literária". Nestas páginas, é sobretudo sua condição de escritor, as dificuldades que enfrenta na racista sociedade do início do século passado, que aparece. Mas é aí também que, com frequência, evidencia-se a profunda erudição deste leitor sofisticado, intenso e plural, conhecedor dos principais idiomas e assinante de várias revistas europeias.

Finalmente, em ordem inversa à que seus temas são geralmente apresentados, surgem as *Lutas Políticas*. De saída, um de seus mais decisivos e pouco conhecidos escritos, o de defesa incondicional da ordem política democrática e da importância que tem, no regime republicano, o Congresso. Para quem, como nós brasileiros, já sofreu as consequências do arbítrio que determinou o fechamento do Congresso, cabe referendar, com a mesma veemência do cronista, a importância que tem tal instância de representação popular, às vezes só percebida quando é ameaçada.

As lutas políticas, no entanto, não se restringem ao sistema político brasileiro e se estendem para o quadro internacional: as ameaças das guerras, os perigos a que a noção de Pátria pode servir, seja para colocar países em conflito, seja para expulsar de nosso território operários estrangeiros comprometidos com a luta pelo socialismo. De uma cama de hospital, envia aos jornais "carta aberta" ao presidente da República onde afirma que "ser anarquista, ter opiniões anarquistas, não é crime nenhum". E é publicado.

O conjunto das crônicas publicadas por Lima Barreto está hoje reunido nos dois volumes de *Toda Crônica* (organização de Beatriz Resende e Rachel Valença. Rio de Janeiro, Agir, 2004). Esta edição traz a identificação da fonte original e a data de publicação.

Ainda em vida, Lima Barreto, consciente da importância que a crônica ainda teria para a Literatura Brasileira, preparou a edição de três volumes aos quais deu títulos especialmente significativos e bastante oportunos num momento em que os estudos literários põem o cânone em discussão: *Bagatelas*, *Feiras e Mafuás* e *Marginália*. Os originais da primeira edição de *Bagatelas* chegaram a ser preparados por Lima Barreto com a correção dos textos publicados em jornais, todos contendo muitos erros, inclusive pelas dificuldades dos tipógrafos em entender sua letra. Não chegou, porém, a ver nenhum volume publicado. *Vida Urbana* foi organizado postumamente. O título vem de uma coluna mantida na revista *Careta*, onde "Vida Urbana" funcionava como uma espécie de subtítulo irônico da série "Hortas e capinzais". O volume de textos diversos, também organizado após sua morte, *Cousas do Reino do Jambom*, é apresentado como "sátira e folclore". No entanto, a primeira parte é composta por crônicas publicadas em periódicos diversos, especialmente na fase final da vida do autor. Alguns deles foram incorporados a esta seleção.

Cuidadosamente organizadas por um Lima Barreto confiante que sua obra pertencia à posteridade, mantidas no guarda-comidas da família pobre pela irmã inteligente e sensível, os originais foram descobertos pelo historiador original que foi Francisco de Assis Barbosa. Juntamente com Antônio Houaiss e M. Cavalcanti Proença, Francisco de Assis Barbosa foi o responsável pela publicação das *Obras Completas* de Lima Barreto, em 1956.

As crônicas aqui apresentadas são a prova de que um gênero criado para figurar no espaço provisório dos jornais pode ser documento de época e de história do cotidiano, mas é, sobretudo, um gênero literário especialmente identificado com a vida das cidades, seus habitantes, seu cotidiano, e as alegrias, tristezas ou paixões que por ela circulam.

Beatriz Resende

CRÔNICAS

SUBÚRBIOS CARIOCAS

DE CASCADURA AO GARNIER

Embarco em Cascadura. É de manhã. O bonde se enche de moças de todas as cores com os vestuários de todas as cores. Vou ocupar o banco da frente, junto ao motorneiro. Quem é ele? É o mais popular da linha. É o "titio Arrelia" – um crioulo forte, espadaúdo, feio, mas simpático. Ele vai manobrando com as manivelas e deitando pilhérias, para um lado e para outro.

Os garotos, zombando da velocidade do veículo, trepam no bonde e dizem uma chalaça ao "titio". Ele os faz descer sem bulha nem matinada, graças a uma graçola, que sublinha, como todas as outras, com o estribilho:

– É pau!

Esse estribilho tornou-o conhecido em todo o longo trajeto desse interessante bonde que é o Cascadura. Ele percorre uma parte da cidade que até agora era completamente desconhecida. Em grande trecho, perlustra a velha Estrada Real de Santa Cruz que até bem pouco vivia esquecida.

Entretanto, essa trilha lamacenta que, preguiçosamente, a Prefeitura Municipal vai melhorando, viu carruagens de reis, de príncipes e imperadores. Veio a estrada de ferro e matou-a, como diz o povo. Assim aconteceu com Inhomirim, Estrela e outros "portos" do fundo da baía. A Light, porém, com o seu bonde de "Cascadura" descobriu-a de novo e hoje, por ela toda, há um sopro de renascimento, uma palpitação de vida urbana, embora os bacorinhos, a fossar a lama, e as cabras, a pastar pelas suas margens, ainda lhes deem muito do seu primitivo ar rural de antanho.

Mas... o bonde de Cascadura corre; "titio Arrelia", manejando o *controle*, vai deitando pilhérias, para a direita e para a esquerda; ele já não se contenta com o tímpano; assovia como os cocheiros dos tempos dos bondes de burro; e eu vejo delinear-se uma nova e irregular cidade, por aqueles capinzais que já foram canaviais; contemplo aquelas velhas casas de fazenda que se erguem no cimo das meias-laranjas; e penso no passado.

No passado! Mas... o passado é um veneno. Fujo dele, de pensar nele e o bonde entra com toda a força na embocadura do Mangue. A usina do gás fica ali e olho aquelas chaminés, aqueles guindastes, aquele amontoado de carvão de pedra. Mais adiante, meus olhos topam com medas de manganês... E o bonde corre, mas "titio Arrelia" não diz mais pilhérias, nem assovia. Limita-se muito civilizadamente a tanger o tímpano regulamentar. Estamos em pleno Mangue, cujas palmeiras farfalham mansamente, sob um céu ingratamente nevoento. Estamos no Largo de São Francisco. Desço. Penetro pela Rua do Ouvidor. Onde ficou a Estrada Real, com os seus bácoros, as suas cabras, os seus galos e os seus capinzais? Não sei ou esqueci-me. Entro no Garnier e logo topo um poeta, que me recita:

Minh'alma é triste como a rola aflita, etc.

Então de novo me lembro da Estrada Real, dos seus porcos, das suas cabras, dos seus galos, dos capinzais...

Careta, 29 de julho de 1922.

A ESTAÇÃO

Na vida dos subúrbios, a estação da estrada de ferro representa um grande papel: é o centro, é o eixo dessa vida. Antigamente, quando ainda não havia por aquelas bandas jardins e cinemas, era o lugar predileto para os passeios domingueiros das meninas casadouras da localidade e dos rapazes que querem casar, com vontade ou sem ela.

Hoje mesmo, a *gare* suburbana não perdeu de todo essa feição de ponto de recreio, de encontro e conversa. Há algumas que ainda a mantêm tenazmente, como Cascadura, Madureira e outras mais afastadas.

De resto, é em torno da "estação" que se aglomeram as principais casas de comércio do respectivo subúrbio. Nas suas proximidades, abrem-se os armazéns de comestíveis mais sortidos, os armarinhos, as farmácias, os açougues e – é preciso não esquecer – a característica e inolvidável quitanda.

Em certas, como as do Méier e de Cascadura, devido a serem elas ponto inicial de linhas secundárias de bondes, há uma vida e um movimento positivamente urbano.

O Méier é ponto inicial de quatro linhas de bondes, uma até de grande extensão, a de Inhaúma, e outra que leva à Boca do Mato, lugar pitoresco, que já teve fama de possuir bons ares, para curar "moléstias do peito", como diz o povo.

Além das quatro de que falei, três linhas, vindas do centro da cidade passam por esta localidade, de modo que a impressão que dá não é bem de um subúrbio, mas de uma cidade média. Junte-se a isto a Central com os seus trens de subúrbios, e verão que não aumento.

É o Méier o orgulho dos subúrbios e dos suburbanos. Tem confeitarias decentes, botequins frequentados; tem padarias que fabricam pães, estimados e procurados; tem dois cinemas, um dos quais funciona em casa edificada adrede; tem um circo-teatro, tosco, mas tem; tem casas de jogo patenteadas e garantidas pela virtude, nunca posta em dúvida, do Estado, e tem boêmios, um tanto de segunda mão; e outras perfeições urbanas, quer honestas, quer desonestas.

As casas de modas, pois as há também, e de algum aparato, possuem nomes *chics*, ao gosto da Rua do Ouvidor. Há até uma "Notre Dame", penso eu.

Em anos passados, corria de boca em boca uma pilhéria de "revista de ano", em que se ridicularizavam os elegantes baratos. Fulano, dizia a facécia, é um *gentleman*; veste-se no "Raunier" do Catete e vai ao "Lírico" da Gávea.

O "Raunier" do Catete, se não me falha de todo a memória, ainda eu conheci; era uma modesta alfaiataria, que ficava num sobrado, quase ao chegar ao Largo do Machado. Do "Lírico" da Gávea, porém, nunca tive notícias.

O tipo atingido pelo remoque bufava, esbravejava, procurava recibos que provassem que ele se vestia no centro da cidade; mas isto era naquele tempo.

Hoje, nenhuma suburbana pobre ou remediada se zangará com quem lhe disser que ela se veste no "Paquin" do Méier, sobretudo se a graçola partir de cronistas mundanos, cuja formatura nas ciências brumelescas e artes da *rue de la Paix* foi feita na Universidade do Caicó de Uruburetama, da Goianá de Simão Dias, e de outras localidades brasileiras universalmente conhecidas pelo seu "esmartismo".

A pobreza de originalidade e a falta de variedade na nomenclatura das nossas casas comerciais, facilitam a semelhantes Petrônios, a prestações, ter espírito, à custa dos subúrbios – cousa que eles não supunham ter quando envergaram pela primeira vez um fraque de sarja, cortado a capricho pelo mestre alfaiate Sabino, com casa no Largo da Matriz, em São Nepomuceno de Guabiroba, no interior do Estado de***.

É de lamentar essa pobreza e essa falta na designação das nossas casas de mercancia.

Os portugueses, quando não as apelidam com os seus nomes próprios e sobrenomes familiares, evocam nas tabuletas nomes e cousas dos lugares de seu nascimento; ou figuras da política de sua terra, reis, etc.; ou datas notáveis, tanto de cá como de lá; e, até, fatos domésticos.

Recordo-me de um hotel, ou, antes, casa de pasto, que se chamava – "dos Três Irmãos Unidos". Por pouco que saibamos semelhante matéria, da qual, o que tudo leva a crer, há uma cadeira nos muitos cursos comerciais que abundam nesta cidade, as tabuletas dos mercadores, nos séculos passados, tinham mais chiste, mais pitoresco e mais personalidade.

Quem não se lembra da "Maison du chat-qui-pelote", de Balzac, da descrição da "Maison" e das alusões que ele faz a outras?

Eduardo Prado foi mais feliz do que nós. Pôde ver, quando menino, em São Paulo, uma curiosa tabuleta ilustrada, cuja legenda, por ocasião do confisco da primeira edição da sua *A Ilusão Americana*, em 1893, parodiou bem a propósito.

Contou ele assim a anedota ao repórter que o entrevistou:

> Na minha infância, havia na Rua de São Bento um sapateiro que tinha uma tabuleta onde vinha pintado um leão, que, raivoso, metia o dente numa bota. Por baixo lia-se: "rasgar pode – descoser, não". Dê-me licença para plagiar o sapateiro e para dizer: Proibir (a *Ilusão*) podem, responder, não.

É, porém, raro que topemos atualmente com exemplares dessa ordem. Em geral, nós não inventamos os títulos das nossas casas comerciais, aliás, de cousa alguma.

As lojas de primeira ordem copiam os das grandes casas das primeiras cidades do mundo; e as dos arrabaldes e subúrbios, por sua vez, copiam os dísticos daquelas e acrescentam o nome da divisão da cidade em que se acham.

Nas cercanias das estações de subúrbios, parece-nos, a ilusão urbana ficou completa com essas tabuletas ouvidorianas, onde até o francês figura. Elas indicam as lojas em que se amontoam essas cousas *fashionable* das casas de fazendas, de sapatarias, de bordados, de balas e bombons. Porém, o aspecto mais interessante da "estação" não é esse.

A "estação" é verdadeira e caracteristicamente suburbana, na segunda metade da manhã, principalmente das nove às onze horas. São as horas em que descem os empregados públicos, os pequenos advogados e gente que tal.

Então, é de ver e ouvir as palestras e as opiniões daquela gente toda, sempre a lastimar-se de Deus e dos governos, gente em cuja mente a monotonia do ofício e as preocupações domésticas tiraram toda e qualquer manifestação de inteligência, de gosto e interesse espiritual, enfim, uma larga visão do mundo.

Quem os ouve e sabe dos aumentos de vencimentos de funcionários públicos, que, nestes últimos anos, tem havido, recebe a impressão de que os proventos dos seus cargos diminuem à proporção que aumentam.

Não se abeira de uma roda, quer seja de civis, quer de militares, que não se ouçam queixas contra o governo, objurgatórias contra o Congresso, porque não lhes aumenta os ordenados.

Aquele senhor gordo, que está ali, em pé, fora da cobertura da estação, estudando o ventre e balouçando o chapéu de sol, pendente das mãos cruzadas atrás das costas; aquele senhor conversa com aquele outro, esgalgado, ossudo, fardado de cáqui de algodão, com um boné escandalosamente agaloado e um *pince-nez* de poeta romântico, naturalmente sobre cousa de vencimento. Vamos ouvi-lo:

– Como é que eu, diz o pançudo; eu, um alto funcionário do***, posso ganhar o mesmo que ganhava há dez anos passados? Não é um absurdo? Tudo encareceu, passou ao dobro, ao triplo... Já não digo o armazém; mas, devido à minha posição, tenho que me apresentar decente na sociedade, eu e meus... No começo deste mês gastei – só em sapatos para a família – cento e oitenta e cinco mil-réis... Pode-se lá viver com oitocentos e poucos mil-réis? Não é possível.

O outro, o escanzelado, com a farda, o *pince-nez* de cordel, à poeta de recitativo, e um "livrão" de escritório debaixo do braço, acode:

– É impossível, não há dúvida; mas que quer, coronel? Nós temos um Congresso que não vê essas cousas; que não presta pra nada! E nós, então? Nós que ainda temos os vencimentos de 1910, quando o câmbio era outro?

– Vocês requereram?

– Requeremos a nossa equiparação ao Senado.

Ele diz Senado como se se referisse aos senadores ou, pelo menos, aos oficiais da respectiva secretaria, taquígrafos, redatores de debates; mas não é. Trata-se dos contínuos do Senado, porque aquele manguari fardado é contínuo de uma repartição esquecida; mas esteja ele fardado ou não, a sua convicção de funcionário público dilui a humildade de sua posição e dá-lhe mais força para esticar o esqueleto, no que, afinal, se resume o seu corpo.

Nos cafés, nas casas de pasto, nas vendas dos arredores de sua moradia, o seu porte de espique, o seu ar convicto, a sua imponência em pagar e receber, deixariam longe a majestade de seu diretor, se este procurasse tão modesta paragem para sorver o "Canadian" ou o "White Label".

Às vezes, esse contínuo chega da repartição à tarde, sobraçando grandes livros em branco, pautados e, sempre, puxando de uma das pernas, por causa de um calo, estranho "cabrião", que, diabolicamente, de quando em quando, teima em desmanchar-lhe o empertigamento de funcionário importante.

Chegando à "sua" estação, apressa-se em entrar em qualquer casa comercial conhecida e vai lá expectorando:

– Na repartição, Eduardo, é isto. Tudo é comigo. É "Seu" Messias para aqui, é "Seu" Messias para ali. Não me dão uma folga... Agora (aponta os livros), deram-me esta prebenda... É trabalho e mais trabalho, mas nada de aumento nem equiparação... Esses governos só a dinamite...

O brasileiro é vaidoso e guloso de títulos ocos e honrarias chochas. O seu ideal é ter distinções de anéis, de veneras, de condecorações, andar cheio de dourados, com o peito *chamarré d'or*, seja da Guarda Nacional ou da atual segunda linha. Observem. Quanto mais modesta for a categoria do empregado – no subúrbio pelo menos – mais enfatuado ele se mostra. Um velho contínuo tem-se na conta de grande e imensa cousa, só pelo fato de ser funcionário do Estado, para carregar papéis de um lado para outro; e um simples terceiro oficial, que a isso chegou por trapaças de transferências e artigos capciosos nas reformas, partindo de "servente adido à escrita", impa que nem um diretor notável, quando compra, se o faz, a passagem no *guichet* da estação. Empurra brutalmente os outros, olha com desdém os malvestidos, bate nervosamente com os níqueis... A sua pessoinha vaidosa e ignorante não pode esperar que uma pobre preta velha compre uma passagem de segunda classe. Tem tal pressa, a ponto de pensarmos que, se ele não for atendido logo, o Brasil estoura, chega-lhe mesmo a esperada bancarrota...

Outra mania dos burocratas, e que eles exibem na estação, é a sabença e a formatura. Todos eles têm em alta conta o seu saber, principalmente em português. Leem esses anarquistas da língua receituários gramaticais, que os jornais trazem, e saem de palmatória em punho, a emendar toda a gente.

Os senhores devem ter verificado que todo sujeito de poucas luzes, de horizonte intelectual estreito, sem nenhuma faculdade intelectual de primeira ordem seja nesta atividade ou naquela, gaba-se de saber português e vinga-se da sua inferioridade notando as negligências e descuidos nos outros. Dessa espécie de gente têm nascido as críticas a Camões e outros grandes autores da língua. Entre nós, então, não há quem lhes escape. Gonçalves Dias foi acusado de não saber a língua, tanto que escreveu as *Sextilhas de Frei Antão*, no gosto dos clássicos, para responder aos críticos. Quem não se lembra dos ataques de má-fé que José de Alencar sofreu, por parte de gramaticantes estrábicos, entre os quais estava o irmão do célebre Visconde de Castilho?

Em geral, contra esses críticos, pode-se fazer virar a crítica deles; mas é perder tempo. Com Camilo Castelo Branco, que era quem era, os Senhores Guilherme Bellegarde e Carlos de Laet fizeram isso e o romancista do *O Esqueleto* saiu-se mal. Quem quiser conhecer esse interessante episódio literário, leia o trabalho do primeiro, intitulado *Locuções da Língua Portuguesa*.

Os burocratas, porém, não imaginam, nem medem as vacilações deste nosso português indisciplinado, por causa dos gramáticos, que não o deixam "assentar", e levam sempre a "mexê-lo". Não medem, a ponto de permitir que, com toda a segurança, num banco de estação de subúrbio, um deles se refira aos conhecimentos de um colega desta maneira:

– O novo amanuense? Você fala do Isidro?

– Sim.

– Ele pode saber francês, história, geografia; mas português não sabe. Há dias, numa parte de doente, escreveu – "afetado de gripe"; ainda ontem, não sei a que propósito, escreveu: "um dos que foram". Sabe lá português!

O trem não chegava e os dois conversavam. Um, o "preparado", tinha um pequeno *cavaignac* pontiagudo e curto, "mosca", uma cara de máscara de papelão, com o seu nariz adunco, olhos empapuçados, saltando-lhe das órbitas, e uma tinta ocre de tez.

Falava sem interrupção, como um papagaio, cheio de suficiência e presunção. Conhecia-o de vista. Certas manhãs, quando ia ler os jornais no botequim mais próximo de casa, via-o a cavalo, reluzentes meias-botas de verniz, esporas de prata, chicote de castão e correntinha também de prata; via-o em cima de um cavalo xucro, felpudo, feio, esticando o pescoço muito para a frente, num esforço doido para carregar o seu pimpão de cavaleiro, que, na sela, ia de baixo para cima e vice-versa, mas sem perder nunca, na fisionomia, o ar de fidalgo rico que passeia a cavalo, no Bois de Boulogne, a sua prosápia e a sua *morgue*.

Só deixava de falar, aquela espécie de valete de copas, ou amável máscara de carnaval, quando chupava o cigarro, a fumegar numa modesta piteira de coco. O seu companheiro não tinha ademanes e falava com toda a simplicidade. O valete de copas continuou:

– Hoje não entram mais bons empregados; todos, saibam ou não, passam em concurso. Quando entrei, éramos vinte e cinco; só foram habilitados onze. Hoje!...

Chupou a piteira e acrescentou:

– Há exceções. Agora mesmo, acaba de entrar um bem hábil. É verdade que não é formado mas...

Este "formado" ele disse mais de uma vez, com voz pausada, quase destacando as sílabas; e isso porque, na sua qualidade de burocrata formado, se julgava superior aos que não o eram.

O valete de copas é formado, mas em farmácia; e exerce um cargo público "técnico" que nada tem a ver com as cousas de botica. "Técnico"? – perguntarão admirados os senhores. Que espécie de "técnico" é esse? Explico: hoje, todos os burocratas se julgam técnicos. São técnicos os da Contabilidade da Guerra, os dos Correios, os dos Telégrafos, os do Tribunal de Contas, os contínuos de Sua Excelência, os porteiros das casas do Congressso, os amanuenses do Supremo Tribunal, etc., etc. O valete pertencia a uma dessas repartições, logo...

Os dois continuaram a conversar; mas deixei de ouvi-los, pois fui atraído para uma menina que passava carregando uma caixa de violino, um rolo de músicas e um livro. Passou bem junto a mim e pude ler a lombada do livro: *A Toutinegra do Moinho.*

Pobre moça! Lê Montepin e vai para o Instituto de Música! Pra quê? No instituto, só têm talento musical as moças ricas e bem-aparentadas...

A essa hora, na estação, as moças e senhoras escasseiam; a delas é mais tarde, para depois do meio-dia.

Às vezes, porém, aparece uma ou outra, desgarrada. Quando se dá isso, todos aqueles exemplares chefes de famílias e exatos funcionários estremecem nos seus assentos. Esses resistentes botaréus do Estado, sacolejam um pouco e ameaçam, por segundos, com o seu rápido abalo, a segurança da nossa catedral administrativa. Cochicham alguns, olhando de esguelha a senhora ou a moça, caluniando-a ou segredando inúteis verdades; outros esquecem a equiparação ou o aumento de vencimentos e sonham com versos, e o valete de copas manda às favas as *Apostilas da Língua Vernácula* e põe bem à vista o anel de boticário.

E provocando tais reações naqueles veneráveis passageiros, foi assim que duas senhoras se puseram de pé, à espera do trem, bem na minha frente.

Dizia uma à outra, guardando na carteira a passagem que acabava de comprar:

– Onde vais tão cedo?

– Ao médico.

– Na cidade?

– Sim; na cidade.

– Para quê?

– É... é... mas... Vou ao Doutor Gomensoro, que é lente... Minha moléstia não quer dar uma volta...

– Muito caro; depois, espera-se tanto...

– Que se há de fazer? Preciso. Quanto à espera, nem se sente. O consultório é tão bem mobilado, tem tanta revista ilustrada... A gente se distrai, e bastante, enquanto o tempo passa depressa. Arranjam-se até boas relações... Estou muito camarada da senhora do Senador Bracabante...

Lembrei-me do famoso versículo do Eclesiastes; mas o comboio apontava. A locomotiva veio beirando a plataforma, maciamente, obediente à curva dos trilhos e à mão do maquinista. Passou por mim arfando. Vi bem de perto aquele monstro negro, com manchas amarelas de cobre, dessorando graxa, azeite, expectorando fumaça e vapor. Recordei-me dos animais antediluvianos, do megatério, de todos esses bichos disformes de épocas longínquas. Nenhum se parecia com aquele que passara pelos meus olhos, no momento. É um monstro sem parentes na natureza; é um parto teratológico da inteligência humana. Lá se vai ele arrastado pelas rodas, grandes e pequenas, que giram pausadamente. Procuro os padrões de beleza que tenho na cabeça: comparo-os com a locomotiva. Não obtenho nenhuma relação. É deveras um monstro nascido sem modelo, da nossa mentalidade. É feito para correr quilômetros, voar resvalando pelo solo como as emas e tragar distâncias; mas aquele que acaba de passar na minha frente, do qual ainda sinto o bafio oleoso e está no outro extremo da plataforma, parado, a resfolegar de impaciência, falhou o seu destino. Não pode correr à vontade, não pode voar, resvalando pelo solo como as emas, não pode tragar o espaço... Tem que economizar a sua força e a sua velocidade, a fim de estar sempre pronto a parar nas estações, de quinze em quinze minutos, às ordens do horário. Como há de sofrer aquela locomotiva, com vida tão medíocre...

Gazeta de Notícias, 6 de outubro de 1921.

MELHORAMENTOS

É inegável que a atual administração municipal tem muito trabalhado para a perfeição dos serviços que lhes são afetos. Haja vista o aperfeiçoamento do morro de Santo Antônio que tem inundado de lama todo o centro da cidade, a qualquer chuvarada.

Onde, porém, o digno prefeito contemporâneo se há mostrado uma capacidade em matéria de edilidade, é nos subúrbios.

Toda a gente conhece, pelo menos de nome, a Estrada Real de Santa Cruz, hoje Avenida Suburbana. Pois bem. Num trecho dela que enfrenta com as obras de uma fábrica que um conhecido capitalista está construindo, entre Todos os Santos e Inhaúma, a nossa municipalidade descarregou há alguns meses dezenas de "meios-fios" ou que outro nome tenham, para calçamento da mesma.

Tais pedrouços, que se destinavam a facilitar o rolamento das carroças, acabaram, graças ao esquecimento do senhor prefeito e seus auxiliares, a ser um estorvo para toda a espécie de veículos.

Admira-me que o capitalista que está construindo a tal fábrica, no fim da Rua José Bonifácio, em Todos os Santos, não tenha ainda obtido do Senhor Sampaio o aproveitamento de tais pedregulhos ou senão a sua remoção do local em que estão.

Poetas por poetas sejam lidos; capitalistas por capitalistas sejam... atendidos.

Careta, 27 de maio de 1922.

O TREM DE SUBÚRBIOS

Nas mãos de um amigo e em casa dele, certa ocasião vi um álbum de desenhos de Daumier, que me encheram de um pasmo artístico perdurável até hoje. Confesso que, naquela época, e isto vai para mais de quinze anos, eu não conhecia semelhante desenhista. Dos do seu tempo, só tinha notícias de Gavarni, isto mesmo por citações de jornais a respeito de Ângelo Agostini. Foi uma descoberta; e sempre tive tenção, da qual ainda não me desprendi inteiramente, de mandar buscar esse álbum; mas...

Dos desenhos, aquele que mais me feriu e impressionou foi o que representa um carro de segunda classe, ou daqueles que, em França, equivalem à nossa segunda.

Aquelas caras tristes, tangidas pela miséria, oprimidas pelo exaustivo trabalho diário; aquele cachimbar de melancolias; aquelas mulheres com os xales à cabeça, e magras crianças ao colo – tudo aquilo me ficou; mas não foram só os detalhes que aí deixo e cuja exatidão não garanto inteiramente, que me calaram fundamente n'alma. O que me impressionou mais foi a ambiência que envolve todas as figuras e a estampa registra, ambiência de resignação perante a miséria, o sofrimento e a opressão que o trabalho árduo e pouco remunerador traz às almas.

A segunda classe dos nossos vagões de trens de subúrbios não é assim tão homogênea. Falta-nos, para sentir a amargura do destino, profundeza de sentimentos. Um soldado de polícia que nela viaja não se sente diminuído na sua vida; ao contrário: julga-se grande cousa, por ser polícia; um guarda-civil é uma cousa importante; um servente de secretaria vê Sua Excelência todos os dias e, por isso, está satisfeito; e todos eles, embora humildes, encontram na sua estreiteza de inteligência e fraqueza de sentir motivos para não se julgarem de todo infelizes e sofredores. Só alguns e, em geral, operários é que esmaltam no rosto angústia e desânimo. Porém, a indumentária variegada merecia que um lápis hábil a registrasse. Aquelas crioulas e mulatas inteiramente de branco, branco vestido, meias, sapatos, ao lado de portugueses ainda com restos de vestuários da terra natal; os uniformes de cáqui de várias corporações; os em mangas de camisas e algum exótico jaquetão de inverno europeu, acompanhado do indefectível cachimbo – tudo isso forma um conjunto digno de um lápis ou de um pincel.

Habitualmente não viajo em segunda classe; mas tenho viajado, não só, às vezes, por necessidade, como também, em certas outras, por puro prazer.

Viajo quase sempre de primeira classe e isso, desde muito tempo.

Quando, há quase vinte anos, fui morar nos subúrbios, o trem me irritava. A presunção, o pedantismo, a arrogância e o desdém em que olhavam as minhas roupas desfiadas e verdoengas, sacudiam-me os nervos e davam-me ânimos de revolta. Hoje, porém, não me causa senão riso a importância dos magnatas suburbanos. Esses burocratas faustosos, esses escrivães, esses doutores de secretaria, sei bem como são títeres de politicões e politiquinhos.

Porque é no trem que se observa melhor a importância dessa gente toda. Eles estão na sua atmosfera própria que os realça desmedidamente. Chegam na Rua do Ouvidor, e desaparecem. São uns fantoches. Os senhores estão vendo aquele cidadão grave que fala com a sisudez de um sábio da Grécia e não se cansa de aludir ao cargo que ocupa, sabem como ele arranjou tal lugar? Não sabem. Pois eu sei. Ele queria ocupá-lo, mas o emprego era de concurso. O tal cidadão, que fala tão imponentemente de importantes questões administrativas, é quase analfabeto. Que fez ele? Arranjou servir adido à repartição que cobiçava, deixando o lugar obscuro que ocupava, numa repartição obscura do mesmo ministério. Tinha fortes pistolões e obteve. O diretor, que possuía também um candidato, para a mesma causa, aproveitou a vaza e colocou de igual forma o seu. Há um fim de ano de complacências parlamentares e todos eles arrancam do Congresso uma autorização, na cauda do orçamento, aumentando os lugares, na tal repartição cobiçada, e mandando também aproveitar os "adidos". Está aí donde vem a importância do homenzinho que não cessa de falar como um orador.

Mas quem o vê limpinho, cuidadinho, bochechudinho, decretando saber, não pensará que ele chegou a tal maneira.

Isto, porém, não é o pitoresco do carro.

Pela manhã, aí pelas nove e meia até às dez e meia, o carro de primeira é banalizado por esses cupins de secretarias e escritórios.

Pelo correr do dia, porém, ele se torna mais pitoresco. É a hora em que descem as moças e a hora dos namoros ferroviários.

No subúrbio, como em todos os bairros, há rapazes, cuja única esperança está no casamento. Sem ofício nem benefício, vivendo de profissões equívocas ou de expedientes, eles esperam a paixão salvadora de uma pequena de boa ascendência, para se colocarem.

Semelhante gente vive de um modo singular. Do pai, obtém casa e comida, graças à ternura da mãe; e, lançando mão deste e daquele recurso, conseguem dinheiro com que pagam ternos a prestações e mais peças de vestuário. A esperança deles está no casamento, porque contam com duas cousas: os pais têm necessidade de descartar-se das filhas casadeiras. Para conseguirem isso precisam de genros; e, estando os candidatos desempregados, os pais amoráveis tratam de empregá-los. Eis aí.

De uma instrução descuidada, senão rudimentar, eles não se querem sujeitar às colocações de que são merecedores naturalmente. Querem mais acima do que sabem e do que podem desempenhar na vida. O alvo deles, em geral, são os diversos departamentos da Estrada de Ferro Central do Brasil. O candidato suburbano de emprego público pensa sempre na Central, para salvá-lo e dar-lhe estabilidade na existência.

Um bonezinho de auxiliar (condutor de trem) ou de conferente é a meta dos seus sonhos; e é, para ele, quase como o chapéu armado de general com o seu respectivo penacho.

Nas primeiras horas da tarde em que as passeadeiras suburbanas descem até a cidade, os cavalheiros que viajam são, em geral, desse jaez. O maior trabalho deles é achar lugar. Convém notar que os carros estão semivazios; mas eles correm vagão por vagão, para achar lugar. Chamam a isto topar um banco em que possam deitar "foguetões" a uma moça ou rapariga das proximidades que seja acessível à melosidade idiota dos seus olhos de namorados profissionais. Se não acham um banco a jeito, põem-se na plataforma, a fazer gatimanhas, a concertar a gravata, para chamar a atenção da deidade. Antigamente, sem necessidade, viravam até o banco para ficarem bem de "enfiada"; houve, porém, uma ordem proibindo isso, a menos que viajassem quatro amigos ou quatro pessoas da família e eles acatam mais ou menos tal ordem.

Nessas horas, o trem não cheira mais a política, nem a aumento de vencimentos, nem a cousas burocráticas. O trem tem o fartum de cinematógrafo. É Gaumont para aqui, é Nordisk, para lá; é Chico Boia; é Theda Bara – que mais sei eu, meu Deus!

O execrável *football* também é conversa obrigada das moças e senhoras que gastam em saber nomes e cousas de tão nefando jogo uma energia mental que podia ser mais bem empregada na administração de suas modestas casas.

Os vestuários, com raras exceções, são exageradíssimos. Botafogo e Petrópolis exageram Paris; e o subúrbio exagera aqueles dois centros de elegâncias.

Não generalizo, porque, nessas cousas, erra quem quiser generalizar. Registro o aspecto saliente que fere o imodesto; porque o modesto paira na sombra e ninguém o nota.

Os cavalheiros, com suas roupas a prestações, também se arreiam à moda dos "almofadinhas" das confeitarias de *rendez-vous* elegantes.

Tarde, nas suas *Leis de Imitação*, diz que todo o progresso social se deve em parte à invenção ou a invenções de um grupo, propagadas por toda a sociedade circundante, por imitação. Cito de memória.

É pena que a imitação desses rapazes fúteis e dessas moças levianas se encaminhe para cousas tão de nonada. Bem podiam eles e elas dirigir tão fecundo fator de aperfeiçoamento social para atividades mais altas. Mas o que se há de fazer? É assim...

À tarde, a feição do trem muda; é mais complexa, porque se misturam burocratas, militares, "almofadinhas", meninas de Normal e da Música, tudo de cambulhada, ficando a fisionomia do trem muito confusa, de forma que é difícil tirar um traço seguro dela.

Os carros são tomados de assalto, ainda em movimento. Bem cedo, estão cheios. É então que há cerimônia de dar o lugar.

Foi sempre um pavor para mim, essa curiosa cerimônia nacional que já desapareceu dos bondes.

Chegam Nenê e Iaiá, e não acham banco vazio. Põem-se em pé, ao lado de um banco em que há dois cavalheiros e que elas suspeitam ser um deles sensível e amável. Suponhamos que o que fica na frente, chama-se Guedes, é das "Obras Públicas", e o que fica no canto, acode pelo nome de Nunes e é da prefeitura. Os dois não se conhecem. Guedes lê *A Notícia* e Nunes, o *O Combate*.

Iaiá cochicha com Nenê; riem-se ambas e ambas olham para os dois cavalheiros. Nenhum se dá por achado. Continuam as moças no seu jogo. Nunes e Guedes resistem heroicamente.

Vendo as meninas que os cavalheiros não se rendem aos seus sorrisos de ironia tendenciosa, mudam de tática; e Iaiá toma a iniciativa de suspirar e dizer alto:

– Ai, meu Deus! Em pé, até o Méier! Que inferno!

Nené secunda:

– Ainda é feliz, porque vai até ao Méier. E eu que vou até Quintino!

O sensível Guedes não resiste mais. Dobra o jornal e oferece o seu lugar às moças.

Nunes, embora amuado, em vista do procedimento do companheiro, vê-se obrigado a fazer o mesmo. Lá vão Iaiá e Nenê bem sentadinhas, enquanto Guedes e Nunes sofrem atrozes dores nos calos.

É verdade que, no carro, há pregados, em diversas partes, anúncios de calistas e de remédios para calos. É curá-los. Só tem calos, quem quer...

Gazeta de Notícias, 21 de dezembro de 1921.

A POLÍCIA SUBURBANA

Noticiam os jornais que um delegado inspecionando, durante uma noite destas, algumas delegacias suburbanas, encontrou-as às moscas, comissários a dormir e soldados a sonhar.

Dizem mesmo que o delegado-inspetor surrupiou objetos para pôr mais à mostra o descaso dos seus subordinados.

Os jornais, com aquele seu louvável bom senso de sempre, aproveitaram a oportunidade para reforçar as suas reclamações contra a falta de policiamento nos subúrbios.

Leio sempre essas reclamações e pasmo. Moro nos subúrbios há muitos anos e tenho o hábito de ir para casa alta noite.

Uma vez ou outra encontro um vigilante noturno, um policial e muito poucas vezes é-me dado ler notícias de crimes nas ruas que atravesso.

A impressão que tenho é de que a vida e a propriedade daquelas paragens estão entregues aos bons sentimentos dos outros e que os pequenos furtos de galinhas e coradouros não exigem um aparelho custoso de patrulhas e apitos.

Aquilo lá vai muito bem, todos se entendem livremente e o Estado não precisa intervir corretivamente para fazer respeitar a propriedade alheia.

Penso mesmo que, se as cousas não se passassem assim, os vigilantes, obrigados a mostrar serviço, procurariam meios e modos de efetuar detenções e os notívagos, como eu, ou os pobres-diabos que lá procuram dormida, seriam incomodados, com pouco proveito para a lei e para o Estado.

Os policiais suburbanos têm toda a razão. Devem continuar a dormir. Eles, aos poucos, graças ao calejamento do ofício, se convenceram de que a polícia é inútil.

Ainda bem.

Correio da Noite, 28 de dezembro de 1914.

OS ENTERROS DE INHAÚMA

Certamente há de ser impressão particular minha não encontrar no cemitério municipal de Inhaúma aquele ar de recolhimento, de resignada tristeza, de imponderável poesia do Além, que encontro nos outros. Acho-o feio, sem compunção, com um ar morno de repartição pública; mas se o cemitério me parece assim, e não me interessa, os enterros que lá vão ter, todos eles, aguçam sempre a minha atenção quando os vejo passar, pobres ou não, a pé ou em coche-automóvel.

A pobreza da maioria dos habitantes dos subúrbios ainda mantém neles esse costume rural de levar a pé, carregados a braços, os mortos queridos.

É um sacrifício que redunda num penhor de amizade, em uma homenagem das mais sinceras e piedosas que um vivo pode prestar a um morto.

Vejo-os passar e calculo que os condutores daquele viajante para tão longínquas paragens, já andaram alguns quilômetros e vão carregar o amigo morto, ainda durante cerca de uma légua. Em geral assisto a passagem desses cortejos fúnebres na Rua José Bonifácio canto da Estrada Real. Pela manhã gosto de ler os jornais num botequim que há por lá. Vejo os Órgãos, quando as manhãs estão límpidas, tintos com a sua tinta especial de um profundo azul-ferrete e vejo uma velha casa de fazenda que se ergue bem próximo, no alto de uma meia-laranja, passam carros de bois, tropas de mulas com sacas de carvão nas cangalhas, carros de bananas, pequenas manadas de bois, cujo campeiro cavalga atrás sempre com o pé direito embaralhado em panos.

Em certos instantes, suspendo mais demoradamente a leitura do jornal, e espreguiço o olhar por sobre o macio tapete verde do capinzal intérmino que se estende na minha frente.

Sonhos de vida roceira me vêm; suposições do que aquilo havia sido, ponho-me a fazer. Índios, canaviais, escravos, troncos, reis, rainhas, imperadores – tudo isso me acode à vista daquelas cousas mudas que em nada falam do passado.

De repente, tilinta um elétrico, buzina um automóvel, chega um caminhão carregado de caixas de garrafas de cerveja; então, todo o bucolismo do local se desfaz, a emoção das priscas eras em que os coches de Dom João VI transitavam por ali, esvai-se e ponho-me a ouvir o retinir de ferro malhado, uma fábrica que se constrói bem perto.

Vem porém o enterro de uma criança; e volto a sonhar.

São moças que carregam o caixão minúsculo; mas, assim mesmo, pesa. Percebo-o bem, no esforço que fazem.

Vestem-se de branco e calçam sapatos de salto alto. Sopesando o esquife, pisando o mau calçamento da rua, é com dificuldade que cumprem a sua piedosa missão. E eu me lembro que ainda têm de andar tanto! Contudo, elas vão ficar livres de um suplício; é o do calçamento da Rua do Senador José Bonifácio. É que vão entrar na Estrada Real; e, naquele trecho, a prefeitura só tem feito amontoar pedregulhos, mas tem deixado a vetusta via pública no estado de nudez virginal em que nasceu. Isto há anos que se verifica.

Logo que as portadoras do defunto pisam o barro unido do velho trilho, adivinho que elas sentem um grande alívio dos pés à cabeça. As fisionomias denunciam. Atrás, seguem outras moças que as auxiliarão bem depressa, na sua tocante missão de levar um mortal à sua última morada neste mundo; e, logo após, graves cavalheiros de preto, com o chapéu na mão, carregando palmas de flores naturais, algumas com aspecto silvestre, e baratas e humildes coroas artificiais fecham o cortejo.

Este calçamento da Rua Senador José Bonifácio, que deve datar de uns cinquenta anos, é feito de pedacinhos de seixos mal-ajustados e está cheio de depressões e elevações imprevistas. É mau para os defuntos; e até já fez um ressuscitar.

Conto-lhes. O enterro era feito em coche puxado por muares. Vinha das bandas do Engenho Novo, e tudo corria bem. O carro mortuário ia na frente, ao trote igual das bestas. Acompanhavam-no seis ou oito caleças, ou meias caleças, com os amigos do defunto. Na altura da estação de Todos os Santos, o cortejo deixa a Rua Arquias Cordeiro e toma perpendicularmente, à direita, a de José Bonifácio. Coche e caleças põem-se logo a jogar como navios em alto-mar tempestuoso. Tudo dança dentro deles. O cocheiro do carro fúnebre mal se equilibra na boleia alta. Oscila da esquerda para a direita e da direita para a esquerda, que nem um mastro de galera debaixo de tempestade braba. Subitamente, antes de chegar aos "Dois Irmãos", o coche cai num caldeirão, pende violentamente para um lado; o cocheiro é cuspido ao solo, as correias, que prendem o caixão ao carro, partem-se, escorregando a jeito e vindo espatifar-se de encontro às pedras; e – oh! terrível surpresa! do interior do esquife, surge de pé – lépido, vivo, vivinho, o defunto que ia sendo levado ao cemitério a enterrar. Quando ele atinou e coordenou os fatos não pôde conter a sua indignação e soltou uma maldição: "Desgraçada municipalidade de minha terra que deixas este calçamento em tão mau estado! Eu que ia afinal descansar, devido ao teu relaxamento volto ao mundo, para ouvir as queixas da minha mulher por causa da carestia da vida, de que não tenho culpa alguma; e sofrer as impertinências do meu chefe Selrão, por causa das suas hemorroidas, pelas quais não me cabe responsabilidade qualquer! Ah! Prefeitura de uma figa, se tivesses uma só cabeça havias de ver as forças das minhas munhecas! Eu te esganava, maldita, que me trazes de novo à vida!"

A este fato, eu não assisti, nem ao menos morava naquelas paragens, quando aconteceu; mas pessoas dignas de toda a confiança me garantem a autenticidade dele. Porém, um outro muito interessante aconteceu com um enterro quando eu já morava por elas, e dele tive notícias frescas, logo após o sucedido, por pessoas que nele tomaram parte.

Tinha morrido o Felisberto Catarino, operário, lustrador e empalhador numa oficina de móveis de Cascadura. Ele morava no Engenho de Dentro, em casa própria, com um razoável quintal, onde havia, além de alguns pés de laranjeiras, uma umbrosa mangueira, debaixo da qual, aos domingos, reunia colegas e amigos para bebericar e jogar a bisca.

Catarino gozava de muita estima, tanto na oficina como na vizinhança.

Como era de esperar, o seu enterro foi muito concorrido e feito a pé, com um denso acompanhamento. De onde ele morava, até ao cemitério de Inhaúma, era um bom pedaço; mas os seus amigos a nada quiseram atender. Resolveram levá-lo mesmo a pé. Lá fora, e no trajeto, por tudo que era botequim e taverna por que passavam, bebiam o seu trago. Quando o caminho se tornou mais deserto até os condutores do esquife deixavam-no na borda da estrada e iam à taverna "desalterar". Numa das últimas etapas do itinerário, os que carregavam, resolveram de mútuo acordo deixar o pesado fardo para os outros e encaminharam-se sub-repticiamente para a porta do cemitério. Tanto estes como os demais – é de toda a conveniência dizer – já estavam bem transtornados pelo álcool. Outro grupo concordou fazer o mesmo que tinham feito os carregadores dos despojos mortais de Catarino; um outro, idem; e, assim, todo o acompanhamento, dividido em grupos, tomou o rumo do portão do campo santo, deixando o caixão fúnebre com o cadáver de Catarino dentro abandonado à margem da estrada.

Na porta do cemitério, cada um esperava ver chegar o esquife pelas mãos de outros que não as deles; mas nada de chegar. Um, mais audaz, após algum tempo de espera, dirigindo-se a todos os companheiros, disse bem alto:

– Querem ver que perdemos o defunto?

– Como? – perguntaram os outros, a uma voz.

– Ele não aparece e estamos todos aqui, refletiu o da iniciativa.

– É verdade, fez outro.

Alguém então aventou:

– Vamos procurá-lo. Não seria melhor?

E todos voltaram sobre os seus passos, para procurar aquela agulha em palheiro...

Tristes enterros de Inhaúma! Não fossem essas tintas pinturescas e pitorescas de que vos revestis de quando em quando de quanta reflexão acabrunhadora não havíeis de surgir aos que veem passar; e como não convenceríeis também a eles que a maior dor desta vida não é morrer...

Careta, 26 de agosto de 1922.

QUEIXA DE DEFUNTO

Antônio da Conceição, natural desta cidade, residente que foi em vida, na Boca do Mato, no Méier, onde acaba de morrer, por meios que não posso tornar público, mandou-me a carta abaixo que é endereçada ao prefeito. Ei-la:

> Ilustríssimo e Excelentíssimo Senhor Doutor Prefeito do Distrito Federal. Sou um pobre homem que em vida nunca deu trabalho às autoridades públicas nem a elas fez reclamação alguma. Nunca exerci ou pretendi exercer isso que se chama os direitos sagrados de cidadão. Nasci, vivi e morri modestamente, julgando sempre que o meu único dever era ser lustrador de móveis e admitir que os outros os tivessem para eu lustrar e eu não.
>
> Não fui republicano, não fui florianista, não fui custodista, não fui hermista, não me meti em greves, nem em cousa alguma de reivindicações e revoltas; mas morri na santa paz do Senhor quase sem pecados e sem agonia.
>
> Toda a minha vida de privações e necessidades era guiada pela esperança de gozar depois de minha morte um sossego, uma calma de vida que não sou capaz de descrever, mas que pressenti pelo pensamento, graças à doutrinação das seções católicas dos jornais.
>
> Nunca fui ao espiritismo, nunca fui aos "bíblias", nem a feiticeiros, e apesar de ter tido um filho que penou dez anos

nas mãos dos médicos, nunca procurei macumbeiros nem médiuns.

Vivi uma vida santa e obedecendo às prédicas do Padre André do Santuário do Sagrado Coração de Maria, em Todos os Santos, conquanto as não entendesse bem por serem pronunciadas com toda eloquência em galego ou vasconço.

Segui-as, porém, com todo o rigor e humildade, e esperava gozar da mais dúlcida paz depois de minha morte. Morri afinal um dia destes. Não descrevo as cerimônias porque são muito conhecidas e os meus parentes e amigos deixaram-me sinceramente porque eu não deixava dinheiro algum. É bom, meu caro Senhor Doutor Prefeito, viver na pobreza, mas muito melhor é morrer nela. Não se levam para a cova maldições dos parentes e amigos deserdados; só carregamos lamentações e bênçãos daqueles a quem não pagamos mais a casa.

Foi o que aconteceu comigo e estava certo de ir direitinho para o Céu, quando, por culpa do Senhor e da Repartição que o Senhor dirige, tive que ir para o inferno penar alguns anos ainda.

Embora a pena seja leve, eu me amolei, por não ter contribuído para ela de forma alguma. A culpa é da Prefeitura Municipal do Rio de Janeiro que não cumpre os seus deveres, calçando convenientemente as ruas. Vamos ver por quê. Tendo sido enterrado no cemitério de Inhaúma e vindo o meu enterro do Méier, o coche e o acompanhamento tiveram que atravessar em toda a extensão a Rua José Bonifácio, em Todos os Santos.

Esta rua foi calçada há perto de cinquenta anos a macadame e nunca mais foi o seu calçamento substituído. Há caldeirões de todas as profundidades e larguras, por ela afora. Dessa forma, um pobre defunto que vai dentro do caixão em cima de um coche que por ela rola sofre o diabo. De uma feita um até, após um trambolhão do carro mortuário, saltou do esquife, vivinho da silva, tendo ressuscitado com o susto.

Comigo não aconteceu isso, mas o balanço violento do coche machucou-me muito e cheguei diante de São Pedro cheio de arranhaduras pelo corpo. O bom do velho santo interpelou-me logo:

– Que diabo é isto? Você está todo machucado! Tinham-me dito que você era bem-comportado – como é então que você arranjou isso? Brigou depois de morto?

Expliquei-lhe, mas não me quis atender e mandou que me fosse purificar um pouco no inferno.

Está aí como, meu caro Senhor Doutor Prefeito, ainda estou penando por sua culpa, embora tenha tido vida a mais santa possível. Sou, etc., etc.

Posso garantir a fidelidade da cópia a aguardar com paciência as providências da municipalidade.

Careta, 20 de março de 1920.

O COTIDIANO DA CAPITAL

VESTIDOS MODERNOS

Nunca foi da minha vocação ser cronista elegante; entretanto, às vezes, me dá na telha olhar os vestidos e atavios das senhoras e moças, quando venho à Avenida. Isto acontece principalmente nos dias em que estou sujo e barbado.

A razão é simples. É que sinto uma grande volúpia em comparar os requintes de aperfeiçoamentos na indumentária, tanto cuidado de tecidos caros que mal encobrem o corpo das "nossas castas esposas e inocentes donzelas", como diz não sei que clássico que o Costa Rego citou outro dia, com o meu absoluto relaxamento.

Há dias, saindo de meu subúrbio, vim à Avenida e à Rua do Ouvidor e pus-me a olhar os trajes das damas.

Olhei, notei e concluí: estamos em pleno carnaval.

Uma dama passava com um casaco preto, muito preto, e mangas vermelhas; outra tinha uma espécie de capote que parecia asas de morcego; ainda outra vestia uma saia patriótica verde e amarela; enfim, era um dia verdadeiramente dedicado a Momo.

Nunca fui ao Clube dos Democráticos, nem ao dos Fenianos, nem ao dos Tenentes; mas estou disposto a apostar que em dias de bailes entusiásticos nesses templos de folia, os seus salões não se apresentam tão carnavalescos como a Avenida e adjacências nas horas que correm.

Careta, 22 de julho de 1922.

AMOR, CINEMA E TELEFONE

Tenho em grande conta a eficácia das medidas legislativas, administrativas e policiais que, diretamente e indiretamente, tendem a civilizar a sociedade. Temos visto o que acontece com o jogo de patota que todos os nossos códigos presentes e passados condenam, o que não tem impedido que virtuosos cavalheiros dele tenham vivido durante meio século, eduquem regiamente filhos e filhas, formando aqueles e casando estas nas rodas mais governamentais possíveis, merecendo, com toda a justiça, serem considerados exemplares pais de família, por toda a gente. Tudo nesta vida é o sucesso. Pode-se começar por este ou aquele meio defeituoso ou condenado; mas, se se obteve sucesso, a massa está disposta a admirar o audaz bem-sucedido.

Estas reflexões não são próprias do assunto, tendendo elas unicamente mostrar que a ação da polícia é sempre eficaz para a moralização dos costumes.

Até agora, ela não se tinha voltado para os cinemas, deixando de imitar a Liga pela Moralidade que tem uma polícia secreta para julgar, sob o ponto de vista de sua moral particular, os *films* que são corridos nos nossos cinemas.

Não posso auxiliar a nossa polícia legal, porquanto desde muito que não vou a cinematógrafos. Não posso suportar essas hediondas damas americanas: Ketties não sei o quê, Thedas; e os respectivos cavalheiros: Johns, Hamiltons, Tigres de toda a sorte. As mulheres têm uma carnadura de gesso ou mármore artificial e uns gestos duros e angulosos; os homens, com uns enormes olhos que se esbugalham mais no patético, têm um mento quadrado de *sioux*, muito antipático.

E todas essas fitas americanas são brutas histórias de raptos, com salteadores, ignóbeis fantasias de uma pobreza de invenção de causar pena, quando não são melodramas idiotas que deviam fazer chorar as criadas de servir de há quantos anos passados.

Apesar disso tudo, é na assistência delas que nasce muito amor condenado. O cadastro policial registra isso com muita fidelidade e frequência. "Foi", diz uma raptada, "no Cinema X que conheci F. Ele me acompanhou, até".

Ela omite alguma cousa que houve antes do acompanhamento. Tem um apelido náutico...

Ainda outro dia, no inquérito a que a polícia procedeu, sobre aquela tragédia conjugal da Rua Juparanã, veio saber-se que a esposa culpada conhecera o seu sedutor no Cinemaz.

O amor, ao que parece, é como o mundo, nasce das trevas; e o cinema não funciona à luz do sol, nem à da eletricidade, nem à da lua que, no velho romantismo das falecidas Elviras, Grazielas e outras, lhe era tão favorável.

Outro aparelho bem moderno, que está sendo fator constante da dissolução da família, é o telefone.

Um inquérito que corre nos subúrbios sobre um suposto suicídio, por envenenamento, vem mostrando às claras como o telefone é assim como o "livro e aquele que o escreve", no caso sagrado de Paulo e Francesca da Rimini. É e vem sendo o medianeiro de amores ilícitos e criminosos.

Não há dia, hora, minuto, em que eu entre nas casas de negócios da minha vizinhança, que não veja uma moça, uma senhora atracada ao respectivo telefone. Falam baixo e eu fico pensando cá com os meus botões: que tolice irão fazer nos dias que conversam através de um fio de cobre?

O amor deve ser combatido. Ele é o causador, parte primacial, de todos os crimes, violentos ou não, da loucura, do suicídio, do jogo e, até muitas vezes, da embriaguez e intoxicações de toda a sorte.

Todo o instrumento, aparelho que facilita a sua obra, deve ser proibido, acho eu.

Têm a palavra as nossas autoridades.

Careta, 24 de janeiro de 1920.

OS OUTROS

Não há prazer maior do que se ouvir pelas ruas, pelos bondes, pelos cafés, as conversas de dois conhecidos.

Tenho um camarada cuja curiosidade pelo pensamento dos estranhos é tal que não há papel caído na rua, contendo algumas linhas escritas, que ele não guarde, recomponha, a fim de dar pasto a esse seu vício mental.

Tem no seu museu cousas maravilhosas. Muita vez os missivistas pensam em ter inutilizado uma cartinha amorosa, um bilhete de "facada" e vai um indiscreto como este meu amigo e descobre que em tal dia F "mordeu" X em 50$000 ou Z está apaixonado por H.

Na rua, porém, as cousas se passam mais ao vivo e as pontas de conversa merecem ser registradas, às vezes, por disparatadas, em outras, por profundamente sentenciosas, em outras ainda, por serem excessivamente divertidas.

Em um dia destes que fui levar um amigo até à estação de Maruí, pude ouvir este pedaço de conversa entre dois redondos coronéis roceiros:

– Como deixaste o rapaz?

– Bem.

– Estuda?

– Estuda, mas esses estudos agora estão muito puxados. Imagina tu que ele tem de estudar, decorar um livro enorme, cheio de números e, ainda por cima, em francês.

– Como se chama?

– Não sei. Tem um nome difícil. O autor é um tal Calle ou cousa que valha.

Tratava-se das *Tábuas* de Callet que tinham inspirado a piedade do pobre matuto pela vadiação do filho.

As conversas de trem são quase sempre interessantes. A mania dos suburbanos é discutir o merecimento deste subúrbio em face daquele. Um morador do Riachuelo não pode admitir que se o confunda com um do Encantado e muito menos com qualquer do Engenho de Dentro.

Os habitantes de Todos os Santos julgam a sua estação excelente por ser pacata e sossegada, mas os do Méier acusam os de Todos os Santos de irem para o seu bairro tirar-lhe o sossego.

Uma senhora dizia à outra, no trem:

– Jacarepaguá é muito bom. Gosto muito.

– Mas tem um defeito.

– Qual é?

– Não tem iluminação à noite.

– Você diz bem que é só à noite, pois de dia tem o sol.

As duas riram-se e, como nenhuma delas tivesse pretensões intelectuais, não houve zanga alguma entre elas.

Os hábitos de sociedade, parece, ainda não estão cientificamente estabelecidos entre nós.

Julgo que, se fossem analisar muitos deles à luz da metafísica, da teologia dogmática e da teoria dos raios catódicos, muitos deles seriam condenados.

Lembro-me mesmo de um caso elucidativo que um meu amigo me contou. Um outro amigo dele encontrou-o na rua e apresentou-o à mulher, ali mesmo.

Havia o movimento habitual da via pública, capaz de distrair o mais atento. Para conversar qualquer cousa, o meu amigo narrou uma história de um acidente de bonde de que ia sendo vítima.

– Imaginem que quase morri.

Nisto a esposa do camarada do meu amigo voltou-se, pois estava olhando para um dos lados, e perguntou naturalmente:

– Não morreu?

Careta, 11 de dezembro de 1915.

A QUESTÃO DOS TELEFONES

Andam sempre os jornais com uma birra, uma briga por causa do serviço telefônico desta cidade.

Implicam sempre com a Light, mas creio que esta poderosa companhia é simplesmente pseudônimo de uma outra que tem um nome alemão.

Das muitas inutilidades que, para mim, está cheia esta vida, o telefone é uma delas. Passam-se anos e anos que não ponho um fone ao ouvido; e, de resto, quando me atrevo a servir-me de um desses aparelhos, desisto logo. Entre as razões está a que não compreendo absolutamente a numeração das moças do telefone. Se digo seis qualquer cousa, a telefonista imediatamente me corrige: meia dúzia qualquer cousa. Não quero expor a minha sabedoria em elementos de aritmética; mas meia dúzia é uma cousa, pois nunca vi dizer meia dúzia vinte e sete e sim seiscentos e vinte e sete.

Esta é uma das minhas quizílias com o telefone. Uma outra é a tal história: "está em ligação"; e há mais.

De forma que muito me surpreende esse interesse dos jornais por esse negócio de telefones.

Observei, porém, que as moças gostam muito de falar no aparelho.

Não se entra numa casa de negócio de qualquer ordem que não se encontre uma dama a falar ao fone:

– Minha senhora, faz favor?

– ?

– Sete meia dúzia três, Vila.

– ?

– Sim, minha senhora.

Durante cinco minutos a dama troca com a invisível Alice frases ternas e dá risadinhas.

Perguntei a um negociante da minha amizade:

– Que querem essas moças tanto com o telefone?

– Não sei. Há dias que é um nunca acabar... Formam uma fileira que nem em bilheteria de teatro em dia de espetáculo... Na semana passada, quase perdi um negócio urgente e do meu interesse, porque tive de esperar que mais de vinte "freguesas" dessas, dessem o seu recadinho ao aparelho... Levaram, todas, cerca de meia hora ou mais.

– Então é por isso que os jornais tanto nos atazanam com essa questão do telefone, de Light? Servem as senhoras...

– Qual o quê! – fez o negociante.

– Então, por que é?

– A questão é o preço do aluguel dos aparelhos e essas meninas são freguesas de graça que, às vezes até, nada compram na casa.

Fica, para mim, ainda insolúvel essa questão de telefone.

Careta, 9 de abril de 1921.

COM O "BINÓCULO"

Ontem, domingo, o calor e a mania ambulatória não me permitiram ficar em casa. Saí e vim aos lugares em que um "homem das multidões" pode andar aos domingos.

Julgava que essa história de piqueniques não fosse mais binocular; o meu engano, porém, ficou demonstrado.

No Largo da Carioca havia dois ou três bondes especiais e damas e cavalheiros, das mais *chics* rodas, esvoaçavam pela Galeria Cruzeiro, à espera da hora.

Elas, as damas, vinham todas vestidas com as mais custosas confecções ali do Ferreira, do Palais, ou do nobre Ramalho Ortigão, do Parc, e ensaiavam sorrisos como se fossem para Versalhes nos bons tempos da realeza francesa.

Eu pensei que uma pasmosa riqueza tinha abatido sobre o Ameno Resedá ou sobre a "Corbeille des Fleurs" do nosso camarada Lourenço Cunha; mas estudei melhor as fisionomias e recebi a confirmação de que se tratava de damas binoculares, que iam a uma festa hípica, ou quer que seja, no Jardim Botânico.

Não é de estranhar que as pessoas binoculares vão a festas e piqueniques, mas assim, charanga à porta, a puxar o cortejo com um dobrado saltitante, julgo eu que não é da mais refinada elegância.

O *Binóculo* deve olhar para esse fato; deve procurar pôr um pouco mais de proporção, de discrição nessas manifestações festivas da nossa grande roda aos cavalos de corridas; e ele tem tanto trabalho para o refinamento da nossa sociedade que não pode esquecer esse ponto.

Imagino que em Paris ou Londres os dez mil de cima não dão aos "rotos" esse espetáculo de tão flagrante mau gosto.

Não posso compreender como a elegante Mme. Bulhões Sylvá, toda lida e saída nas revistas, jornais e livros do bom-tom, que tem o *Don't* de cor, como o Senhor Aurelino o Código Penal, saia de manhã de casa, meta-se num bonde em companhia de pessoas mais ou menos desconhecidas e vá pelas ruas do Rio de Janeiro afora, ao som de uma charanga que repinica uma polca chorosa de muito rancho carnavalesco.

Correio da Noite, 11 de janeiro de 1915.

CHAPÉUS, ETC.

Como o Doutor Peixoto Fortuna, o tal da Liga contra a Moralidade, eu me interesso muito pelas modas femininas. Não deixo nunca de ler os seus preceitos nas seções especiais dos jornais; e, embora não sejam propriamente femininas, eu gozei a declaração providencial de que, na sua recepção última, as mulheres deviam aparecer lá de fraque e calça de fantasia.

Quero crer que esse negócio de calça de fantasia seja assim um negócio de "diabinho" ou de bebê chorão, a não ser que seja de *clown*.

Em todo caso, os costumes republicanos estão admitindo tanta cousa nova que tudo é possível acontecer.

Vejam os senhores, por exemplo, essas damas que encontro pelos bondes... Em vão tento namorá-las! Andam elas com uns chapéus de oleado de fazer medo a qualquer bombeiro em momento de ataque ao fogo; entretanto, elas vão bonitinhas, contentinhas de fazer um homem como eu, péssimo namorador, ficar embasbacado.

É possível que essas moças se julguem interessantes com semelhante cobertura? Não creio. Contudo elas vão alegres e satisfeitas. Como admitir uma cousa e outra?

Não sei.

Há ainda mais histórias extraordinárias nessa matéria de vestuário feminino. Algumas senhoras decotam-se abundantemente para passear na Rua do Ouvidor e na Avenida. Os dias agora são frios e úmidos; e elas, por precaução, trazem um cobertor de peles.

Não seria melhor que elas não se decotassem e deixassem em casa o sobretudo de peles?

Não tenho nenhuma autoridade no assunto; mas logo que encontrar o Visconde de Afrânio Peixoto, hei de pedir-lhe a sua abalizada opinião, porquanto é ele entendido em negócio de História das Religiões que muito se relaciona com o capítulo modas, chapéus, etc., etc.

Careta, 24 de julho de 1920.

A BIBLIOTECA

A diretoria da Biblioteca Nacional tem o cuidado de publicar mensalmente a estatística dos leitores que a procuram, das classes de obras que eles consultam e da língua em que as mesmas estão escritas.

Pouco frequento a Biblioteca Nacional, sobretudo depois que se mudou para a Avenida e ocupou um palácio americano.

A minha alma é de bandido tímido, quando vejo desses monumentos, olho-os, talvez, um pouco, como um burro; mas, por cima de tudo, como uma pessoa que se estarrece de admiração diante de suntuosidades desnecessárias.

É ficar assim, como o meu amigo Juvenal, medroso de entrar na vila do patrício, de que era cliente, para pedir a meia dúzia de sestércios que lhe matasse a fome – a espórtula!

O Estado tem curiosas concepções, e esta, de abrigar uma casa de instrução, destinada aos pobres-diabos, em um palácio intimidador, é das mais curiosas.

Ninguém compreende que se subam as escadas de Versalhes senão de calção, espadim e meias de seda; não se pode compreender subindo os degraus da Ópera, do Garnier, mulheres sem decote e colares de brilhantes, de mil francos; como é que o Estado quer que os malvestidos, os tristes, os que não têm livros caros, os maltrapilhos "fazedores de diamantes" avancem por escadarias suntuosas, para consultar uma obra rara, com cujo manuseio, num dizer aí das ruas, têm a sensação de estar pregando à mulher do seu amor?

A velha biblioteca era melhor, mais acessível, mais acolhedora, e não tinha a empáfia da atual.

Mas, assim mesmo, amo a biblioteca e, se não vou lá, leio-lhe sempre as notícias.

A estatística dos seus leitores é sempre provocadora de interrogações.

Por exemplo: hoje, diz a notícia, que treze pessoas consultaram obras de ocultismo. Quem serão elas? Não acredito que seja o Múcio.

O antigo poeta é por demais sabido, para consultar obras de sua profissão.

Quero crer que sejam tristes homens desempregados, que fossem procurar, no invisível, sinais certos da sua felicidade ou infelicidade, para liquidar a sua dolorosa vida.

Leio mais que houve quatro pessoas a consultar obras em holandês. Para mim, são doentes de manias, que foram um instante lembrar-se na língua amiga das amizades que deixaram lá longe.

O guarani foi procurado por duas pessoas. Será a Dona Deolinda Daltro? Será algum abnegado funcionário da inspetoria de caboclos?

É de causar aborrecimento aos velhos patriotas que só duas pessoas procurassem ler obras na língua que, no entender deles, é a dos verdadeiros brasileiros. Decididamente este país está perdido...

Em grego, as obras consultadas foram unicamente duas, tal e qual como no guarani; e certamente, esses dois leitores não foram os nossos professores de grego, porque, desde muito, eles não leem mais grego...

Correio da Noite, 13 de janeiro de 1915.

VANTAGENS DO *FOOTBALL*

Não tenho dúvida alguma em trazer para as colunas desta revista a convicção em que estou, de que o jogo de *football* é um divertimento sadio, inócuo e por demais vantajoso para a boa saúde dos jogadores respectivos.

O eminente Senhor Coelho Neto, há tempos, defendendo-o de ataques de ignorantes e bárbaros, citou Spencer sem felicidade; mas tal cousa não quer dizer nada, porquanto basta a opinião do notável homem de letras, para convencer toda a gente que o esporte bretão, como se diz nas seções esportivas dos jornais, merece os favores excepcionais que os governos lhe dão e ainda vão dar.

Não querendo eu passar como retrógrado e atrasado e no intuito de também defendê-lo, tenho tido a paciência de colecionar nos cotidianos as notícias mais edificantes sobre as excelentes vantagens do divertimento de dar pontapés em uma bola.

Tenho de conflitos e também a crônica do *Correio da Manhã* que relegou o noticiário sobre tão excepcional esporte para os fatos policiais.

Publicarei por partes esse arquivo precioso; hoje, entretanto, vou dar algumas amostras do que tenho colhido nos jornais, para encanto e satisfação das gentilíssimas "torcedoras".

No *Jornal do Comércio*, de 1º de dezembro do ano passado, encontrei esta pequena novidade, sob o título "*Football* desastrado". Ei-la:

> O menino Antônio, de doze anos de idade, filho de Manuel Ferreira, morador à Rua Saí nº 35, quando jogava *football* no terreno de uma escola pública do Largo de Madureira, fraturou a perna direita. Antônio foi medicado em uma farmácia, etc., etc.

Meses antes, esse mesmo jornal, isto é, a 7 de julho, dava outra notícia que me vejo obrigado a transcrever aqui. Leiamo-la sob a epígrafe "A paixão do *football*":

> O menino Valdemar Capelli, de quinze anos, filho de Taseo Capelli, morador em Vila Aliança, nas Laranjeiras, passou a tarde de ontem a jogar *football*, num campo perto de casa.
>
> Interrompeu o divertimento às seis horas, para jantar às pressas e voltar ao mesmo exercício. Quando o reencetou, foi acometido de um ataque e a assistência pública foi chamada para socorrê-lo.
>
> Esta chegou tarde, entretanto, porque Valdemar estava morto. Etc., etc.

Não é só aqui no Rio que o maravilhoso jogo que vai nos fazer derrotar todos os nossos inimigos, inclusive a carestia da vida, manifesta a sua capacidade de dar saúde e robustez à nossa mocidade.

Nos Estados, ele também, em tal sentido, fala eloquentemente.

Em Niterói, conforme *O Estado*, de 8 de dezembro do ano que findou, deu-se este sintomático caso:

> Ontem à tarde quando em um campo na Rua do Reconhecimento, jogava uma partida de *football*, levou uma queda, luxando o braço direito, o menor Francisco Olímpio, de vinte anos, residente à Travessa do Reconhecimento nº 31.
>
> Olímpio depois de socorrido, etc., etc.

Em São Paulo, Ribeirão Preto, conforme telegrama

estampado no *Rio-Jornal*, de 11 de julho do ano de graça de 1919, houve esta linda *performance* esportiva:

> Ribeirão Preto, 11, São Paulo (*Rio-Jornal*) – O menor Miguel Grinaldi, jogando o *football* caiu fraturando o braço. Apesar dos recursos empregados pelos médicos o braço do menino gangrenou causando-lhe a morte. Grinaldi contava dez anos de idade.

Não ficam aí as demonstrações inequívocas das vantagens de tão delicado jogo. Todas as segundas-feiras, quem tiver paciência pode procurar muitas outras no noticiário dos jornais.

Depois de semelhantes provas, não se pode esperar do nosso governo senão fornecer aos futebolescos os trezentos contos que precisam, para mostrar as suas belas gâmbias simiescas em Antuérpia.

Careta, 19 de junho de 1920.

BÔNUS DA INDEPENDÊNCIA

Em dias da semana passada, num salão de um banco desta cidade, foi inaugurada solenemente a venda dos chamados "Bônus da Independência". O governo denomina isto a uma caderneta de entradas para a problemática Exposição do Centenário, entradas essas numeradas que serão sorteadas e premiadas, muito naturalmente, fornecerão aos seus possuidores prêmios, alguns deveras tentadores. Não é uma tômbola, pois há bilhetes brancos; é uma rifa, é uma loteria, na verdade.

A festa se realizou, segundo o mais puro cerimonial brasileiro. Houve charanga, *champagne*, discursos e só faltaram os foguetes. Um jornal desta cidade conta desta forma como começou o bródio significativo, não direi da nossa independência, mas da nossa nacionalidade:

> Reunidos os diretores do Banco Comercial e os convidados, no gabinete do presidente, foi servido *champagne*, falando, nesta ocasião, o senhor ministro da Justiça, que proferiu breve discurso alusivo ao ato.

Em seguida dá o nome dos convidados, a que não faltou um ministro, mas faltaram senhoras – o que é de espantar em festa tão mundana. Passa-se então aos discursos – o que era de esperar.

O Senhor Ferreira Chaves, o ministro de Estado, fala, e longamente, e acaba, segundo o referido diário assim:

> Sua Excelência terminou a sua alocução, declarando que exultava com aquela cerimônia, não apenas como ministro da Justiça e presidente da Comissão Executiva da Comemoração do Centenário da Independência, mas principalmente como brasileiro.

Sua Excelência tem razão, e muita razão, em exultar com tal cousa, pois além de ser ministro do governo do Brasil que tornou franco o jogo, o é também do mesmo que adotou o processo do "jogo do bicho", para arranjar dinheiro a fim de comemorar as festas solenes e sagradas da Pátria.

Toda a gente sabe como nasceu esse célebre jogo, que é hoje a mais respeitável instituição nacional.

O proprietário do Jardim Zoológico desta capital, vendo que o produto das entradas para ele não dava para custear a manutenção, arranjou concessão para que elas fossem numeradas de certa maneira e de certa maneira sorteadas.

A causa caiu no gosto do povo; e, quando lhe foi cassada a concessão, outra forma se arraigou no gosto do mesmo, até hoje, não havendo meio de extirpá-lo dos nossos costumes.

Com poucas diferenças, é o que são os atuais "Bônus da Independência", cuja inspiração não pode ser colhida senão na invenção do Barão de Drummond ou em outros seus imitadores.

Em todo o caso, como o "jogo do bicho" é hoje uma das mais sólidas instituições nacionais, não merece senão louvor o governo por tê-la oficializado. Amanhã, ele comprará couraçados da mesma forma...

Ó manes do Barão de Drummond!

Careta, 17 de dezembro de 1921.

O CONSELHO MUNICIPAL E A ARTE

Os jornais noticiaram, com o luxo habitual de gravuras, que o prefeito havia sancionado a resolução do Conselho Municipal, autorizando-o a despender a quantia de quinhentos contos para a ereção do Teatro Brasileiro.

Ainda na semana passada, dois ilustres vereadores falaram com eloquência e saber sobre a necessidade de fazer surgir o teatro nacional.

É essa, aliás, uma velha preocupação da edilidade. Desde muito que a vejo empenhada em semelhante campanha. Quando o Senhor Júlio do Carmo foi intendente, lembrou-se, com muita razão, da construção, por parte da municipalidade, de um teatro digno da cidade. O que se chamava teatro até aí, no Rio de Janeiro, eram infames casarões e capoeiras, inclusive o Lírico e o São Pedro, perfeitamente indignos do lugarejo mais atrasado do nosso interior. O Senhor Júlio do Carmo tinha razão em querer dotar o Rio com uma decente casa de espetáculos. Artur Azevedo meteu-se no meio e começou a fazer propaganda da criação de uma espécie de Comédia Francesa, com atores e atrizes vencendo altos ordenados, pagos pelos cofres municipais.

Logo, todos os *cabots*, mais ou menos talentosos, se alvoroçaram e começaram a acariciar a esperança de gozar uns vencimentos equivalentes a subsídios de deputados, e a dignidade de funcionários municipais, para o que, a todo o transe, exibiam as suas misérias atrozes. Veio o Passos e tratou de construir o teatro. A justificativa de tal construção era a educação artística do povo; Passos, porém, com quem menos se incomodava, era com o povo.

Homem de negócios, filho de fazendeiro, educado no tempo da escravatura, ele nunca se interessou por semelhante entidade. O que ele queria, era um edifício suntuoso, onde os magnatas da política, do comércio, da lavoura e da indústria pudessem ouvir óperas, sem o flagelo das pulgas do antigo Pedro II. Era só isto.

Enérgico, pouco hesitante, passou do pensamento à resolução num ápice; e ei-lo pondo mãos à obra em segundos.

Tinha um filho que se fizera engenheiro de pontes e calçadas em Dresden e entendia tanto de alta arquitetura como eu de sânscrito; mas não fazia mal. Havia de ser ele mesmo o autor do projeto premiado e o construtor, para enriquecer nas comissões de fornecimentos.

Está aí como nasceu aquele estafermo do começo da Avenida, cujas colunas douradas dão-lhe grandes semelhanças com os coches fúnebres de primeira classe.

Para o povo não tem serventia alguma, pois é luxuoso demais; para a arte dramática nacional, de nada serve, pois é vasto em demasia e os amadores dela são poucos; mas custou cerca de doze mil contos, fora o preço dos remendos. Enriqueceu muita gente... Tem servido para que uma burguesia rica, ou que se finge rica, exiba suas mulheres e filhas, suas joias e seus vestidos, em espetáculos de companhias estrangeiras, líricas ou não, para o que o pobre mulato pé no chão, que colhe bananas em Guaratiba, contribui sob a forma de subvenção municipal às referidas companhias. Povo? Níqueis...

No porão, sob o olhar de cornudos touros de faiança,

todas as noites as *cocottes chics* e os rapazes ricos se embriagam, perfeitamente à parisiense. Para isto, não era preciso gastar tanto dinheiro e amolar o povo com a sua educação.

Resta ainda a Escola Dramática. Mas é instituição tão inócua, tão assexuada, que não é preciso falar dela.

Está aí em que deu a intromissão da nossa municipalidade em cousas de teatro: criou mais uma casa de espetáculos, e, nos seus baixos, pôs um botequim luxuoso.

Agora vêm esses quinhentos contos; não mais para criar o teatro municipal, mas o brasileiro, o nacional: vamos ver em que dará. Em droga, por certo. A municipalidade do Rio de Janeiro, tão munificente em matéria de teatro, nunca se lembrou de estimular, por este ou aquele meio, a produção literária ou artística dos naturais da cidade.

Nunca lhes deu o mínimo alento e estímulo, nem mesmo recompensou o esforço deles.

Ela viu passar toda a bela vida de labor de um Machado de Assis, carioca da gema, sem um prêmio, sem um abraço, sem uma palavra de aplauso e de orgulho por ser ele daqui, desta linda Rio de Janeiro. Vive preocupada com cousas inviáveis de nacionalizar o teatro; mas sempre esqueceu sistematicamente os artistas e autores nascidos na cidade que ela representa. Repito: nunca lhes deu a mínima subvenção; nunca lhes deu o mínimo prêmio. Todas as municipalidades de todo o mundo galardoam os seus naturais que se distinguem neste ou naquele ramo de arte ou ciência; a municipalidade do Rio de Janeiro não se importa com eles. A sua preocupação é teatral...

Mesmo para os mortos, a sua atenção não é maior. Não houve poeta, cronista mais carioca do que Bilac. Que fez o conselho para lhe erguer um monumento no Passeio Público, como era seu desejo tácito? Nada.

Que fez por Manuel de Almeida, esse do *Sargento de*

Milícias, livro tão carioca? Que fez pelo genial José Maurício? Pelo Lagartixa? Nada! Nada! Três vezes nada!

É que o conselho é um posto de adventícios que, do Rio de Janeiro, só conhecem o bairro em que moram, a Rua do Ouvidor e a Avenida Central; é só.

Por isso, muito naturalmente, tratam de teatro brasileiro, antes de tratarem de cousas da cidade do Rio de Janeiro...

É o carro adiante dos bois...

Hoje, 8 de julho de 1920.

O CARNAVAL E A MORTE

Em Niterói, segundo li no *Estado*, o carnaval esteve supimpa. Para mim, Niterói é assim como o Méier ou a Gávea; mas a Praia Grande teima em não ser um arrabalde do Rio de Janeiro e quer ter vida própria e independente. Pelo menos é o que me diz o Olavo Guerra, citando-me a sua Academia de Letras, que não quis em seu seio o único literato niteroiense que eu conheço, o Manuel Benício.

Isto tudo, porém, não vem ao caso. A questão é que Niterói teve um carnaval supimpa e original. *O Estado* do Mário Alves muito contribuiu para isto. Pôs a prêmio os "cordões", "blocos" e "ranchos" locais, promoveu batalhas de *confetti* e a cousa ficou ótima. O mais interessante disto tudo foi que houve lá um gesto originário por parte de algumas moçoilas que organizaram um "grupo" em que não havia cantarolas. Elas marcharam pelas ruas solenemente silenciosas, empunhando ramilhetes de flores, como se acompanhassem um enterro e, silenciosas, se dirigiram à redação do *O Estado*, onde entraram debaixo do maior silêncio, tal e qual se entra no São João Batista, no Caju ou, mesmo, no Maruí.

Dentro da redação, encaminharam-se para o gabinete do secretário Noronha Santos, deitou uma delas um discurso e depositou sobre a mesa do simpático um *bouquet* de flores; e, para que a cousa não fizesse escândalo e levantasse ciúmes, as outras, menos graduadas, depuseram (*sic*) outros ramilhetes sobre as mesas dos demais redatores, repórteres e contínuos.

É assim que fazem as almas piedosas nos cemitérios. A morte nos iguala a todos.

Careta, 11 de março de 1922.

PÓLVORA E COCAÍNA

Já houve quem dissesse por aí que o Rio de Janeiro é a cidade das explosões.

Na verdade, não há semana em que os jornais não registrem uma aqui e ali, na parte rural.

A ideia que se faz do Rio é de que é ele um vasto paiol, e vivemos sempre ameaçados de ir pelos ares, como se estivéssemos a bordo de um navio de guerra, ou habitando uma fortaleza cheia de explosivos terríveis.

Certamente que essa pólvora terá toda ela emprego útil; mas, se ela é indispensável para certos fins industriais, convinha que se averiguassem bem as causas das explosões, se são acidentais ou propositais, a fim de que fossem removidas na medida do possível.

Isto, porém, é que não se tem dado e creio que até hoje não têm as autoridades chegado a resultados positivos.

Entretanto, é sabido que certas pólvoras, submetidas a dadas condições, explodem espontaneamente e tem sido essa a explicação para uma série de acidentes bastante dolorosos, a começar pelo do "Maine", na baía de Havana, sem esquecer também o do "Aquidabã".

Noticiam os jornais que o governo vende, quando avariada, grande quantidade dessas pólvoras.

Tudo está a indicar que o primeiro cuidado do governo devia ser não entregar a particulares tão perigosas pólvoras, que explodem assim sem mais nem menos, pondo pacíficas vidas em constante perigo.

Creio que o governo não é assim um negociante ganancioso que vende gêneros que possam trazer a destruição de vidas preciosas; e creio que não é, porquanto anda sempre zangado com os farmacêuticos que vendem cocaína aos suicidas.

Há sempre no Estado curiosas contradições.

Correio da Noite, 5 de janeiro de 1915.

O PRÉ-CARNAVAL

Entrou o ano, entrou o carnaval; e acontece isto por este Brasil em fora. O carnaval é hoje a festa mais estúpida do Brasil. Nunca se amontoaram tantos fatos para fazê-la assim. Nem no tempo do entrudo, ela podia ser tão idiota como é hoje. O que se canta e o que se faz, são o suprassumo da mais profunda miséria mental.

"Blocos", "ranchos", grupos, cordões disputam-se em indigência intelectual e entram na folia sem nenhum frescor musical. São guinchos de símios e coaxar de rãs, acompanhados de uma barulheira de instrumentos chineses e africanos.

Na noite de 31 último, houve, como sempre, um carnaval preliminar que anuncia com muita precedência o que será o carnaval grande, na época própria. Isto aqui, em Niterói, em Belo Horizonte, em Cuiabá, etc., etc.

Os ranchos, os blocos, os grupos e os cordões saem de suas furnas e vêm para o centro da cidade estertorar cousas infames a que chamem "marchas". Os jornais estão a postos e até põem redatores de sobressalente, para registrar nomes dos diretores e outros dados importantes do bloco, do rancho, do grupo e do cordão que possam interessar os seus leitores. Um nome sair no jornal que é, em geral, cousa difícil, nesses dias é fácil. Basta que o seja do "caboclo" do cordão "Flor de Jurumbeba".

A versalhada é publicada; e que versalhada, santo Deus!

Pior que a dos loucos dos hospícios.

Vejam esta só:

ESTRELA DE OURO
Estrela, ô, minha estrela!
Estrela minha guia!
Azul, encarnado e amarelo
Que aqui na terra brilha.

Fresca estrela que brilha na terra e é azul, "encarnado" e "amarelo"!

O Aldo carnavalesco vai nos explicar a história. Ei-la:

Eu vi estas três cores
Num paraíso de flores
Por elas meu bem
Eu vivo tão cheio de amores
Vem... Dolores.

Esta versalhada é de Niterói; e, se na minha cidade se canta isso em público, tudo leva crer que lá não há polícia de costumes. Só o final...

Mas outros carnavalescos entusiastas formaram um "bloco", denominam-no do "Nó" e vêm mostrar aos jornais o seu saber poético. Logo na primeira estrofe do seu hino, que chamam "marcha", denunciam que são candidatos ao primeiro prêmio de reclusão mental que em geral todos eles disputam. Leiam com cuidado esta belezinha:

Seu Fulgêncio coronel.
Eis aí o Bloco do Nó
Sempre firme no papel
De trazer alegria e só
Mas a granel.

É longa a tal marcha, por isso a não transcrevo toda

aqui. Quando acabei de lê-la, tive vontade de correr à casa do autor dela e perguntar-lhe, como aquela leitura a que Mark Twain alude, no "Como me fiz redator de um jornal de agricultura"; tive vontade de correr à casa do autor da marcha, como ia dizendo, e perguntar-lhe uma, duas, três, quatro, dez, cem vezes: foi o senhor mesmo quem escreveu isto?

Não o faço, porém, porque temo que o sujeito fique indignado, imaginando que o tenho por plagiário e até me sove à vontade.

Julgo-o capaz disso, porque, além de carnavalesco, é do *football* também.

Enfim, a leitura dessa pasmosa literatura carnavalesca só nos pode levar a uma conclusão; é que a mentalidade nacional enfraquece e o próprio gosto popular se oblitera, em querer perder a sua espontaneidade e simplicidade.

Seja tudo pelo amor de Deus!

Careta, 14 de janeiro de 1922.

SOBRE O *FOOTBALL*

Nunca foi do meu gosto o que chamam *sport*, esporte ou desporto; mas quando passo longos dias em casa, dá-me na cisma, devido certamente à reclusão a que me imponho voluntariamente, ler as notícias esportivas, pois leio os jornais de cabo a rabo.

Nestes últimos dias, todas as notícias sobre um encontro entre jogadores de *football* daqui e de São Paulo não me escaparam. Em começo, quando toparam meus olhos com os títulos espalhafatosos, sorri de mim para mim, pensando: estes meninos fazem tanto barulho por tão pouca cousa? "Much ado about nothing"... Mas logo ao começo da leitura tive o espanto de dar com este solene período:

> As acusações levantadas, então, por certa parte da imprensa paulista – manifestações que estamos já agora dispostos a esquecer, mas que não podemos deixar de rememorar – contra a competência e a honestidade do árbitro que serviu naquela partida, atribuindo a obra sua a vitória alcançada por nós, preparou o espírito popular na ânsia de uma prova provada de que, com este ou aquele juiz, os jogadores cariocas estão à altura dos seus valorosos êmulos paulistas e são capazes de vencê-los.

Diabo! A cousa é assim tão séria? Pois um puro divertimento é capaz de inspirar um período tão gravemente apaixonado a um escritor?

Eu sabia, entretanto, pela leitura de Jules Huret, que o famoso *match* anual entre as universidades de Harvard e Yale, nos Estados Unidos, é uma verdadeira batalha, em que não faltam, no séquito das duas *équipes*, médicos e ambulâncias, tendo havido, por vezes, mortos, e, sempre, feridos. Sabia, porém, por sua vez, o que é o ginásio da primeira, verdadeiro sanatório de torturas físicas; que o jogo de lá é diferente do usado aqui, mais brutal, por exigir o temperamento já de si brutal do americano em divertimentos ainda mais brutais do que eles são. Mas nós?...

Reatei a leitura, dizendo cá com os meus botões: isto é exceção, pois não acredito que um jogo de bola e, sobretudo jogado com os pés, seja capaz de inspirar paixões e ódios. Mas, não senhor! A cousa era a sério e o narrador da partida, mais adiante, já falava em armas. Puro *front*! Vejam só este período:

> As nossas armas, neste momento, são, pois, as da defesa, e da defesa mais legítima, respeitável, mais nobre possível porque ela assenta numa demonstração pública, esperada com cerca de trinta dias de paciência.

Não conheço os antecedentes da questão; não quero mesmo conhecê-los; mas não vá acontecer que simples disputas de um inocente divertimento causem tamanhas desinteligências entre as partes que venham a envolver os neutros ou mesmo os indiferentes, como eu, que sou carioca, mas não entendo de *football*. Acabei a leitura da cabeça e fiquei mais satisfeito. Tinha ela um tom menos apaixonado; tinha o ar dos finais das clássicas discussões jornalísticas sobre arrendamentos ou concessões de estradas de ferro e outras medidas da mais pura honestidade administrativa. Falava na "dura e bem-merecida lição para certos jornalistas que não compreendem o espírito que deve mover as suas penas que malbaratam a honra alheia", etc., etc.

Continuei a ler a descrição do jogo, mas não entendi nada. Parecia-me tudo aquilo escrito em inglês e não estava disposto a ir à estante, tirar o Valdez e voltar aos meus doces tempos dos "significados". Eram só *backs*, *forwards*, *kicks*, *corners*; mas havia um "chutada", que eu achei engraçado. Está aí uma palavra anglo-lusa. Não é de admirar, pois, desde muito, Portugal anda amarrado à sorte da Inglaterra; e até já lhe deu muitas palavras, sobretudo termos de marinha: *revolver* vem de "revolver", português, e *commodoro* de "comandante".

Passei o dia, pensando que a cousa ficasse nisso; mas, no dia seguinte, ao abrir o mesmo jornal e ler as notícias esportivas, vi que não. A disputa continuava, não no *ground*; mas nas colunas jornalísticas.

O órgão de São Paulo, se bem me lembro, dizia que os cariocas não eram "cariocas", eram hebreus, curdos, anamitas; enquanto os paulistas eram "paulistas". Deus do céu! ex-clamei eu. Posso ser rebolo (minha bisavó era), cabinda, congo, moçambique, mas judeu – nunca! Nem com dois milhões de contos!

Esta minha mania de seguir cousas de *football* estava a fornecer-me tão estranhas sensações que resolvi abandoná-la. Deixei de ler as seções esportivas e passei para as mundanas e para as notícias de aniversário. Mas, parece, que havia algum gênio mau que queria, com as histórias de *football*, dar-me tenebrosas apreensões.

Há dias, graças à obsequiosidade de Benedito de Andrade, o valente redator do *Parafuso* e não menos valente diretor da *A Rolha*, mandou-me uma coleção deste último semanário, pelo que já lhe agradeci do fundo d'alma.

Todos os dois *magazines* são de São Paulo, como sabem.

Uma noite destas, relendo o número de 14 de julho, da *Rolha*, fui dar com a sua seção "esportiva".

Tinha jurado não ler mais nada que tratasse de tais assuntos; mas a isso fui obrigado naquele número da *Rolha* porque vi o título da crônica – "Rio *versus* São Paulo". Admirei-me! Pois se o encontro de que já tratei, foi nos primeiros dias deste mês, como é que o Baby já o noticia quase um mês antes? Li e vi tratar-se de outro de que nem tivera notícias, e isso é tanto assim de notar que o autor da crônica deixa entender que todos nós tínhamos os olhos voltados para ele. Leiam isto:

> Rio *versus* São Paulo – A Capital Federal está em festas. De vinte em vinte e quatro horas as fortalezas salvam, as bandas de música executam hinos festivos e nas diferentes sedes esportivas o *champagne* corre a rodo como se estivéssemos festejando o último dia de guerra. Nas avenidas, praças, ruas e becos, homens já na casa dos cinquenta, matronas escondendo a primavera dos sessenta e crianças ainda mal desabituadas dos cueiros, só falam no grande acontecimento que encheu de júbilo um milhão e pouco de almas nascidas e domiciliadas na encantadora Sebastianópolis: a vitória do *scratch* carioca... Nas redações, os cronistas esportivos já não dormem há uma semana: são os cumprimentos, as telefonadas, os telegramas, os convites, para almoços e para jantares. Tudo isso... porque depois de dezoito anos de lutas o famoso *scratch* da Metropolitana conseguiu a sua terceira vitória.

Meu caro Baby: isto deve ser Bizâncio, no tempo de Justiniano, em que uma partida de circo, com os seus "azuis" e "verdes", punha em perigo o império; mas não o Rio de Janeiro. Se assim fosse, se as partidas de *football* entre vocês de lá e nós daqui apaixonassem tanto um lado como o outro, o que podia haver era uma guerra civil; mas, se vier, felizmente, será só nos jornais e, nos jornais, nas seções esportivas, que só são lidas pelos próprios jogadores de bola adeptos de outros divertimentos brutais, mas quase infantis e sem alcance, graças a Deus; dessa maneira, estamos livres de uma formidável guerra de secessão, por causa do *football*!

Brás Cubas, 15 de agosto de 1918.

ONTEM E HOJE

Como todo o Rio de Janeiro sabe, o seu centro social foi deslocado da Rua do Ouvidor para a Avenida e, nesta, ele fica exatamente no ponto dos bondes do Jardim Botânico.

Lá se reúne tudo o que há de mais curioso na cidade. São as damas elegantes, os moços bonitos, os namoradores, os amantes, os *badauds*, os *camelots* e os sem-esperança.

Acrescem, para dar animação ao local, as cervejarias que há por lá, e um enorme hotel que diz comportar não sei quantos milheiros de hóspedes.

Nele moram vários parlamentares, alguns conhecidos e muitos desconhecidos. Entre aqueles está um famoso pela virulência dos seus ataques, pela sua barba nazarena, pelo seu *pince-nez* e, agora, pelo luxuoso automóvel, um dos mais *chics* da cidade.

Há cerca de quatro meses, um observador que lá se postasse, veria com espanto o ajuntamento que causava a entrada e a saída desse parlamentar.

De toda a parte, corria gente a falar com ele, a abraçá-lo, a fazer-lhe festas. Eram homens de todas as condições, de todas as roupas, de todas as raças. Vinham os encartolados, os abrilhantados, e também os pobres, os malvestidos, os necessitados de emprego.

Certa vez a aglomeração de povo foi tal que o guarda-civil de ronda compareceu, mas logo afastou-se dizendo:

– É o nosso homem.

Bem; isto é história antiga. Vejamos agora a moderna. Atualmente, o mesmo observador que lá parar, a fim de guardar fisionomias belas ou feias, alegres ou tristes e registrar gestos e atitudes, fica surpreendido com a estranha diferença que há com aspecto da chegada do mesmo deputado. Chega o seu automóvel, um automóvel de muitos contos de réis, iluminado eletricamente, motorista de fardeta, todo o veículo reluzente e orgulhoso. O homem salta. Para um pouco, olha desconfiado para um lado e para outro, levanta a cabeça para equilibrar o *pince-nez* no nariz e segue para a escusa entrada do hotel.

Ninguém lhe fala, ninguém lhe pede nada, ninguém o abraça – por quê?

Por que não mais aquele ajuntamento, aquele fervedouro de gente de há quatro meses passados?

Se ele sai e põe-se no passeio à espera do seu rico auto-móvel, fica isolado, sem um admirador ao lado, sem um correligionário, sem um assecla sequer. Por quê? Não sabemos, mas talvez o guarda-civil pudesse dizer:

– Ele não é mais o nosso homem.

Careta, 26 de junho de 1915.

BENDITO *FOOTBALL*

Não há dúvida alguma que o *football* é uma instituição benemérita, cujo rol de serviços ao país vem sendo imenso e parece não querer ter fim.

Com a citação deles, podíamos encher colunas e colunas desta revista, se tanto quiséssemos e para isso nos sobrasse paciência.

Não é preciso. É bastante elucidativa a enumeração de alguns principais. Um deles, senão o primordial, é ter trazido, para notoriedade das páginas jornalísticas e das festanças e rega-bofes dos Césares destas bandas, nomes de obscuros cavalheiros, doutores ou não, sequiosos de glória, que, sem ele, não teriam um destaque qualquer, fosse de que natureza fosse.

Um outro é ter permitido que os trabalhadores de ofícios em que se exige grande força muscular nas pernas e nos pés, tais como: o de caixeiro de bancos, o de empregado em lojas comerciais e em escritórios, o de funcionário público, o de estudante e o de profissional do "desvio", realizassem as suas respectivas profissões com perfeição e segurança de quem dispõe de poderosos "extensores", "pediosos", "perônios", "tíbias", etc., etc.

Não falemos da gesticulação e falatório dos "torcedores" e "torcedoras", nem dos soberbos rolos que coroam partidas magistrais.

Além daqueles ótimos serviços, que citamos, prestados, pelo *football*, à Pátria e à mocidade brasileira de mais de quarenta anos, falemos de um terceiro mais geral de que todos nós brasileiros lhe somos devedores: ele tem conseguido, graças a apostas belicosas e rancorosas, estabelecer não só a rivalidade entre vários bairros da cidade, mas também o dissídio entre as divisões políticas do Brasil. Haja vista o que se tem passado entre São Paulo e Rio de Janeiro e vice-versa, por causa do jogo de pontapés na bola.

O *football* é eminentemente um fator de dissensão. Agora mesmo, ele acaba de dar provas disso com a organização das turmas de jogadores que vão à Argentina atirar bolas com os pés, de cá para lá, em disputa internacional. O *Correio da Manhã*, no seu primeiro *suelto* de 17 de setembro, aludiu ao caso. Ei-lo:

> O Sacro Colégio do *Football* reuniu-se em sessão secreta, para decidir se podiam ser levados a Buenos Aires campeões que tivessem, nas veias, algum bocado de sangue negro – homens de cor, enfim.

A Igreja fazia, fez ou faz uma indagação semelhante que tinha o nome, se a minha ignorância não me trai, de processo de *puritate sanguinis*. Isto, porém, ela fazia para os candidatos a seu sacerdócio – cousa extraordinariamente diversa de um simples habilidoso que sabe, com mestria e brutalidade, servir-se dos pés, como normalmente os homens fazem com as mãos, para jogar bolas de cá para lá, da esquerda para adiante, de trás para frente e vice-versa. O sacerdote é o intermediário entre Deus e os homens; um futebolesco, o que é? Não sei.

O conchavo não chegou a um acordo e consultou o papa, no caso, o eminente senhor presidente da República. Sua Excelência que está habituado a resolver questões mais difíceis como sejam a cor das calças com que os convidados devem comparecer às recepções de palácio; as regras de precedência, que convém sejam observadas nos cumprimentos a pessoas reais e principescas, não teve dúvida em solucionar a grave questão. Foi sua resolução de que gente tão ordinária e comprometedora não devia figurar nas exportáveis turmas de jogadores; lá fora, acrescentou, não se precisava saber que tínhamos no Brasil semelhante esterco humano. É verdade, aduziu ainda, que os estrangeiros possuem os retratos dos nossos senadores, dos nossos deputados, dos nossos lentes e estudantes, dos nossos acadêmicos, etc., etc., mas são fatos domésticos com os quais nada têm a ver os estranhos; porém, fez Sua Excelência com ênfase, numa representação nacional, não é decente que tal gente figure. É verdade que o Senado, a Câmara são, mas... isso não vem ao caso.

Concordaram todos aqueles esforçados cavalheiros que trabalham "pedestremente" pela prosperidade intelectual e pela grandeza material do Brasil; e, como complemento da medida, decidiram nomear uma comissão de antropólogos para examinar os "Enviados Extraordinários e Ministros Plenipotenciários da Pátria", ao certame de junta-pés, na República Argentina. Sabemos que de tal comissão fazem parte as grandes inteligências arianas e ilustres desconhecidos: Senhores Anastácio, Zebedeu Palhano e Juliano Qualquer, doutos todos em várias cousas e também deputados federais.

A providência, conquanto perspicazmente eugênica e científica, traz no seu bojo ofensa a uma fração muito importante, quase a metade, da população do Brasil; deve naturalmente causar desgosto, mágoa e revolta; mas – o que se há de fazer? O papel do *football*, repito, é causar dissensões no seio da nossa vida nacional. É a sua alta função social.

O que me admira, é que os impostos, de cujo produto se tiram as gordas subvenções com que são aquinhoadas as sociedades futebolescas e seus tesoureiros infiéis, não tragam também a tisna, o estigma de origem, pois uma grande parte deles é paga pela gente de cor. Os futeboleiros não deviam aceitar dinheiro que tivesse tão malsinada origem. Aceitam-no, entretanto, cheios de satisfação. Não foi à toa que Vespasiano disse a seu filho Tito que o dinheiro não tem cheiro.

Havia um remédio para resolver esse congesto estado de cousas: o governo retirava do doutor Belisário Pena as verbas com que ele socorre as pobres populações rurais, flageladas por avarias endêmicas que as dizimam ou as degradam; e punha-as à disposição do *football*.

Dava-se o seguinte: o *football* ficava mais rico e mais branco; e a gente de cor, de que se compõe, em geral, os socorridos por aquele doutor, acabava desaparecendo pela ação da malária, a opilação e outras moléstias de nomes complicados que não sei pronunciar e muito menos escrever.

O governo, procedendo assim, seria lógico consigo mesmo. Ilógico é querer conservar essa gente tão indecente e vexatória, dando-lhes médico e botica, para depois humilhá-la, como agora, em honra do *football* regenerador da raça brasileira, a começar pelos pés. "Ab Jove principium..."

Os maiores déspotas e os mais cruéis selvagens martirizam, torturam as suas vítimas; mas as matam afinal. Matem logo os de cor; e viva o *football*, que tem dado tantos homens eminentes ao Brasil! Viva!

P.S. – A nossa vingança é que os argentinos não distinguem, em nós, as cores; todos nós, para eles, somos *macaquitos*. A fim de que tal não continue seria hábil arrendar por qualquer preço alguns ingleses que nos representassem nos encontros internacionais de *football*. Há toda a conveniência em experimentar. Dessa maneira, sim, deixávamos todos de ser *macaquitos*, aos olhos dos estranhos.

Careta, 1º de outubro de 1921.

O MEU CONSELHO

"Jeune anglais, héritier à titre et propriétés de famille du douzième siècle, désire épouser une Brésilienne distinguée, artistique et affectionnée avec dot. À présent il demeure à Trinidad, mais veut suivre la vie artistique et à la mode à l'Europe ou à Rio de Janeiro. Il voudrait avoir et donner tous détails mutuels avant de se voir. Numéro 14 chez la Gazeta de Notícias."

(Da *Gazeta,* de 15 de setembro de 1921.)

Topei com este anúncio, há dias, num retalho de jornal, no qual ia embrulhar, "abafar", como se diz caseiramente, alguns sapotis, para amadurecerem longe dos morcegos que, além do sangue do homem e de outros animais, apreciam apaixonadamente tais frutas. Não as comem inteiramente; penicam-nas somente, roem-nas; e, graças à devastação deles, pela manhã, encontram-se elas, debaixo dos pés, pelo chão, em estado de não se as poder aproveitar de forma alguma. Para evitar isto, eu "abafava" meus gostosos sapotis, em papel de jornal, para pô-los em bom recato e fora do alcance de semelhantes mamíferos voadores, quando topei com o anúncio que encima estas linhas. Li-o e fiz cá com os meus botões: Quem será esse inglês, descendente de quase coevos de Guilherme da Normandia, que quer casar com uma brasileira rica? Que faz ele na Trinidad? Muito pouco sabia dessa ilha e logo procurei uma enciclopédia que me informasse. Fiquei sabendo que é uma ilha fértil, fica nas costas da Colômbia, em frente ao delta do Orenoco, e cuja capital é Port of Spain. Teve a inexcedível honra de ser descoberta pelo próprio Colombo. Os espanhóis a possuíram até 1802; hoje, é possessão inglesa. Fértil, produz café, açúcar, cacau, etc., tal e qual o Brasil. Há muitos pretos. Ainda aí – em que pese o *football* dos judeus de várias proveniências que governam esse nosso patriótico esporte – essa antilha inglesa se parece com o Brasil.

Mas que fará esse inglês de tão antiga nobreza, lá? Imaginei. Certamente, ele, apesar de ter avós que andaram nas Cruzadas, pois duas, a segunda e a terceira, foram justamente no XII século, donde ele faz remontar a sua linhagem; certamente, pensei eu, ele está dirigindo alguma fazenda de café ou uma usina de açúcar, na tal ilha da Trinidad. Como é que um neto de um companheiro de Ricardo Coração de Leão, a quem, muito naturalmente, ajudou na Palestina a fazer decapitações em massa, vai parar numa colônia secundária da Inglaterra, e lá se faz feitor de semiescravos como deve ser a gente de cor nas colônias inglesas?

Digo isto por causa do *football*. O *football* é cousa inglesa ou nos chegou por intermédio dos arrogantes e rubicundos caixeiros dos bancos ingleses, ali, da Rua da Candelária e arredores, nos quais todos nós teimamos em ver lordes e pares do Reino Unido.

Quando não havia *football*, a gente de cor podia ir representar o Brasil em qualquer parte; mas, apareceu o *football* dirigido por um "ministreco" enfatuado e sequioso de celebridade, logo o tal esporte bretão, de vários modos, cavou uma separação idiota entre os brasileiros. É a missão dele. De modo que ela, a tal separação, não existe no Senado, na Câmara, nos cargos públicos, no Exército, na magistratura, no magistério; mas existe no transcendente *football*. Benemérito *football*! E ainda dizer-se que o governo dá gordas subvenções aos perversos de semelhante brutalidade, para eles insultarem e humilharem quase a metade da população do Brasil – é o cúmulo! E note-se que o dinheiro que o governo lhes dá, provém de impostos que todos pagam, brancos, pretos e mulatos. Dinheiro não tem cheiro, afirmava Vespasiano.

É por ver acontecer isto aqui, depois que se implantou entre nós o anglicano *football*, que imagino que esse descendente dos barões que impuseram a João Sem-Terra (1199-1215) a Magna Carta, vive lá na Trinidad, a surrar os negros que trazem mais de certo número de folhas, arrancadas às árvores, nos cabazes em que colhem a baga rubra do café maduro. É o fardo do homem branco: surrar os negros, a fim de trabalharem para ele. O *football* não é assim: não surra, mas humilha; não explora, mas injuria e come as dízimas que os negros pagam.

O importante é que esses sujeitos de *football* são de uma mediocridade intelectual a toda a prova; e é por isso mesmo que eles se julgam de raça eleita por Deus, graças às suas habilidades nos pés.

O tal inglês do anúncio, descendente dos Cruzados, conquanto, segundo tudo faz crer, leve em Trinidad uma vida muito semelhante à que levaram os seus avós nos castelos e *manoirs* medievais, onde eram reis, senhores de baraço e cutelo, cobravam impostos, etc., etc., não está contente, ao que parece. Quer casar e casar rico. Se é assim, é porque está o nosso duque ou marquês, conde ou visconde, completamente "pronto".

Admira-me que, com títulos de nobreza de tão grande vetustez, venha procurar herdeira rica no Rio de Janeiro. No mercado de Nova York, com toda a certeza, "Sua Graça" faria melhor negócio. Há fidalgos de menos prosápia que se hão casado com americanas riquíssimas sucessoras das milionárias firmas industriais patrícias, aliás, com muito acerto e raras consequências de escândalos mundiais. O Príncipe de Chimay foi um deles; e uns principezinhos italianos têm arranjado bem bons partidos.

Sem desfazer nas minhas gentis patrícias (com licença, Doutor *Football*), é opinião geral que as americanas são lindíssimas. Todos os frequentadores de cinematógrafo que conheço, dizem isso: e o descendente dos Cruzados que, antes de o serem, talvez, muito piedosamente, tivessem ajudado a assassinar Thomas Becket, arcebispo de Cantuária (1170), – devia voltar as suas vistas para as margens do Hudson, porque, por certo, adquiriria uma mulher solidamente bela, como são as mulheres *yankees*, e uma pesada burra de dólares – dois proveitos que cabem bem num só saco. É verdade que a Princesa de Chimay acabou na mais atroz miséria, depois de famoso escândalo, vivendo com um condutor de "funiculários" do Vesúvio; e muitas outras andam por aí, a níqueis e fazendo das suas. Que tem isso, porém? Brummel acabou na indigência; e Wilde, muito sujo, morando numa espécie de *zunga*, nos arredores de Paris.

A vida é isso; e desde que o dinheiro venha, para que mais?

De resto, o Rio não tem vida artística. Falar-se nisto é uma irrisão. De ano em ano, abre-se uma exposição de belas-artes, oficial, à cuja inauguração comparecem o presidente, ministros, generais, almirantes e mais pessoas gradas, muitas das quais, as mais das vezes, é a primeira vez que veem um quadro.

Em letras, temos a nossa Academia Brasileira – é verdade. É uma bela senhora, generosa, piedosa, religiosa; mas tem um defeito: só estima e julga com talento os seus filhos legítimos, naturais, espúrios e, mesmo, os adotivos. Quem não sugou o leite da academia ou não foi acalentado por ela, quando de colo, a rabugenta matrona não dá mérito algum. Daí, a falta de formalidade marcada nos felizes autores, velhos e novos, consagrados, cujos nomes não são acintosamente omitidos nos jornais. Todos eles se parecem, como os romances das mulheres-autoras, que são sempre, esquematicamente, "ele", "ela" e o "outro", sendo que este sempre é divino, etc., etc. Faltam nas obras brasileiras as características das literaturas ricas: autonomia, independência de pensamento e variedade de execução. Então, em verso, é uma lástima! quem sai fora dos moldes leva pedradas. O poeta novo é tanto melhor quanto mais bem pasticha o passado. É o critério da academia...

Um inglês polido e educado, como deve ser o anunciante, há de gostar também de música. Se é refinado, não lhe convém o Rio. Aqui, não há um músico criador, nem grande nem pequeno. A nossa atividade musical está entregue às mulheres, ou melhor: a moças casadouras e ricas; e as mulheres raramente são criadoras. Não há compositores; só há executores ou antes: executadoras, desde os ferrinhos e o trombone até o órgão e o piano.

É verdade que mestre Balzac, no *Ursule Mirouet*, diz:

> Il existe en toute musique, contre la pensée du compositeur, l'âme de l'exécutant, qui, par un privilège acquis seulement à cet art, peut donner du sens et de la poésie à des phrases sans grande valeur.

Conquanto Balzac diga isto e eu esteja disposto a concordar com ele, desde que possa frequentar concertos sem os exercícios do *football*, julgo que seria mais auspicioso que os Josés Maurícios e os Carlos Gomes se repetissem no Brasil com mais frequência do que essa chusma de meninas prendadas que levam todos os dias a dar concertos, aqui, ali e acolá, mostrando as suas habilidades no piano, mas sem propriamente nada criar, que afirme a nossa cultura e exprima de algum modo o nosso pensamento coletivo, as nossas dores e os nossos sonhos e alegrias. Em compensação, temos as cantigas dos cordões, dos blocos, dos ranchos, do "Forrobodó", e do "Fogo, viste linguiça?", que são apreciáveis e têm raízes, a parte musical, na arte chinesa; e a poética, não se sabe bem aonde. Talve o *sir* do anúncio aprecie este nosso modo de ser espiritual. Espere pelo carnaval, para verificar.

Somos de uma indigência franciscana, no que toca à moda, meu caro *baronet*. Devido à distância em que estamos da *rue de la Paix* e do trabalho preliminar do lançamento delas, acontece que aqui as senhoras usam no inverno "confecções" que deviam usar no verão, e vice-versa.

Existe, porém, nas margens da Guanabara, uma espécie de moda que há de causar espanto ao nobilíssimo *earl* da quarta página da *Gazeta*; mas, ainda assim, descendente de guerreiros que venceram o famoso Saladino, em São João d'Acre, pelo que me merece muito. É o almofadismo, Excelência. Consiste ele em um rapazola – em geral; pode, porém, não o ser – tomar ademanes de menina de colégio de freiras e bordar, junto à namorada, almofadas de seda. Para isso, fazem roda, à tarde, em dada casa, juntando-se até meia dúzia e mais de pares. As meninas são as professoras e repreendem severamente os namorados-aprendizes, quando erram.

Um poeta brasileiro, mas português de nascimento, *my dear sir*, Tomás Gonzaga, bordava e mesmo estava bordando o vestido da noiva, Dona Doroteia, mas, no Parnaso, Marília, quando foi preso, por ter querido fazer a independência do Brasil de Portugal, em 1789, de súcia com outros poetas e um tal Tiradentes; porém, ao que parece, não levava pitos nem cacholetas de Dona Doroteia. É que ele sabia o ofício, era desembargador e usava dedal de ouro que, hoje, deve custar caro; e não está, portanto, ao alcance de quem espera fortuna na loteria ou num casamento rico, como um qualquer "almofadinha" de Petrópolis e sucursais. É verdade que Hércules, em trajes de mulher, fiava aos pés de sua amada Onfale; mas, em troca, cobria os ombros da rainha da Lídia, que, necessariamente, deviam ser belos, com a pele do terrível leão da Nemeia, flagelo que o semideus foi o único homem capaz de matar. Mas um almofadinha será capaz de equivalentes proezas? Só se for em *football* ou em circo de cavalinhos; porque é princípio fundamental de sua vida nada fazer de útil, sobretudo quando favorece os outros. Demais, se um deles matasse um leão, mesmo que fosse aquele cego de Tartarin, a sua dama teria medo até de ver--lhe a pele – que fará vesti-la! Chamam-nas "melindrosas", caro duque de Holdshire. Está tudo explicado, não é?

É de esperar que o nosso teatro não lhe agrade absolutamente. Há em todas as línguas, até em lituano, mas não o há em inglês. O que há, em português – língua que, naturalmente, Vossa Graça virá a falar, caso se case com moça daqui – duram as suas representações tão pouco tempo, são tão rápidos e instantâneos os atos e as cenas, que acaba saindo do espetáculo sem nada ter compreendido da graça e das tenções do autor e dos atores.

O interesse que tomei pelo inglês anunciante da *Gazeta* e capataz de usina de açúcar, nas bocas do Orenoco, foi tal, que vou acabando este artiguete em feitio de carta.

Não há mal nenhum; quebrei a unidade do trabalho, é verdade, mas pude ser confidencial e sincero. O *lord* da ilha da Trinidad bem poderia vir para o Rio de Janeiro. Não direi para "suivre la vie artistique et à la mode", como está no anúncio; mas para ensinar boas maneiras e gestos fidalgos à nossa recente nobreza papalina e de outras proeminências, *post bellum*. Como há no nosso feminismo burocrático interessantes Filamintas, há, nos nossos titulares, de uns tempos para cá, muitos MM. Jourdains. Molière tem remédio para tudo.

Se o *sir* anunciante que está a vigiar negros, na catação de café, lá, por aquelas distantes paragens anglo-colombianas, quer se estabelecer aqui e ganhar dinheiro, com casamento ou cousa equivalente, pode vir para um dos nossos grêmios de *football* alistar-se como *back* ou *forward*; e garanto que, em duas ou três representações de sua pessoa no estrangeiro, como brasileiro, ganhará alguns guinéus, para procurar com vagar, mesmo em sua terra, uma noiva sólida. O governo brasileiro é generoso com... o *football* e os estrangeiros que o jogam. Afianço-lhe isto porque o nosso governo e os antropologistas do *football* andam atrapalhadíssimos para arranjar sempre uma nívea representação futebolesca do Brasil na estranja. Um inglês, que descende dos piedosos libertadores do túmulo de Nosso Senhor Jesus Cristo e, ao mesmo tempo, talvez, de algum dos matadores do santo prelado, Thomas Becket, arcebispo de Cantuária, está livre de toda e qualquer suspeita de negrismo. Pode, portanto, representar o Brasil, lá fora, não só no jogo de conspícuas patadas em bolas, como também nas cortes que ainda existam no universo; e o governo nacional, de mãos dadas com as eugênicas autoridades dos pontapés, cheias de contentamento por terem encontrado tão lídimo "expoente" (vá lá!) da população brasileira, há de cumulá-lo de toda a espécie de recompensas, inclusive monetárias. O casamento virá depois; a questão é "dar em cima" com umas barrigas de pernas bem bochechudas, porém nuas.

Não fique, *mylord*, na praia, lá, da Trinidad, em êxtase poético, tal e qual, na sua *Água Marinha*, Orestes Barbosa canta um certo, nestes melancólicos versos:

> Pela alvorada o Barco de Ouro, lento
> surgiu nas ondas verdes, num momento,
> para o meu sonho e para o sonho teu.
>
> Depois do Sol turvou-se o brilho intenso,
> o crepúsculo azul ficou mais denso,
> e o Barco de Ouro desapareceu...

Viu o que aconteceu, *mylord*, com essoutro? O "barco de ouro" foi-se; e ele ficou chuchando no dedo. Deixe, "Vossa Nobreza", essa praia de Port of Spain; venha pra cá e meta-se no nosso *football* que o dinheiro choverá e bons casamentos não lhe faltarão. É meu conselho.

A.B.C., 1º de outubro de 1921.

COMO É?

Noticiam os jornais que a polícia prendeu dois vadios e, de acordo com as leis e o código, processou-os por vadiagem.

Até aí a cousa não tem grande importância. Em toda a sociedade, há de haver por força vadios.

Uns, por doença nativa; outros, por vício.

Tem havido até vadios bem notáveis.

Dante foi um pouco vagabundo; Camões, idem; Bocage também; e muitos outros que figuram nos dicionários biográficos e têm estátua na praça pública.

Não vem tudo isto ao caso; mas uma ideia puxa outra...

O que há de curioso no caso de polícia de que vos falei, é que os tais vadios logo se prontificaram a prestar fiança de quinhentos mil-réis, cada um, para se defenderem soltos. Como é isto? Vagabundos possuidores de tão importante quantia? Há muito homem morigerado e trabalhador, por aí, que nunca viu tal dinheiro.

Deve haver engano, por força.

De resto, se não o há, sou de parecer que a tal lei está malfeita.

O legislador nunca devia admitir que vadios, homens que nada fazem, portanto não ganham, pudessem dispor de dinheiro, e dinheiro grosso, para se afiançarem.

Ou eles o têm e obtiveram-no por meios e, portanto, não são vadios; ou, tendo-o e não trabalhando, são cousa muito diferente de simples vadios.

Quem cabras não tem e cabritos vende...

Não sou, pois, bacharel, jurista nem rábula e fico aqui.

Careta, 23 de outubro de 1920.

REFORMAS URBANAS

A REVOLTA DO MAR

A última e formidável ressaca que devastou e destruiu grande parte da Avenida Beira-Mar merece considerações especiais que não posso deixar de fazer. O Mar tinham os antigos como sendo um dos cinco elementos da Natureza; do Mar, afirmam os sábios modernos, veio toda a vida. É assim o Mar um deus tutelar da nossa espécie. Nós lhe devemos tudo ou quase tudo. Não fora o Mar, ainda a Terra estaria muito por conhecer; ele é o meio mais eficaz de comunicação entre os povos.

Vence-se mais facilmente a mesma distância por mar do que por terra. Desde tempos imemoriais, é o campo das grandes audácias e dos grandes audaciosos.

O Mar é um deus ou um semideus.

Como tal, tem merecido desde os tempos homéricos o louvor dos grandes poetas. Ele é a maravilha da terra, a maior delas. Ainda agora recebo um livro de poesias – *Asas no Azul* – de Mário José de Almeida – que abre com este lindo soneto sobre o monstro:

ÂNSIA DO MAR

Vibra, escachoa o oceano, brame, investe
para o amplo azul – noite e dia – não cansa
a onda que na praia se destrança
e da alvura da espuma se reveste.

Dentro do sonho, envolto na esperança
de inda atingir a placidez celeste,
o mar se arroja, torvo se abalança
nas asas colossais do sudoeste...

E parece que o mar se espraia
de praia a praia, ovante ramifica
o mesmo anelo – anseio de Himalaia.

À noite, à luz da lua que desponta
a onda em sua fala comunica
todo o queixume que a outra prata conta.

Mas os grosseiros homens do nosso tempo, homens educados nos cafundós escusos da City londrina ou nos gabinetes dos banqueiros de Wall Street, onde se fomenta a miséria dos povos, não lhe quiseram ver a grandeza, o mistério e a divindade, a sua palpitação íntima. O Mar, como a vida humana, não podia deixar de ser também um bom campo às suas "cavações" ou "escavações" e trataram de explorá-lo.

De há muito que ele havia marcado os seus limites com a terra; de há muito que ele dissera a esta: o teu domínio para aí e daí não passarás.

Tais homens, porém, embotados pela sede de riquezas, não perceberam bem isto; e, a pretexto de melhoramentos e embelezamentos, mas, na verdade, no intuito de auferirem gordas gratificações de banqueiros, trataram de estrangulá-lo, de aterrá-lo com lama. Diziam eles que tal faziam, para tornear belos passeios, como se o Mar por si só não fosse Beleza.

No começo, entraram por ele adentro com timidez; ele deu uns pequenos avisos de que não deveriam continuar. Os homens de negócios não viram tais avisos; não pressentiram o que eles continham, porque não entraram no mistério das Cousas. Tomaram-se de audácia e foram levando além o propósito de comprimir o mar, a fim de ganharem boas gorjetas.

O mar nada disse e deixou-os, por alguns meses, encherem-no de lama. Um belo dia, ele não se conteve. Enche-se de fúria e, em ondas formidáveis, atira para a terra a lama com que o haviam injuriado.

Careta, 23 de julho de 1921.

AS ENCHENTES

As chuvaradas de verão, quase todos os anos, causam no nosso Rio de Janeiro inundações desastrosas.

Além da suspensão total do tráfego, com uma prejudicial interrupção das comunicações entre os vários pontos da cidade, essas inundações causam desastres pessoais lamentáveis, muitas perdas de haveres e destruição de imóveis.

De há muito que a nossa engenharia municipal se devia ter compenetrado do dever de evitar tais acidentes urbanos.

Uma arte tão ousada e quase tão perfeita, como é a engenharia, não deve julgar irresolvível tão simples problema.

O Rio de Janeiro, da Avenida, dos *squares*, dos freios elétricos, não pode estar à mercê de chuvaradas, mais ou menos violentas, para viver a sua vida integral.

Como está acontecendo atualmente, ele é função da chuva. Uma vergonha!

Não sei nada de engenharia, mas, pelo que me dizem os entendidos, o problema não é tão difícil de resolver como parece fazerem constar os engenheiros municipais, procrastinando a solução da questão.

O Prefeito Passos, que tanto se interessou pelo embelezamento da cidade, descurou completamente de solucionar esse defeito do nosso Rio.

Cidade cercada de montanhas e entre montanhas, que

recebe violentamente grandes precipitações atmosféricas, o seu principal defeito a vencer era esse acidente das inundações.

Infelizmente, porém, nos preocupamos muito com os aspectos externos, com as fachadas, e não com o que há de essencial nos problemas da nossa vida urbana, econômica, financeira e social.

Correio da Noite, 19 de janeiro de 1915.

O EDIFÍCIO DA CRUZ VERMELHA

Nos últimos dias do mês passado, o *Rio-Jornal* deu-nos uma larga notícia sobre as cousas da Cruz Vermelha Brasileira.

O começo da notícia é tão de lamúrias a ponto de provocar lágrimas.

Diz e repete que essa sociedade humanitária

> vive esquecida, unicamente alimentada pelo entusiasmo inarrefecível de diminuto grupo de patrícios, utopistas na condenação injustificável de indivíduos acanhados no seu modo de ver.
>
> Ignorada, trabalhando em silêncio e cônscia de sua modéstia, pelo criminoso descaso que lhe votam os responsáveis, os espetaculosos promotores de festas de caridade em benefício dos infelizes europeus e quiçá a população em geral, ela, no cenário da vida da cidade, só surge nos transes difíceis e horríveis como os dolorosos e negros dias da pandemia gripal.

Segundo me consta, essa história da Cruz Vermelha é destinada a socorrer feridos de guerra. Ora, o Brasil há muito tempo não se mete em guerra.

Sendo assim, como é então que querem que a nossa Cruz Vermelha seja conhecida? Não há de querer ela que, para se ostentar ao grande público, haja, de ano em ano, uma guerra com o Brasil. Longe, portanto, de se lastimar, a Cruz Vermelha deve exultar com a sua obscuridade!

Entretanto, ela não é assim tão total como diz o *Rio-Jornal*.

Há meses, houve lá uma eleição de diretoria. Dias antes, muitos mesmo, os "apedidos" dos jornais e outras seções vinham cheios dela. O eixo da disputa era ter o presidente mandado em missão ao Paraná e outros lugares uma parteira, como portadora de credenciais da associação. Sem cobras e lagartos e todos os leitores de jornais, que são o verdadeiro público do Rio de Janeiro, se não tinham notícia da "Cruz Vermelha", vieram a tê-la com o escândalo jornalístico.

Eu não sei bem que utilidade pode ter uma parteira para tratar feridos de guerra. Creio bem que os ferimentos que essas especialistas podem curar não se adquirem na guerra, mas fora dela, em cura de partos, que, por eufemismo ou outra figura de retórica, chamam de batalha, guerra de amor, os singulares combates em que os estragos redundam em trabalho para os obstetras.

Agora, eu me lembro – e por lealdade declaro – que, há muitos anos, li a nomeação do Doutor Abel Parente para médico parteiro da guarda nacional. Mas isto foi no "Filhote" da *Gazeta*. Além disto, a eleição da diretoria foi um sucesso que causou inveja ao Honório Pimentel, de Santa Cruz.

A notícia que traz o endemoninhado *Rio-Jornal* se alonga em outras considerações; e, até, estampa um *clichê* do edifício projetado para a sede de todos os serviços que a Cruz quer prestar ao país, à cidade, na paz e na guerra.

É olhá-lo para se chegar logo à conclusão de que quem o projetou não é arquiteto, nem mesmo engenheiro: é um marceneiro.

Os senhores conhecem essas espécies de cômodas de escritório, em cujas gavetas se guardam papéis? Pois é assim a maneira do tal edifício da Cruz. Os franceses chamam a tal móvel *chiffonnier*, creio eu; e o edifício da sociedade é perfeitamente semelhante a ele, mas inteiramente feio, porque, além das muitas gavetas e descomunal altura, ainda tem mais torrezinhas, uma cúpula central, uns cocurutos, absurdos e contraproducentes, que não lhe deixam totalmente ver a sua estética abracadabrante de caixão.

O *Rio-Jornal* nos informa também de várias cousas sobre esse monumento "gótico". Diz ele:

> O edifício planejado, uma vez construído, marcará o início de uma nova fase na vida da sociedade. Seu custo ficará aproximadamente por 20.000:000$000.

Se o "caixão" da Cruz Vermelha já era pretensioso no seu número de andares, ainda mais se mostra ser, dado que uma cousa não supusesse a outra, no custo. Qual é o edifício público do Brasil que custa isso? Nenhum. Algumas igrejas e conventos do Rio, uma ou outra, podem ser avaliados nisso; mas que tempo levaram a ser construídos? A Candelária, por exemplo, levou mais de cem anos; e verdadeiramente não está acabada.

Ora, Cruz Vermelha!, isto é muito para tua alma!

O mesmo jornal ainda nos dá outros detalhes curiosos sobre o formidável "caixão".

Ei-los:

> Ocupando uma área de 6.000 m², tendo de altura, do subsolo ao último andar, 125 metros, sendo a máxima 142 metros, ele comportará vinte andares, onde ficarão instalados, de acordo com todos os preceitos das construções modernas e exigências de higiene, todo o aparelhamento necessário a um hospital de primeira ordem, desde os mais delicados gabinetes, enfermarias, quartos particulares e de observação, até um grande frigorífico para receber a carne, o peixe, aves, frutas, legumes, destinados ao consumo de um mês.

O Senhor Taumaturgo de Azevedo, que disputa ao Senhor Câmara o número de "crachás" universitários; que é doutor em uma porção de cousas; o Senhor Taumaturgo de Azevedo devia saber, como todos sabem, que, atualmente, é aconselhada pelos higienistas de todo o mundo a construção de hospitais em pavilhões nivelados. Os motivos são óbvios e estão ao alcance da mais mediana inteligência que tenha a mais mediana cultura. Como é, então, que o Senhor Taumaturgo (será por causa do nome?) quer fazer um hospital moderno ao jeito dos antigos?

Com tanto dinheiro, ele pode construir a sede propriamente da sociedade e o hospital em lugares separados, tanto mais que ele tem o frisante exemplo do Hospital Central do Exército, maravilhoso entre as nossas cousas chatas, já pela construção, já pelo pessoal, e onde estive dois meses excelentemente, do que tenho muitas saudades. De resto, essas edificações brutas e estúpidas, como quer ser a tal para a Cruz Vermelha, não devem ser consentidas na nossa cidade.

Há quem conteste que o tipo *sky-scraper* nova-iorquino nasceu de condições peculiares à grande cidade do Hudson.

Não foram determinados pelo subsolo granítico de Nova York, nem pelo encarecimento progressivo dos terrenos da ilha de Manhattan, onde se acumula toda a intensa vida da imensa cidade; entretanto, se não foram tais fatores os principais, eles devem ser levados em linha de conta.

Entre nós, porém, nenhum deles pode prevalecer e não devíamos permitir a construção de semelhantes faróis cívicos, em uma cidade semeada e bordada de colinas, morros quase serras, que ainda estão mais ou menos arborizadas e que devem estar sempre, dando-lhe a sua beleza especial, o seu *cachet* de grandeza, e a sua simplicidade de horizontes, os quais nós perderemos, pobres e mesquinhas formigas humanas que somos!, se tais chatezas se vierem multiplicar.

O *sky-scraper* define o americano. É a arrogância do *parvenu* e a estupidez do arrivista que não sabe esperar pelo tempo e outras circunstâncias mínimas para ter personalidade. Faz o grande, o desmedido; gesticula, berra, veste-se com cores vivas, arreia-se de brilhantes e pérolas, de todas as joias, enfim, para parecer fidalgo, poderoso e original. É um estudo a fazer.

Só o tempo faz o que o tempo não destrói; e seremos muito tolos se imitarmos os americanos nas suas idiotices e pretensões com o descomunal.

Se nós tivéssemos um Conselho Municipal, se apelaria para ele. Mas o tal conselho que temos não ama a cidade, nem é composto de gente dela. O único carioca que lá existe e pode ter algum amor pelo Rio de Janeiro é o Coronel Brandão; mas esse mesmo é português de nascimento. Os outros são cubanos, mexicanos, hondurenses – gente que, por bem ou pela força, tem de gravitar em torno da república do dólar. É inútil esperar qualquer cousa dessa gente que, não contente de estar sob o guante americano, ainda procura narcótico jesuítico para se anular, e o vai impingir às crianças, nas escolas, à força do poder do Estado, julgando legítimo isso, porque sofrera também império semelhante que destruiu nela a rebeldia indispensável ao progresso humano, mas a deixou, em compensação, viver à tripa forra.

Estão se cevando, mas é pena que o seja inutilmente. A antropofagia já passou de moda em toda a humanidade...

Dessa forma, não temos nós, cariocas, que amamos o nosso lindo Rio de Janeiro, para quem apelar e o Senhor Taumaturgo poderá impunemente arranhar – só, não! – furar céu, a menos que Deus não faça, como fez com os atrevidos da torre de Babel, castigá-lo bem castigado! É ainda uma esperança...

Hoje, 10 de julho de 1919.

O CONVENTO

Noticiaram os jornais, com pompa de fotogravuras e alarde de sabenças históricas, que o Convento da Ajuda, aquele ali da Avenida, fora vendido a alguns ingleses e americanos pela bela quantia de mil oitocentos e cinquenta contos.

Houve grande contentamento nos arraiais dos estetas urbanos por tal fato. Vai-se o mostrengo, diziam eles: e ali, naquele canto, tão cheio de bonitos prédios, vão erguer um grande edifício, moderno, para hotel, com dez andares.

Eu sorri de tão santa crença, porque, se o Convento da Ajuda não é tão bonito como o Teatro Municipal, tanto um como outro não são belos. A beleza não se realizou em nenhum dos tais edifícios daquele funil elegante; e se deixo o Teatro Municipal, e olho o Club Militar, a monstruosa Biblioteca, a Escola de Belas-Artes, penso de mim para mim que eles são bonitos de fato, mas um bonito de nosso tempo, como o convento o foi dos meados do nosso século XVIII.

Naquele tempo, isto é, entre 1748 e 1750, quando ele ficou mais ou menos pronto, se já houvesse jornais, certamente eles falariam no lindo e importante edifício com que ficou dotada a leal e heroica cidade de São Sebastião do Rio de Janeiro. Falariam com o mesmo entusiasmo com que nós falamos ao se inaugurar o teatro do Doutor Passinhos. Não os havia e não podemos passar de suposições. Decorreram cento e cinquenta anos e nós ficamos aborrecidos com o tal lindo edifício.

O bonito envelhece, e bem depressa; e eu creio que, daqui a cem anos, os estetas urbanos reclamarão a demolição do Teatro Municipal com o mesmo afã com que os meus contemporâneos reclamaram a do convento.

É de ver como os homens tidos por mais carranças, mais tradicionalistas, mais misoneístas, não apresentaram, já não direi protesto, mas queixumes contra essa mutilação que vai sofrer a cidade.

Nenhum deles se enterneceu com a próxima morte daquelas paredes; e havia tanto motivo para isso! Um convento de freiras é de alguma forma quinto ato de dramas amorosos.

Certas vezes serviram de prisão doméstica, prisão às ordens desse juiz-algoz, o pai de família, sempre obediente aos vagos códigos da honra e da pureza da família, metendo as filhas e parentas nos conventos, quando implicava com o namorado que tinham, ou não o julgava de nobreza suficiente para a sua prosápia.

Em outras, havia de ser voluntária a reclusão; mas, num pequenino cérebro de mulher, naturalmente esse piedoso desejo vinha de uma decepção amorosa ou de uma forte crença na indigência de sua beleza. O amor de Deus vinha após o amor dos homens; e aquelas paredes que vão ruir sob os aplausos dos estetas e anticlericais, longe talvez de estarem impregnadas de sonhos místicos, estão, talvez, saturadas de decepções, de desilusões, de melancolias, de desesperos, posso bem dizer, de revoltas bem humanas.

Com as minhas ideias particulares posso passar sem o passado e sem a tradição; mas os outros, aqueles que, diariamente, contam nos jornais histórias do açougue dos jesuítas, anedotas do Príncipe Natureza e outras cousas edificantes e épicas, como é que deixam desaparecer sem uma lágrima, debaixo do alvião bárbaro, aquele velho monumento, panteão de rainhas, de imperatrizes e princesas?

É que eles estavam convencidos da sua fealdade, da necessidade do seu desaparecimento, para que o Rio se aproximasse mais de Buenos Aires.

A capital da Argentina não nos deixa dormir. Há conventos de fachada lisa e monótona nas suas avenidas? Não. Então esse casarão deve ir abaixo.

O Passos quis; o Frontin também; mas a desapropriação custaria muito e recuaram.

Não sei bem que vantagens trará tal cousa. Se, ao menos, fôssemos levantar ali um Louvre, um Palácio dos Doges, alguma cousa de belo e grandioso arquitetonicamente, era de justificar todo esse contentamento que vai pelas almas dos estetas; mas, para substituí-lo por um hediondo edifício americano, enorme, pretensioso e pífio, o embelezamento da cidade não será grande e a satisfação dos nossos olhos não há de ser de natureza altamente artística. Uma cousa vale a outra.

Não é que eu tenha grande admiração pelo velho casarão; mas é que também não tenho grande admiração nem pelo estilo, nem pela gente, nem pelos preceitos americanos dos Estados Unidos.

Em matéria de imenso lá estão as pirâmides do Egito; e, como são simples de linhas e de destino, ainda podem ter alguma beleza; mas uma casa, uma habitação, com centenas de metros de altura, com uma fachada de superfície imensa, de forma que não se pode abranger de um golpe de vista o conjunto e o movimento dos detalhes, não é só monstruoso, é besta e imbecil.

O convento não tinha beleza alguma, mas era honesto; o tal hotel não terá também beleza alguma e será desonesto, no seu intuito de surripiar a falta de beleza com as suas proporções mastodônticas.

De resto, não se pode compreender uma cidade sem esses marcos de sua vida anterior, sem esses anais de pedra que contam a sua história.

Repito: não gosto do passado. Não é pelo passado em si; é pelo veneno que ele deposita em forma de preconceitos, de regras, de prejulgamentos nos nossos sentimentos.

Ainda são a crueldade e o autoritarismo romanos que ditam inconscientemente as nossas leis; ainda é a imbecil honra dos bandidos feudais, barões, duques, marqueses, que determina a nossa taxinomia social, as nossas relações de família e de sexo para sexo; ainda são as cousas de fazenda, com senzalas, sinhás-moças e mucamas, que regulam as ideias da nossa diplomacia; ainda é, portanto, o passado, daqui, dali, dacolá, que governa, não direi as ideias, mas os nossos sentimentos. É por isso que eu não gosto do passado; mas isso é pessoal, individual. Quando, entretanto, eu me faço cidadão da minha cidade não posso deixar de querer de pé os atestados de sua vida anterior, as suas igrejas feias e os seus conventos hediondos.

Esse furor demolidor vem dos forasteiros, dos adventícios, que querem um Rio-Paris barato ou mesmo Buenos Aires de tostão.

O aspecto anticlerical com que eles escondem esse desejo de fazer da cidade um improviso catita nada vale.

Em geral, são sempre os monumentos religiosos que ficam.

O Partenon era um edifício religioso; e religiosos eram os monumentos de Carnac.

As catedrais góticas irão abaixo, quando o catolicismo não tiver mais nem um adepto? Não. A não ser que os velhos turcos venham a conquistar a Europa inteira.

O convento por si só não enfeava tanto a cidade, como dizem; nem tampouco a sua demolição vai diminuir o espírito religioso, nem trazer para as alegrias da vida as freiras que lá estavam enclausuradas.

Demais, não eram muitas; uma meia dúzia e o seu livramento pode ser obtido com a décima parte do dinheiro por que venderam o imóvel. É só requerer *habeas corpus*...

De todas as instituições religiosas, uma das mais sábias é o convento. Nos antigos tempos, e um pouco no nosso, em que a vida social era baseada na luta e na violência, devia haver naturezas delicadas que quisessem fugir a tais processos; e o único meio de fugir era o convento.

Era útil e consequente; e, se hoje o gosto por tais reclusões diminui, é porque já na nossa vida há mais tolerância, menos exibições de virtude e de força, menos tiranias domésticas, religiosas e governamentais.

Não há de ser diminuindo conventos com auxílio do alvião dos americanos que teremos a felicidade sobre a Terra. Eles podem ficar, como cousas de museu – ao lado de canhões, de obuses, de fichas de identificação policial, dos códigos forenses, de todo esse aparelho de coação inútil, quase sempre, e contraproducente, nas mais das vezes; o que, porém, precisamos fazer é desentupir a nossa inteligência de umas tantas crenças nefastas, que pesam sobre ela como castigos atrozes do destino.

Os conventos são mudos; mas essas falam. São como os tais mortos que falam, piores do que espectros, do que fantasmas e almas do outro mundo, porque não só metem medo às crianças e às mulheres, mas também aos homens cheios de coragem e ousadia.

Elas é que são flagelo; elas é que nos crestam; elas é que nos tiram a felicidade de viver.

Se fosse possível, com elas, pôr abaixo certos nomes a alvião e à picareta, com bombas de dinamite e com pólvora negra, eu topava, sobretudo se se tratasse de um tal Padre Antônio Vieira, um cacetíssimo sermonário, um matoide trocadilhista, ausente total do pensamento e da emoção, de estilo obeso, como diz Oliveira Martins, ditador ainda das nossas letras, como se ele tivesse escrito alguma cousa de literário! Vamos pô-lo abaixo e deixemos o convento em paz!

Gazeta da Tarde, 21 de julho de 1911.

ATÉ QUE AFINAL!...

Seria preciso consultar todos os curiosos sabedores das cousas desta cidade, para ao certo se avaliar desde quando esta vasta e heroica São Sebastião clama e chora por melhoramentos, higiene, água, calçamento, etc., etc. Porquanto, aferindo pelo que temos ouvido durante a nossa curta existência, esses queixumes e lamentos devem datar dos seus inícios, mesmo talvez desde quando ali, pelas bandas do Pão de Açúcar, ela surgiu incipiente e tosca.

Julgamos até, pois tão forte é essa nossa suposição que, ao transferir dali para o morro de São Januário o núcleo da cidade real, Mem de Sá, solene e honesto, houvesse mandado pôr, nos finais das sesmarias que ia concedendo, algumas tocantes palavras de súplica à Nossa Senhora e ao Menino Jesus, implorando-lhes a graça e a ajuda para aqueles que viessem povoar os brejos que ele via se estender pela baixada afora e pra longe e muito longe.

De resto, ao depois dele, os outros que lhe sucederam – boa, leal e heroica gente portuguesa – andaram por estas terras a rezar a Deus Todo-Poderoso para que ele desse aos homens bons da cidade a doce esmola de alguns quartilhos d'água, a alentadora dádiva de duas ou três estradas razoáveis, por onde pudessem vir as abóboras da Fazenda dos Padres e os camarões de Iguaçu.

E assim foi por tão longo trato de tempo que faz crer que isso mais não fosse senão aquela lamurienta semente de Mem de Sá que germinou, cresceu e frutificou. Frutificando, frutificou bem, pois embora, por vezes, pela cidade e recôncavo além, lavrassem a bexiga, as sezões, a "carneirada" e o cólera, eles, os antigos, e nós, os modernos, continuamos em face de tais flagelos a rogar pacientemente a Deus, com alguma fé, e a pedir humildemente aos reis, com muito ceticismo, socorros e providências.

Mas não é em vão que a água mole e plástica bate incessante no rochedo duro e forte: ela cai uma, duas, dez, mil vezes, amolga aqui, arranha ali, por fim... fura. E, também, furou a indiferença dos deuses e dos reis o nosso melífluo queixar de três séculos e meio. Deus e o Congresso Nacional nos deram o Conselho Municipal.

Ao dizermos que nos deram o Conselho Municipal – bem parece equivaler a afiançar que íamos receber água, calçamento, luz e o mais em abundância.

Se houver acaso quem tenha dúvidas, pese bem os relevantes serviços que esse conselho, cujo mandato começou já, vai prestando a esta cidade.

Ele trata com fervoroso carinho a nossa heroica metrópole, tanto assim que lhe impôs novos tributos; ele a estima tanto que quer provocar a sua decadência comercial e industrial; ele a ama tanto que só trata de despovoá-la com as suas posturas draconianas; ele adora tanto o povo da cidade que só se preocupa em encarecer-lhe a vida...

Todos vós que amastes esta cidade, Sá, Mem e Estácio, Vaía Monteiro – o Onça, Bobadela, Passos e outros – exultai porque afinal ela tem o que precisa: um Conselho Municipal que quer o seu total aniquilamento.

Para isso ser obtido, foi preciso que fossem procurar os seus vereadores em todo o Brasil, menos no Rio de Janeiro.

A.B.C., 2 de fevereiro de 1918.

LEITURA DE JORNAIS

Não há dúvida alguma que o embelezamento das cidades sobreleva as questões de higiene e de assistência que elas também reclamam. É isto que se tem visto em toda a parte, principalmente nas capitais de tiranos asiáticos, onde se erguem monumentos maravilhosos de mármore e ouro, de ônix e porcelana, de ouro e jaspe, em cidades que não têm água nem esgotos e o grosso da população habita choupanas miseráveis.

Essa regra geral das administrações asiáticas obedece a certo critério de origem divina, em que se estatui que o senhor e os senhores têm direito a tudo; e os restantes, no máximo, à vida, e são obrigados a pagar impostos para gáudio daqueles outros.

Mais ou menos, em obediência a essa regra, foi que se ergueram tantos monumentos célebres no mundo inteiro, desde o "Palácio do Serralho", em Constantinopla, até o Taj Mahal, de Agra, na Índia, com a moldura de uma cidade de miseráveis.

Com o advento da democracia nos países de origem europeia, especialmente no nosso, depois da proclamação da república, essa regra asiática tem sido mais ou menos obedecida, com o caráter cenográfico, que nos é próprio.

Ainda há dias, lendo os jornais desta cidade, tive ocasão de verificar essa feição característica da nossa mentalidade administrativa.

O excelente *O Jornal*, nos primeiros dias deste mês, lamentava que a municipalidade ainda não houvesse levado a efeito a construção de um *stadium*, no Leblon.

Reproduzia a planta respectiva que a edilidade, com grande menosprezo pelos interesses vitais do povo, tinha atirado ao pó dos arquivos. Lastima-se o redator da notícia assim:

> Diante dessas informações perguntamos:
>
> – Por que se abandonou assim um projeto sob todos os títulos grandioso, para se fazer a concessão de hoje, que tantos comentários vão provocando?

Não há dúvida alguma que tal abandono é motivo de lástima a mais profunda, porquanto já temos, para realçar semelhantes grandiosos projetos dessa natureza, os magníficos *repoussoirs* da Favela, do Salgueiro, do Nheco e outros em muitos morros e colinas que são descritos por um jovem jornal desta cidade, *O Dia*, de 3 do corrente, desta maneira:

> encontram-se extensos aldeamentos de casas construídas com folhas de latas de gasolina, ripas de caixas de batata e caixões de automóveis.
>
> (...)
>
> Por essas barracas, que seria impossível de qualificar de casebres, porque nelas nenhum homem rico abrigaria o seu cão de estima, cobram-se de 30$ a 50$000 por mês e até mais.

Convém notar que essas maravilhas nada custaram à prefeitura, e, nem ao menos, exigem-lhe o trabalho de co-brar-lhes impostos ou dízimos quaisquer.

São puras criações de iniciativa particular que se mostra assim solícita para abrigar os pobres e dotar a cidade com essas curiosas construções, dignas de Huê ou de São Paulo de Luanda.

Buenos Aires, que não nos deixa dormir, tendo lá cousa semelhante, tratou de acabar com tão pitorescas excrescências. Que fez? Construiu pistas ou arenas de jogos atléticos? Não: construiu casas, conforme informa o último dos jornais citados, que ele descreve desta forma:

> Essas casas, construídas com armações de madeira ou ferro, oferecem aos seus habitantes o melhor conforto, pois todas elas, como se pode verificar nos projetos do Senhor Ayerza, dispõem de ótimas acomodações, água corrente, banheiros, salas, luz e ventilação, enfim, tudo o que se torna necessário ao bem-estar dos moradores.

Está se vendo por aí que os nossos vizinhos não têm o espírito olímpico; mas uma alma cheia de baixas e subalternas preocupações burguesas.

A nossa origem divina, ou melhor: a origem divina dos nossos dirigentes não lhes permite ter dessas cogitações práticas e comuns de casas para desafortunados.

Não seria possível que o sultão de Mossul fosse se preocupar com casas para o seu povo; mas, quando a bexiga irrompe, sabe ele da existência de uma plebe necessitada na sua capital, e, então, manda-a vacinar a toda pressa, sob pena de cortar a cabeça dos recalcitrantes, com medo que a difusão da peste venha enfear as sultanas do seu mimo.

São essas as considerações que me vieram ao fazer a leitura, com intervalo de dias, de dois grandes jornais cariocas que já citei.

Por aí, vim a concluir que a nossa administração ainda se guia pela estética urbana dos rajás asiáticos e que, sob este aspecto, ela é absolutamente original nestas américas e talvez nas européas.

Os seus arquivos, o que faz supor a descoberta do plumitivo do *O Jornal*, devem regurgitar de planos de prados, coliseus, frontões, boliches, teatros, palácios, etc., etc.

Entretanto, ela não presta atenção nos meios de enfear e emporcalhar mais a Favela, embora os seus propósitos de embelezamento de Copacabana e arredores peçam logicamente, de acordo com a sua doutrina calcutaense, a transformação daquele e outros morros que circundam a cidade, na cousa mais repugnante deste mundo...

A leitura dos jornais é sempre utilíssima, como já disse o outro.

Careta, 19 de março de 1921.

O PREFEITO E O POVO

O Senhor Doutor Carlos Sampaio é um excelente prefeito, melhor do que ele só o Senhor de Frontin. Eu sou habitante da cidade do Rio de Janeiro, e, até, nela nasci; mas apesar disso não sinto quase a ação administrativa de Sua Excelência. Para mim, Sua Excelência é um grande prefeito, não há dúvida alguma; mas de uma cidade da Zambézia ou da Cochinchina.

Vê-se bem que a principal preocupação do atual governador do Rio de Janeiro é dividi-lo em duas cidades: uma será a europeia e a outra, a indígena.

É isto que se faz ou se fez na Índia, na China, em Java, etc.; e em geral, nos países conquistados e habitados por gente mais ou menos amarela ou negra. Senão, vejamos.

Todo o dia, pela manhã, quando vou dar o meu passeio filosófico e higiênico, pelos arredores da minha casa suburbana, tropeço nos caldeirões da rua principal da localidade de minha residência, rua essa que foi calçada há bem cinquenta anos, a pedregulhos respeitáveis.

Lembro-me dos silhares dos caminhos romanos e do asfalto com que a Prefeitura Municipal está cobrindo os areais desertos de Copacabana.

Por que será que ela não reserva um pouquito dos seus cuidados para essa útil rua das minhas vizinhanças, que até é caminho de defuntos para o cemitério de Inhaúma? Justos céus! Tem acontecido com estes cada cousa macabra! Nem vale a pena contar.

Penso que, nessa predileção dos prefeitos por Copacabana, há milonga; mas nada digo, porquanto tenho aconselhado aos meus vizinhos proprietários que a usem também.

Outro cuidado que me faz meditar sobre as singulares cogitações do atual prefeito é a sua preocupação constante dos hotéis e hospedarias.

No tempo em que o Senhor Calmon foi ministro da Indústria, quase se criou uma diretoria geral, na sua secretaria, para tratar de hotéis, hospedarias, albergues, pousos e quilombos; atualmente, cogita-se na criação de um Ministério de Festas, Bailes, Piqueniques, Funçonatas, Charangas e *Football*; mas essas criações são, ou serão, levadas a efeito pelo Governo Federal, cuja riqueza é ilimitada e pode arcar com as despesas respectivas e bem-empregadas na defesa da Pátria.

A prefeitura, a municipalidade, porém, não tem, como ele, o privilégio de fazer dinheiro à vontade, donde se pode concluir que ela não poderá arcar com os pesados gastos de hotéis luxuosos para hospedar grossos e médios visitantes ilustres.

De resto, municipalidade supõe-se ser, segundo a origem, um governo popular que cuide de atender, em primeiro lugar, ao interesse comum dos habitantes da cidade (comuna) e favorecer o mais possível a vida da gente pobre. Esses hotéis serão para ela?

Pode-se, entretanto, admitir, a fim de justificar o amor do prefeito aos hotéis de luxo, que quer construir à custa dos nossos magros cobres; pode-se admitir que, com isso, Sua Excelência pretenda influir indiretamente no saneamento do morro da Favela.

Municipalidades de todo o mundo constroem casas populares; a nossa, construindo hotéis *chics*, espera que, à vista do exemplo, os habitantes da Favela e do Salgueiro modifiquem o estilo das suas barracas. Pode ser...

O Senhor Sampaio também tem se preocupado muito com o plano de viação geral da cidade.

Quem quiser, pode ir comodamente de automóvel da Avenida a Angra dos Reis, passando por Botafogo e Copacabana; mas ninguém será capaz de ir a cavalo do Jacaré a Irajá.

Todos os seus esforços tendem para a educação do povo nas cousas de luxo e gozo. A cidade e os seus habitantes, ele quer catitas. É bom; mas a polícia é que vai ter mais trabalho. Não havendo dinheiro em todas as algibeiras, os furtos, os roubos, as fraudes de toda a natureza hão de se multiplicar; e, só assim, uma grande parte dos cariocas terá "gimbo" para custear os esmartismos sampaínos.

A recrudescência do aparecimento de notas falsas está fornecendo um excelente pano de amostra.

Contudo, não é conveniente censurar o Doutor Sampaio por isso.

O Teatro Municipal é uma demonstração de como a municipalidade pode educar o povo, muito a contento.

Construiu, ali, na Avenida, aquele luxuoso edifício que nos está por mais de vinte mil contos.

Para se ir lá, regulamentarmente, um qualquer sujeito tem que gastar, só em vestuário, dinheiro que dá para ele viver e família, durante meses; as representações que lá se dão, são em línguas que só um reduzido número de pessoas entende; entretanto, o Teatro Municipal, inclusive o seu porão pomerizado, está concorrendo fortemente para a educação dos escriturários do Méier, dos mestres de oficinas do Engenho de Dentro e dos soldados e lavadeiras da Favela.

Não se pode negar...

Careta, 15 de janeiro de 1921.

A DERRUBADA

Fala-se muito na remoção das grades do Passeio Público e até Coelho Neto já exumou os gregos com o seu cânon de beleza, para justificar a retirada das grades.

Esse negócio de gregos e de beleza é cousa muito engraçada.

Sainte-Beuve já dizia que, de tempos em tempos, nós fazemos uma ideia da Grécia, e Coelho Neto tem, certamente, uma para uso próprio.

Eu quisera saber se Neto tem a concepção da beleza dos mármores obesos ou das estatuetas de Tânagra e se aplaudiria as vestes gregas, verdadeiras colchas de retalhos, com que os arqueólogos vestiram há pouco a "Dejanira", de Saint-Saëns.

É preciso acabar com essa história da Grécia e de imaginar que os gregos tinham uma única concepção da beleza e que foram belos, como os mármores que nos legaram.

Convém não esquecer que tais mármores são imagens religiosas e sempre os homens fizeram os seus deuses mais belos, mesmo quando os fazem humanos.

Mas tudo isso não vem ao caso.

Eu não me atrevo mesmo a dar opinião sobre a retirada das grades do Passeio Público. Hesito.

Mas uma cousa que ninguém vê e nota é a contínua derrubada de árvores velhas, vetustas fruteiras, plantadas há meio século, que a avidez, a ganância e a imbecilidade vão pondo abaixo com uma inconsciência lamentável.

Nos subúrbios, as velhas chácaras, cheias de anosas mangueiras, piedosos tamarineiros vão sendo ceifados pelo machado impiedoso do construtor de avenidas.

Dentro em breve, não restarão senão uns exemplares dessas frondosas árvores, que foram plantadas mais com o pensamento nas gerações futuras, do que mesmo para atender às necessidades justas dos que lançaram as respectivas sementes à terra.

Passando hoje pelo Engenho Novo, vi que tinham derrubado um velho tamarineiro que ensombrava uma rua sem trânsito nem calçamento.

A venerável árvore não impedia cousa alguma e dava sombra aos pobres animais, que, sob o sol inclemente, arrastavam pelo calçamento pesadas "andorinhas", caminhões, que demandavam o subúrbio longínquo.

Era uma espécie de oásis, para as pobres alimárias, que resignadamente ajudam a nossa vida.

Correio da Noite, 31 de dezembro de 1914.

ESTUPENDO MELHORAMENTO

É bem possível que, sob o governo desmontador do Senhor Carlos Sampaio, os serviços da prefeitura não tenham progredido ou desempenhado o papel normal que lhes cabe; mas uma outra iniciativa não se pode negar a esse iluminado prefeito que está aí, homem ultrapoderoso que até desafia, com a sua engenharia de máquinas de lama, as fúrias do Oceano.

Em matéria de higiene, só lhe resta, ao que parece, a Assistência Pública Municipal que, graças a Deus, ainda continua a ser uma instituição benemérita, muito pouco oficial, pela sua presteza e solicitude. Dou disto testemunho pessoal, pelo menos no que toca ao posto do Méier.

Em matéria de obras, o serviço da prefeitura é valorizar as areias de Copacabana e adjacências e bater-se contra os furores de indignação do Mar sem fim e sem amo.

Em matéria de instrução é que se abre uma exceção e, também, onde não se pode negar ao atual prefeito, uma útil iniciativa, como já notei mais atrás.

Todos os prefeitos do Distrito Federal (que nome horrível!) sempre se voltaram para a instrução pública: uns, construindo edifícios para escolas; outros, instituindo estabelecimentos de ensino profissional; outros, lembrando a criação de escolas noturnas para adultos ou para crianças; um outro, muito sabiamente, o maior, aboletou numa escola, que não cabia duzentos, mil e quinhentos alunos. O Doutor Sampaio fez cousa mais extraordinária: de um dia para outro, decretou que todas as crianças pobríssimas, tais são as que comumente frequentam as escolas públicas, soubessem pronunciar francês. Disraeli nunca o soube bem; Diez que, teoricamente, o sabia como ninguém, segundo Gaston Paris, tinha dificuldades em falá-lo desembaraçadamente; mas – como são as cousas desta terra e o quanto pode um *ukase* do ultrapoderoso Doutor Sampaio! – as crianças do Rio de Janeiro, num instante, aprenderam-no logo e cantaram magnificamente o hino belga, em coro, caindo de inanição, de sede e insolação, na Quinta da Boa Vista. Contam que o Rei Alberto, que recebia a estranha homenagem, dissera, ao ouvi-las:

– Quando cantado, o português se parece muito com o francês.

O municipal poliglotismo infantil não ficou só nisso. A ideia do Senhor Carlos Sampaio proliferou. Há dias comemorou-se o sexto aniversário da morte de Dante; e, conforme li nos jornais da ocasião, os meninos e meninas das escolas públicas iriam cantar, em italiano, um hino ao altíssimo poeta.

Vai ou não vai em marcha a ideia sampaiana?

A petizada dos colégios municipais, nesse andar, acaba falando ou cantando todas as línguas do Globo; e é de esperar que, quando vier aqui o imperador dos maoris, ela saiba também entoar o lindo hino, da terra de tais antropófagos, o *Pibé*, que diz assim:

> Papa ra te wati tidi
> I dounga nei...

Um tão estupendo melhoramento municipal, pelo que lhe somos eternamente gratos, devemos a iniciativa do Senhor Carlos Sampaio. Que homem viajado!

Careta, 1º de outubro de 1921.

SOBRE O DESASTRE

Viveu uma semana a cidade sob a impressão do desastre da Rua da Carioca. A impressão foi tão grande, alagou-se por todas as camadas, que temo não ter sido de tal modo profunda, pois imagino que, quando saírem à luz estas linhas, ela já se tenha apagado de todos os espíritos.

Todos procuraram explicar os motivos do desastre. Os técnicos e os profanos, os médicos e os boticários, os burocratas e os merceeiros, os motorneiros e os quitandeiros, todos tiveram uma opinião sobre a causa da tremenda catástrofe.

Uma cousa, porém, ninguém se lembrou de ver no desastre: foi a sua significação moral ou, antes, social.

Nesse atropelo em que vivemos, neste fantástico turbilhão de preocupações subalternas, poucos têm visto de que modo nós nos vamos afastando da medida, do relativo, do equilibrado, para nos atirarmos ao monstruoso, ao brutal.

O nosso gosto, que sempre teve um estalão equivalente à nossa própria pessoa, está querendo passar, sem um módulo conveniente, para o do gigante Golias ou outro qualquer de sua raça.

A brutalidade dos Estados Unidos, a sua grosseria mercantil, a sua desonestidade administrativa e o seu amor ao apressado estão nos fascinando e tirando de nós aquele pouco que nos era próprio e nos fazia bons.

O Rio é uma cidade de grande área e de população pouco densa; e, de tal modo o é, que se ir do Méier a Copacabana é uma verdadeira viagem, sem que, entretanto, não se saia da zona urbana.

De resto, a valorização dos terrenos não se há feito, a não ser em certas ruas e assim mesmo em certos trechos delas, não se há feito, dizia, de um modo tão tirânico que exigisse a construção em nesgas de chão de *sky-scrapers*.

Por que os fazem então?

É por imitação, por má e sórdida imitação dos Estados Unidos, naquilo que têm de mais estúpido – a brutalidade. Entra também um pouco de ganância, mas esta é a acoraçoada pela filosofia oficial corrente que nos ensina a imitar aquele poderoso país.

Longe de mim censurar a imitação, pois sei bem de que maneira ela é fator da civilização e do aperfeiçoamento individual, mas aprová-la *quand même* é que não posso fazer.

O Rio de Janeiro não tem necessidade de semelhantes "cabeças de porco", dessas torres babilônicas que irão enfeá-lo, e perturbar os seus lindos horizontes. Se é necessário construir algum, que só seja permitido em certas ruas com a área de chão convenientemente proporcional.

Nós não estamos, como a maior parte dos senhores de Nova York, apertados, em uma pequena ilha; nós nos podemos desenvolver para muitos quadrantes. Para que esta ambição então? Para que perturbar a majestade da nossa natureza, com a plebeia brutalidade de monstruosas construções?

Abandonemos essa vassalagem aos americanos e fiquemos nós mesmos com as nossas casas de dois ou três andares, construídas lentamente, mas que raramente matavam os seus humildes construtores.

Os inconvenientes dessas almanjarras são patentes. Além de não poderem possuir a mínima beleza, em caso de desastre, de incêndio, por exemplo, não podendo os elevadores dar vazão à sua população, as mortes hão de se multiplicar. Acresce ainda a circunstância que, sendo habitada por perto de meio a um milhar de pessoas, verdadeiras vilas, a não ser que haja uma polícia especial, elas hão de, em breve, favorecer a perpetração de crimes misteriosos.

Imploremos aos senhores capitalistas para que abandonem essas imensas construções, que irão, multiplicadas, impedir de vermos os nossos purpurinos crepúsculos do verão e os nossos profundos céus negros do inverno. As modas dos "americanos" que lá fiquem com eles; fiquemos nós com as nossas que matam menos e não ofendem muito à beleza e à natureza.

Sei bem que essas considerações são inatuais. Vou contra a corrente geral, mas creiam que isso não me amedronta. Admiro muito o Imperador Juliano e, como ele, gostaria de dizer, ao morrer: "Venceste Galileu".

Revista da Época, 20 de julho de 1917.

MULHERES

NÃO AS MATEM

Esse rapaz que, em Deodoro, quis matar a ex-noiva e suicidou-se em seguida é um sintoma da revivescência de um sentimento que parecia ter morrido no coração dos homens: o domínio, *quand même*, sobre a mulher.

O caso não é único. Não há muito tempo, em dias de carnaval, um rapaz atirou sobre a ex-noiva, lá pelas bandas do Estácio, matando-se em seguida. A moça, com a bala na espinha, veio morrer, dias após, entre sofrimentos atrozes.

Um outro, também, pelo carnaval, ali pelas bandas do ex-futuro Hotel Monumental, que substituiu com montões de pedras o vetusto Convento da Ajuda, alvejou a sua ex-noiva e matou-a.

Todos esses senhores parece que não sabem o que é a vontade dos outros.

Eles se julgam com o direito de impor o seu amor ou de seu desejo a quem não os quer. Não sei se se julgam muito diferentes dos ladrões à mão armada; mas o certo é que estes não nos arrebatam senão o dinheiro, enquanto esses tais noivos assassinos querem tudo que é de mais sagrado em outro ente, de pistola na mão.

O ladrão ainda nos deixa com vida, se lhe passamos o dinheiro; os tais passionais, porém, nem estabelecem a alternativa: a bolsa ou a vida. Eles, não; matam logo.

Nós já tínhamos os maridos que matavam as esposas adúlteras; agora temos os noivos que matam as ex-noivas.

De resto, semelhantes cidadãos são idiotas. É de supor que, quem quer casar, deseje que a sua futura mulher venha para o tálamo conjugal com a máxima liberdade, com a melhor boa vontade, sem coação de espécie alguma, com ardor até, com ânsia e grandes desejos; como é então que se castigam as moças que confessam não sentir mais pelos namorados amor ou cousa equivalente?

Todas as considerações que se possam fazer, tendentes a convencer os homens de que eles não têm sobre as mulheres domínio outro que não aquele que venha da afeição, não devem ser desprezadas.

Esse obsoleto domínio à valentona, do homem sobre a mulher, é cousa tão horrorosa, que enche de indignação.

O esquecimento de que elas são, como todos nós, sujeitas a influências várias que fazem flutuar as suas inclinações, as suas amizades, os seus gostos, os seus amores, é cousa tão estúpida, que só entre selvagens deve ter existido.

Todos os experimentadores e observadores dos fatos morais têm mostrado a inanidade de generalizar a eternidade do amor. Pode existir, existe, mas, excepcionalmente; e exigi-la nas leis ou a cano de revólver é um absurdo tão grande como querer impedir que o sol varie a hora do seu nascimento.

Deixem as mulheres amar à vontade.

Não as matem, pelo amor de Deus!

Correio da Noite, 27 de janeiro de 1915.

OS UXORICIDAS E A SOCIEDADE BRASILEIRA

"... et je déteste l'orgueil qui veut qu'on s'honore autrui, comme si quelqu'un dans la postérité d'Adam pouvait être trouvé digne d'honneur!"

Anatole France – *M. Jérôme Coignard*

Entre os livros que me legou, ao morrer, o meu saudoso amigo Gastão Soares, a quem chamavamos "Chambá", quando era ele servente da Escola Politécnica, veio um muito curioso. É edição da antiga casa Laemmert; e pelo tipo, papel e outros pequenos indícios, deve ela ser de 1840 a 1850. Tem por título – *Crimes Espantosos* – e, tendo eu um único volume, o primeiro, não sei de quantos se compunha a obra.

Como diz o seu título, o volume é formado com a narração de vários e estranhos crimes ocorridos todos em França, pois é o trabalho – o que me esquecia de dizer – uma tradução da língua desse país para o português.

Em começo, eu quis desfazer-me do livro. Estava incompleta a obra; era evidentemente uma cousa de fancaria e não valia a pena figurar e ocupar lugar na minha modesta biblioteca. Pus-me, porém, a ler a tradução do Senhor Desembargador Henrique Veloso d'Oliveira, pois assim se chamava o tradutor, e não mais quis atirar fora a semissecular publicação da defunta livraria Laemmert.

Narrava ela muitos crimes, alguns curiosos, inesperados e inexplicáveis, e outros de uma estupidez, de uma tal ferocidade, que me enchiam de pasmo haver homens que os cometessem.

Na categoria última, estava o assassinato de um filho pelo seu próprio pai.

Um tal Gilberto Augusto de Vandègre, nobre de quatro quarteirões de nobreza, vivia, apesar da sua autêntica fidalguia, a vida de um simples camponês, ele e a família, nos arredores de Riom, Puy-de-Dôme, Auvergne.

Casado com uma mulher de extração obscura, todos os seus filhos cresceram com os gostos, afeições, hábitos e usos de humildes camponeses. Um deles, o mais velho, André, aí pelos trinta anos, muito naturalmente, veio a apaixonar-se por uma rapariga aldeã, Maria Bourdu, então criada de servir em casa de Gilberto Joannet, *fermier* vizinho dos Vandègres. Tratou de casar-se; os pais, porém, puseram todos os obstáculos, já os que podiam com a sua autoridade doméstica, já os de natureza judiciária e extrajudiciária. A mais encarniçada, contra a rapariga e o casamento, era a mãe; entretanto, como já lhes disse, a sua origem não era lá muito superior à de Maria Bourdu. Para encurtar razões: dias antes de realizar-se afinal o casamento, André foi morto a tiros pelo próprio pai.

Por que isso? Embora fidalgo e nobre, a vida que o filho levava era de simples camponês, de pequeno cultivador aldeão, os seus gostos deviam ser equivalentes à vida que tinha; e, muito naturalmente, havia de afeiçoar-se por uma rapariga de seu âmbito de existência, que não podia, senão como ele, por exceção, ser nobre de nascimento. O pai mesmo já tinha dado exemplo semelhante com o seu matrimônio; mas por que, então, se opunha e se opôs até com tão hediondo crime ao casamento do André?

Foi por causa da honra, a Honra feudal da nobreza de antanho, que via como um crime aquela *mésalliance*. Naquela cabeça dura, limitada e estúpida, de nobre que se degradara em simples camponês, tinha sobrevivido a obsoleta e cruel concepção de Honra dos tempos antigos dos cavalheiros e barões.

Faltam-me elementos para afirmar que tudo o mais que caracterizou a antiga nobreza ele tivesse perdido; mas estou disposto a crer que sim.

Entretanto, o fato de seu filho nobre, unicamente pelo lado paterno, vir a casar-se com uma criada de servir aparecia-lhe no lusco-fusco da sua fidalguia crepuscular como cousa horrenda, como uma ofensa aos seu foros de nobreza, a dissolverem-se em vulgar e plebeu camponês.

A honra, como todas as concepções que têm guiado as sociedades passadas, inspira atualmente muitos crimes ou os desculpa. Essas concepções não devem ser totalmente varridas da nossa mentalidade; há nelas muita cousa a aproveitar e as aquisições que nos trouxeram não são de desprezar; mas devem ser empregadas com precaução para nos serem úteis e nos servirem, de modo a não entrar em conflito com o nosso atual sentimento da vida. Elas devem perder alguma cousa, em face de nossas ideias contemporâneas sobre o mundo e o homem.

Pode alguém hoje desculpar ou perdoar o infame e hediondo crime que acabo de narrar, em nome da Honra? Não. Entretanto, a literatura e a crônica estão cheias deles, e embelezados, quando acontecidos nos tempos feudais.

Sabe-se bem a que torturas, cintos de casticidade, etc., etc., sofriam as mulheres dos tempos dos castelos e *manoirs*, quando os seus brutais maridos delas se afastavam em expedições e guerras longínquas. Tudo, em nome de quê? É de rir. Em nome da Honra. Pode-se admitir isso, atualmente?

Não há necessidade de responder...

Uma das sobrevivências nefastas dessa ideia medieval, aplicada nas relações sexuais entre o marido e mulher, é a tácita autorização que a sociedade dá ao marido de assassinar a esposa, quando adúltera. No Brasil, então é fatal a sua absolvição, no júri.

Eu mesmo já absolvi um destes matadores de sua própria mulher e contei isto, com o pseudônimo de "Doutor Bogóloff", na *A Lanterna*, em 28 de janeiro do ano passado.

Contei como o caso se deu, nas seguintes palavras que transcrevo, por me parecerem oportunas:

> Dentre as muitas cousas engraçadas que me têm acontecido, uma delas é ter sido jurado em mais de uma sessão. Da venerável instituição, eu tenho notas que me animo a qualificá-las de judiciosas e, um dia, hei de publicá-las. Antes de tudo, declaro que não tenho sobre o júri a opinião dos jornalistas honestíssimos, nem tampouco a dos bacharéis pedantes. Sou de opinião que a instituição deve ser mantida, ou, por outra, voltar ao que foi. A lei, pela sua generalidade mesmo, não pode prever tais ou quais casos, os aspectos particulares de tais ou quais crimes; e só um tribunal como o júri, sem peias de praxistas, de autoridades jurídicas, de arestos, de comentadores trapalhões, etc., pode julgar com o critério muito racional e concreto da vida que nós vivemos todos os dias, desprezando o rigor abstrato da lei e os preconceitos dos juristas.
>
> A massa dos jurados é de uma mediocridade intelectual pasmosa, mas isto não depõe contra o júri, pois nós sabemos de que força mental são a maioria dos nossos juízes togados.
>
> A burrice nacional, sobretudo no seu quinhão parlamentar, julga que deviam ser os "formados" a compor unicamente o júri. Há nisto somente burrice, e às toneladas! Nas muitas vezes em que servi no tribunal popular, tive como companheiros de conselho "doutores" de todos os matizes. Com raras exceções, todos eles eram excepcionalmente idiotas e os mais perfeitos eram os formados em direito.

Quase todos eles estavam no mesmo nível mental que o Senhor Ramalho, oficial da Secretaria da Viação; que o Senhor Sá, escriturário da Intendência; que o Senhor Guedes, contramestre do Arsenal de Guerra, etc., etc.

Podem objetar que esses doutores todos exerciam cargos burocráticos. É um engano. Havia-os que ganhavam o seu pão dentro das habilidades fornecidas pelo "canudo", e eram bem tapados.

Não há país algum em que, tirando-se à sorte os nomes de doze ou sete homens, dez ou cinco sejam inteligentes; e o Brasil, que tem os seus expoentes intelectuais no Aluísio de Castro, no Hélio Lobo e no Miguel Calmon, não pode fazer exceção da regra.

O júri, porém, não é negócio de inteligência. O que exige de inteligência é muito pouco, está ao alcance de qualquer. O que se exige lá é independência, coragem moral, força de sentimento da vida e firmeza de caráter; e tudo isto não há "lata doutoral" que dê. Essas considerações vêm-me ao bico da pena, ao ler que o júri, mais uma vez, absolveu um marido que matou a mulher, sob o pretexto de ser esta adúltera.

Eu julguei um crime destes e foi das primeiras vezes em que fui sorteado e aceito. O promotor era o Senhor Cesário Alvim, que já é juiz de direito. O Senhor Cesário Alvim fez uma acusação das mais veementes e perfeitas a que eu assisti no meu curso de jurado. O Senhor Evaristo de Morais defendeu, empregando o seu processo predileto de ler autores cujos livros ele leva para o tribunal, e referir-se a documentos particulares que, da tribuna, mostra aos jurados. A mediocridade de instrução e inteligência dos juízes de fato e a sua falta de senso crítico fazem que fiquem eles impressionados com as "cousas de livro"; e o doutor Evaristo sabe bem disto e nunca deixa de recorrer ao seu processo predileto de defesa.

Mas... Eu julguei um uxoricida. Entrei no júri com reiterados pedidos de sua própria mãe que me foi procurar por toda a parte. A minha firme opinião era condenar o tal mata-

> dor conjugal. Entretanto, a mãe... Durante a acusação fiquei determinado a mandá-lo para o xilindró... Entretanto, a mãe... A defesa do Senhor Evaristo de Morais não me abalou... Entretanto, a mãe... Indo para a sala secreta tomar café, o desprezo que um certo Rodrigues, campeão de réu, demonstrava por mim, irritando-me, mais alicerçou a minha convicção de que devia condenar aquele estúpido marido... Entretanto, a mãe... Acabando os debates, Rodrigues queria responder os quesitos, sem proceder à votação prévia: "Vamos acabar com isto, dizia ele: são quase seis horas e a mulher está à minha espera, para jantarmos". Protestei e disse que não assinaria as respostas, se assim procedessem. Rodrigues ficou atônito; os outros confabularam, em voz baixa, com ele. Um veio ter a mim, indagar se eu era casado. Disse-lhe que não e ele concluiu: "É por isso; o senhor não sabe o que são essas cousas". Tomem nota desta... Afinal, cedi. A mãe... Absolvi o imbecil marido que lavou a sua "Honra", matando idiotamente uma pobre mulher que tinha todo o direito de não amá-lo mais, se o amou, porventura, algum dia, e amar um outro qualquer... *Eu me arrependo profundamente.*

Arrependi-me e me arrependo hoje ainda; e, desde então, logo que se me oferece ocasião, tenho verberado semelhante prática, por isso que as constantes absolvições de uxoricidas dão a entender que a sociedade nacional, por um dos seus mais legítimos órgãos, a admite como normal e necessária.

Não diria a verdade se não dissesse que assim é. De alto a baixo, todos nós outorgamos esse direito de matar a mulher que prevarica, direito cruel e estúpido, ao marido infeliz.

Vão já muitos anos que eu, de calaçaria com Ari Foom, já falecido, fomos ao necrotério visitar o cadáver de uma rapariga do conhecimento daquele meu infeliz camarada, cujo *maquereau*, "por motivos de encontro de contas", conforme se suspeitou, a tinha assassinado e se suicidado em seguida, no interior de uma casa da Rua de Sant'Ana.

O necrotério era no Largo da Batalha, e, ao redor, havia um poviléu de lavadeiras, cozinheiras, de desgraçadas raparigas na mais ínfima degradação social, etc., etc. Pois bem: dos grupos de raparigas dessa natureza, só se ouvia a condenação da *rôdeuse* assassinada que elas julgavam casada com o seu assassino, e isto em termos bem duros e crus, mas que eu posso pôr aqui em mais corteses: "Benfeito! Por que ela foi enganar o marido?"

Este fato muito me surpreendeu, a ponto de tomar dele notas mais desenvolvidas que ainda tenho nos meus papéis.

Levado por esse espírito de crueldade, de inumanidade em que entram erros de uma antiga e tola concepção da nossa natureza, no júri da semana passada, quando foi julgado um uxoricida, o trabalho do promotor, o meu amigo Doutor Martins Costa, consistiu na sua acusação ao réu, em tentar provar que a assassinada não era adúltera. Admiro que o Doutor Martins Costa, uma inteligência lúcida, moderna que já de há muito rompeu com esses preconceitos, da nossa farisaica sociedade, fizesse tal cousa. Não podia ele, em sã consciência, desculpar o assassinato da mulher por ser ela adúltera. Não há lei que tal autorize e nós, hoje, os avançados, não podemos compreender que tal cousa seja consagrada com absolvições iníquas, que desculpem o assassino e animem outros.

Estamos a toda a hora mudando; não só nós, como a própria natureza. As variações do nosso eu, de segundo para segundo, são insignificantes; mas em horas, já são palpáveis; em meses, já são ponderáveis; e, em anos, são consideráveis. Não é só o nosso corpo que muda; mas também é o nosso espírito e o nosso pensamento. Que se dirá, então, no tocante às nossas inclinações sentimentais, e, sobretudo, nesta parte tão melindrosa de amor, no que se refere à mulher?

Então, quando tudo muda, tudo varia, ela não pode nem deve variar, mudar, transformar-se, uma vez que parece ser a essência da natureza inteira de que nós também fazemos parte, a mudança?

Por economia de esforço sentimental, por hábito, pelas aquisições que a marcha da sociedade tem trazido à nossa "psique", somos levados insensivelmente à monogamia e a viver durante a vida toda com uma única mulher; mas não é geral e não o pode ser, por não ser o espontâneo da nossa organização, quer a fisiológica, quer a psicológica. Esta então é que reage poderosamente sobre a mulher para levá-la ao adultério.

Em geral, na nossa sociedade burguesa, todo casamento é uma decepção. É, sobretudo, uma decepção para a mulher. A sua educação estreitamente familiar e viciada pelas bobagens da instrução das Doroteias (jesuítas de saia) e outras religiosas; a estreiteza e monotonia de suas relações, numa única classe de pessoas, às vezes mesmo de uma só profissão, não dão às moças, que, comumente, se casam em verdes anos, critério seguro para julgar os seus noivos, senão os exteriores da fortuna, títulos, riqueza e um nome mais assim.

Mas, quando eles se despem, um diante do outro, quando eles consumam o ato do casamento, a mulher ganha logo um outro sentido, muda não só de corpo, ancas, seios, olhar, etc., mas de inteligência e pode julgar então, com muita penetração, o que é e vale o seu senhor para toda a vida. O menor defeito dele, devido ao sentimento da perpetuidade de sua submissão àquele homem, amplia-se muito; e ela se aborrece, sente a longa vida que ainda tem de viver, sem uma significação qualquer, sem sentido algum, sem alegria, sem prazer. O homem, quando chega a esse semianiquilamento da Esperança, tem o álcool, a orgia, o deboche, para se atordoar; a mulher só tem o amor. Vai experimentar e, às vezes, é feliz.

Nós todos conhecemos desses casais irregulares que têm vivido longas vidas felizes; às vezes, porém, não é e é assassinada broncamente, sem o perdão dos parentes, das amigas, das conhecidas, de ninguém!

Lembro aqui que, quando saí do júri a que aludi mais acima, os irmãos da vítima vieram-me agradecer o ter eu absolvido o matador de sua irmã...

Contra um ignóbil e iníquo estado de espírito dessa ordem, que tende a se perpetuar entre nós, aviltando a mulher, rebaixando-a ao estado social da barbaria medieval, de quase escrava, sem vontade, sem direito aos seus sentimentos profundos, e tão profundos são que ela joga, no satisfazê-los, a vida; degradando-a à condição de cousa, de animal doméstico, de propriedade nas mãos dos maridos, com direito de vida e morte sobre ela; não lhe respeitando a consciência e a liberdade de amar a quem lhe parecer melhor, quando e onde quiser; – contra tão desgraçada situação da nossa mulher casada, edificada com a estupidez burguesa e a superstição religiosa, não se insurgem as borra-botas feministas que há por aí. Elas só tratam de arranjar manhosamente empregos públicos, sem lei hábil que tal permita. É um partido de "cavação", como qualquer outro masculino.

Voltando, porém, ao último júri de uxoricídio, eu notei que os jornais pouco falaram na defesa do Senhor Evaristo de Morais, a não ser para dizer que ele se alegrava de ver o réu cercado, ali, de muitos camaradas. Isto traz água no bico; mas quero crer que o júri decidiu com completa liberdade de ação.

O outro advogado, porém, teve a honra de ser resumido com mais largueza; e a sua defesa, que foi brilhante, merece por isso alguns comentários, tanto mais que, segundo me parece, não é a de advogado profissional.

Sobre a parte sentimental, que é a única forte e lógica do seu discurso, porque também há uma lógica dos sentimentos, nada posso dizer, porquanto não conheço nem de vista o seu constituinte; e, escrevendo isto aqui, não me anima nenhum sentimento de animadversão contra o pobre moço que ele defendeu.

Continuo aqui uma campanha a que me impus, de combater essa toleima espiritual e sentimental que leva um rapaz como o seu colega que era o réu, a praticar o maior, e talvez o único crime absoluto, que é o homicídio, por causa de abusões e superstições burguesas, religiosas e feudais.

O jovem advogado e oficial de Marinha – vem a pelo falar nisso –, conforme li no jornal (*Correio da Manhã*, de 26 de fevereiro de 1919), disse que o réu:

> Levantou o seu inexprimível grito de revolta contra esse crime de adultério que não tem nenhuma circunstância atenuante que o desculpe.

Diga-me uma cousa, senhor tenente: e o de assassinato tem? Qual o mais grave dos dois? Qual dos dois invade sacrilegamente o domínio das forças misteriosas que nos governam? Diga-me, senhor tenente: quem tem o direito de matar?

O senhor tenente talvez ficasse um pouco embaraçado para responder-me; eu continuo, mas toco em outros pontos. Por que acusar este ou aquele? Porque, cheio de sua enfatuação militar, chamar de reles "primo Basílio" de lugarejo a terceira personagem da tragédia, aquela que ficou nos bastidores?

O culpado não é ela, não é ele, não é estoutro. É a fatalidade da nossa carne, dos nossos ossos, do nosso sangue de homem; e foram também e, especialmente, os sonhos dela e essa necessidade de fugir do plúmbeo tédio da vida terrena, que é muito poderoso na mulher, para os paraísos artificiais, da imaginação de cada um. Continuemos para não perder tempo!

Como diz o senhor que o assassinato foi consequência do "desespero que se não domina, do ato reflexo que se não contrai"? Curiosa espécie de desespero é esse que, primeiramente, faz a seu portador ir pacientemente à cidade, comprar revólver, para depois emitir ele o ato reflexo que não pode contrair, sob o império da paixão cega!

O segredo de sua defesa, onde o senhor tenente denunciou bem o ponto fraco do réu, é aquele em que indica como um dos culpados: a "sociedade corrompida que com a sua indiferença estimula o adultério e dele só tira motivos de galhofas e de irrisão para o marido".

Quase sempre é esse terror do ridículo, mais, talvez, do que as sobrevivências da Honra medieva; é o pavor pusilânime do cochicho da maledicência que leva os maridos em tais condições a matar as suas mulheres infiéis. Eles não temem sofrer na sua consciência a opressão do remorso de um homicídio; eles temem os boquejos das esquinas, das confeitarias, dos botequins.

Não me animo a comentar semelhante preferência: cada qual pensa e age, segundo o seu próprio entendimento, e de acordo com a sua lógica interna.

Eles, esses maridos, não são absolutamente passionais. Seriam passionais, se entre a concepção do crime e a sua execução a quantidade de tempo que medeasse, fosse quase nenhuma, e, solicitados imperiosamente pela paixão, agissem quase instantaneamente. Tal não se dá; eles se armam e precavidamente esperam a ocasião propícia. É como se Otelo fosse procurar a adaga ou o espadagão, para matar Desdêmona... Todos, ou quase todos, esses crimes por adultério, bem analisados, resultam na convicção de que são perfeitamente premeditados; e no ponto relativo à individuação da pena, o jovem defensor foi infeliz.

Quanto mais bem educado é o réu, menos direito, se assim me posso exprimir, tem de o ser por assassinato. A instrução e a educação são freios que se põem aos nossos fundamentais e maus impulsos de matar; e poucos são aqueles que as podem receber, por isso devem ser mais responsáveis os que as têm, do que os outros, órfãos desses dons inestimáveis.

Vão longas estas linhas; e eu não posso terminá-las sem confessar que tenho muita pena dessa pobre moça que teve a coragem moral de dizer ao marido que o filho a palpitar-lhe no ventre não era do esposo. "Sim", disse ela, "é dele; e só a ele é que eu amo" (*Correio da Manhã*, de 25 de fevereiro de 1919).

Ainda bem que não negou a sua falta, como tantos que negam os seus crimes evidentes; é uma heroína de Ibsen. Onde está a honra? Decididamente a descendência de Adão não pode falar em semelhante senhora...

Revista Contemporânea, 8 de março de 1919.

OS MATADORES DE MULHERES

Preocupações de outras ordens não me têm permitido escrever sobre cousas diárias; mas este caso de Niterói, caso do Filadelfo Rocha, fez-me voltar de novo à imprensa cotidiana.

Eu não me cansarei nunca de protestar e de acusar esses vagabundos matadores de mulheres, sobretudo, como no caso presente, quando não têm nem a coragem do seu crime.

Eu conheço este Filadelfo desde tenente. Sou funcionário da Secretaria da Guerra há quinze anos. Ele nunca passou de um tarimbeiro vulgar, feito pelo Floriano oficial. De bajulação em bajulação, foi subindo, até que com a sua máxima bajulação ao Senhor Hermes da Fonseca foi levado a ser comandante da polícia de Niterói.

Ele é quase analfabeto, sem nenhuma inteligência, nunca fez o mínimo de esforço mental; entretanto, agora, coberto pelo opróbrio de um assassinato, insinua que o fez porque o seu rival era um simples funileiro. Mas onde foi Filadelfo encontrar superioridade suficiente para julgar-se mais do que o tal bombeiro? Este Filadelfo ignorante, bajulador, que eu via pelos corredores do Ministério da Guerra a pegar na casaca deste ou daquele graúdo, para não comandar as suas praças, é, por acaso, alguma cousa?

Com essa tatuagem de galões, eles querem fazer das

suas, matando as mulheres a torto e a direito. Eu me refiro simplesmente a semelhantes sujeitos. E digo isso, não por covardia, mas em atenção à verdade.

Por exemplo: este Senhor Faceiro que, ontem ou anteontem, matou a mulher, porque teve a franca, a franca franqueza orgulhosa de dizer que a sua gravidez era do seu amor e não dele, não me merece a mínima piedade; mas há tantos outros que eu estimo... Adiante.

A mulher não é propriedade nossa e ela está no seu pleno direito de dizer donde lhe vêm os filhos.

Mas a questão não é esta. Eu falava do Filadelfo, do pequenino Filadelfo, a quem eu queria dizer simplesmente que nem ao menos ele teve ou tem coragem do seu crime. Espécie de Mendes Tavares!

Basta.

Lanterna, 18 de março de 1918.

MAIS UMA VEZ

Este recente crime da Rua da Lapa traz de novo à tona essa questão do adultério da mulher e seu assassinato pelo marido.

Na nossa hipócrita sociedade, parece estabelecido como direito, e mesmo dever do marido, o perpetrá-lo.

Não se dá isto nesta ou naquela camada, mas de alto a baixo.

Eu me lembro ainda hoje que, numa tarde de vadiação, há muitos anos, fui parar com o meu amigo, já falecido, Ari Toom, no necrotério, no Largo do Moura por aquela época.

Uma rapariga – nós sabíamos isso pelos jornais – creio que espanhola, de nome Combra, havia sido assassinada pelo amante e, suspeitava-se, ao mesmo tempo *maquereau* dela, numa casa da Rua de Sant'Ana.

O crime teve a repercussão que os jornais lhe deram e os arredores do necrotério estavam povoados da população daquelas paragens e das adjacências do Beco da Música e da Rua da Misericórdia, que o Rio de Janeiro bem conhece. No interior da *morgue*, era a frequência algo diferente sem deixar de ser um pouco semelhante à do exterior, e, talvez mesmo, em substância igual, mas muito bem-vestida. Isto quanto às mulheres – bem entendido!

Ari ficou mais tempo a contemplar os cadáveres. Eu saí logo. Lembro-me só do da mulher que estava vestida com um corpete e tinha só a saia de baixo. Não garanto que estivesse calçada com as chinelas, mas me parece hoje que estava. Pouco sangue e um furo bem circular no lado esquerdo, com bordas escuras, na altura do coração.

Escrevi – cadáveres – pois o amante-cáften se havia suicidado após matar a Combra – o que me havia esquecido de dizer.

Como ia contando, vim para o lado de fora e pus-me a ouvir os comentários daquelas pobres *pierreuses* de todas as cores, sobre o fato.

Não havia uma que tivesse compaixão da sua colega da aristocrática classe. Todas elas tinham objurgatórias terríveis, condenando-a, julgando o seu assassínio cousa benfeita; e, se fossem homens, diziam, fariam o mesmo – tudo isto entremeado de palavras do calão obsceno próprias para injuriar uma mulher. Admirei-me e continuei a ouvir o que diziam com mais atenção. Sabem por que eram assim tão severas com a morta?

Porque a supunham casada com o matador e ser adúltera.

Documentos tão fortes como este não tenho sobre as outras camadas da sociedade; mas, quando fui jurado e tive por colegas os médicos da nossa terra, funcionários e doutos de mais de três contos e seiscentos mil-réis de renda anual como manda a lei sejam os juízes de fato escolhidos, verifiquei que todos pensavam da mesma forma que aquelas maltrapilhas *rôdeuses* do Largo do Moura.

Mesmo eu – já contei isto alhures – servi num conselho de sentença que tinha de julgar um uxoricida e o absolvi. Fui fraco, pois a minha opinião, se não era fazer-lhe comer alguns anos de cadeia, era manifestar que havia, e no meu caso completamente incapaz de qualquer conquista, um homem que lhe desaprovava a barbaridade do ato. Cedi a rogos e, até, alguns partidos dos meus colegas de sala secreta.

No caso atual, neste caso da Rua da Lapa, vê-se bem como os defensores do criminoso querem explorar essa estúpida opinião de nosso povo que desculpa o uxoricídio quando há adultério, e parece até impor ao marido ultrajado *(sic)* o dever de matar a sua ex-cara-metade.

Que um outro qualquer advogado explorasse essa abusão bárbara da nossa gente, vá lá; mas que o Senhor Evaristo de Morais, cuja ilustração, cujo talento e cujo esforço na vida me causam tanta admiração, endosse, mesmo profissionalmente, semelhante doutrina é que me entristece.

O liberal, o socialista Evaristo, quase anarquista, está me parecendo uma dessas engraçadas feministas do Brasil, gênero professora Daltro, que querem a emancipação da mulher unicamente para exercer sinecuras do governo e rendosos cargos políticos; mas que, quando se trata desse absurdo costume nosso de perdoar os maridos assassinos de suas mulheres, por isto ou aquilo, nada dizem e ficam na moita.

A meu ver, não há degradação maior para a mulher do que semelhante opinião quase geral; nada a degrada mais do que isso, penso eu. Entretanto...

Às vezes mesmo, o adultério é o que se vê e o que não se vê são outros interesses e despeitos que só uma análise mais sutil podia revelar nesses Iagos.

No crime da Rua da Lapa, o criminoso, o marido, o interessado no caso, portanto, não alegou quando depôs sozinho que a sua mulher fosse adúltera; entretanto, a defesa, lemos nos jornais, está procurando "justificar" que ela o era.

O crime em si não me interessa, senão no que toca à minha piedade por ambos; mas, se tivesse de escrever um romance, e não é o caso, explicaria, ainda me louvando nos jornais, a cousa de modo talvez satisfatório.

Não quero, porém, escrever romances e estou mesmo disposto a não escrevê-los mais, se algum dia escrevi um, de acordo com os cânones da nossa crítica; por isso guardo as minhas observações e ilusões para o meu gasto e para o julgamento da nossa atroz sociedade burguesa, cujo espírito, cujos imperativos da nossa ação na vida animaram, o que parece absurdo, mas de que estou absolutamente certo – o protagonista do lamentável drama da Rua da Lapa.

Afastei-me do meu objetivo, que era mostrar a grosseria, a barbaridade desse nosso costume de achar justo que o marido mate a mulher adúltera ou que a crê tal.

Toda a campanha para mostrar a iniquidade de semelhante julgamento não será perdida; e não deixo passar vaza que não diga algumas toscas palavras, condenando-o.

Se a cousa continuar assim, em breve, de lei costumeira passará a lei escrita e retrogradamos às usanças selvagens que queimavam e enterravam vivas as adúlteras.

Convém, entretanto, lembrar que, nas velhas legislações, havia casos de adultério legal. Creio que Sólon e Licurgo os admitiam; creio mesmo ambos. Não tenho aqui o meu Plutarco. Seja, porém, como for, não digo que todos os adultérios são perdoáveis. Pior do que o adultério é o assassinato; e nós queremos criar uma espécie dele baseado na lei.

A.B.C., s/d

LAVAR A HONRA, MATANDO?

Dentre as muitas cousas engraçadas que me têm acontecido, uma delas é ter sido jurado, e mais de uma vez. Da venerável instituição, eu tenho notas que me animo qualificá-las de judiciosas e um dia, desta ou daquela maneira, hei de publicá-las. Antes de tudo, declaro que não tenho sobre o júri a opinião dos jornalistas honestíssimos, nem tampouco a dos bacharéis pedantes. Sou de opinião que ela deve ser mantida, ou por outra, voltar ao que foi. A lei, pela sua generosidade mesmo, não pode prever tais e quais casos, os aspectos particulares de tais e quais crimes; e só um tribunal como o júri, sem peias de praxistas, de autoridades jurídicas, etc., pode julgar com o critério muito racional e concreto da vida que nós vivemos todos os dias, desprezando o rigor abstrato da lei e os preconceitos dos juristas.

A massa dos jurados é de uma mediocridade intelectual pasmosa, mas isto não depõe contra o júri, pois nós sabemos de que força mental são a maioria dos nossos juízes togados.

A burrice nacional julga que deviam ser os formados a compor unicamente o júri. Há nisso somente burrice, e às toneladas. Nas muitas vezes em que servi no tribunal popular, tive como companheiros doutores de todos os matizes. Com raras exceções, todos eles eram excepcionalmente idiotas e os mais perfeitos eram os formados em direito.

Todos eles estavam no mesmo nível mental que o Senhor Ramalho, oficial da Secretaria da Viação; que o Senhor Sá, escriturário da Intendência; que o Senhor Guedes, contramestre do Arsenal de Guerra. Podem objetar que esses doutores todos exerciam cargos burocráticos. É um engano. Havia os que ganhavam o seu pão dentro das habilidades fornecidas pelo canudo e eram bem tapados.

Não há país algum em que, tirando-se à sorte os nomes de doze homens, se encontrem dez de inteligentes; e o Brasil que tem os seus expoentes intelectuais no Aluísio de Castro e no Miguel Calmon, não pode fazer exceção à regra.

O júri porém não é negócio de inteligência. O que se exige de inteligência é muito pouco, está ao alcance de qualquer. O que se exige lá é força de sentimento e firmeza de caráter, e isto não há lata doutoral que dê. Essas considerações vêm ao bico da pena, ao ler que o júri mais uma vez absolveu um marido que matou a mulher, sob o pretexto de ser ela adúltera.

Eu julguei um crime destes e foi das primeiras vezes que fui sorteado e aceito. O promotor era o Doutor Cesário Alvim, que já é juiz de direito. O Senhor Cesário Alvim fez uma acusação das mais veementes e perfeitas que eu assisti no meu curso de jurado. O Senhor Evaristo de Morais defendeu, empregando o seu processo predileto de autores, cujos livros ele leva para o tribunal, e referir-se a documentos particulares que, da tribuna, mostra aos jurados. A mediocridade de instrução e inteligência dos jurados fica sempre impressionada com as cousas do livro; e o Doutor Evaristo sabe bem disto e nunca deixa de recorrer ao seu predileto processo de defesa.

Mas... Eu julguei um uxoricida. Entrei no júri com reiterados pedidos de sua própria mãe, que me foi procurar por toda a parte. A minha firme opinião era condenar o tal matador conjugal. Entretanto a mãe... Durante a acusação, fiquei determinado a mandá-lo para o xilindró... Entretanto a mãe... A defesa do Doutor Evaristo de Morais não me abalou... Entretanto a mãe... Indo para a sala secreta, tomar café, o desprezo que um certo Rodrigues, campeão de réu, demonstrava por mim, mais alicerçou a minha convicção de que devia condenar aquele estúpido marido... Entretanto a mãe... Acabando os debates, Rodrigues queria lavrar a ata, sem proceder à votação dos quesitos. Protestei e disse que não a assinaria se assim procedessem. Rodrigues ficou atônito, os outros confabularam com ele. Um veio ter a mim, indagou se eu era casado, disse-lhe que não e ele concluiu: "É por isso. O senhor não sabe o que são essas cousas. Tomem nota desta..." Afinal cedi... A mãe... Absolvi o imbecil marido que lavou a sua honra, matando uma pobre mulher que tinha todo o direito de não amá-lo, se o amou, algum dia, e amar um outro qualquer... Eu me arrependo profundamente.

Lanterna, 28 de janeiro de 1918.

FEMINISMO E VOTO FEMININO
(ESTUDO DE CIÊNCIA SOCIAL)

À Academia de Altos Estudos

Mal o feminismo surgiu entre nós, logo cindiu-se em uma porção de igrejinhas, rivais e inimigas. As principais que ainda existem são quatro, também rivais e inimigas: Mme. Chrysantème (é quase uma basílica); "Liga pela Emancipação Intelectual da Mulher Brasileira" (não confundir com a "Cruz Vermelha") e "Partido Republicano Feminino", em tupi-guarani – "Iã Nabô Bokox'yarã", segundo o Senhor Hélio Lobo. Cada uma dessas seitas feministas tem o seu credo particular, mas o que as faz variar, o que determinou o cisma, foi a importância maior que cada uma quer dar à sua respectiva Veleda.

Entretanto, para a boa inteligência do leitor, vou dizer o que, em essência, constitui a doutrina-matriz de cada um desses "canjerês" femininos.

O de Mme. Chrysantème quer, para a mulher, a plena liberdade do seu coração, dos seus afetos, enfim, dos seus sentimentos. É o mais lógico e natural, por isso os seus adeptos, tanto de um sexo, como de outro, são inúmeros.

O que se intitula "Liga pela Emancipação", onde oficia a Excelentíssima Senhora Dona Berta Lutz, quer a liberdade de trabalho para as gentis senhoritas, bem-recomendadas e empistoladas nas repartições públicas. Tem adversários terríveis, entre os quais os funcionários de calças que julgam que mulher, já por si, é pistolão (v. na *A Noite*, de 28 de setembro de 1921, o tópico "Feminismo empistolado *versus* funcionários desprotegidos").

Além destes, tem, por adversário, essa igrejoca feminina, a própria Mme. Chrysantème que recebeu, com bem boas carapuças, uma entrevista que a superiora da "Emancipação" concedeu ao *Rio-Jornal*. Mme. Chrysantème atribuía o feminismo burocrático a um certo nervosismo verificado, de uns tempos a esta parte, em certos grupos de mulheres, existentes entre nós. Após negar que se verifique esse nervosismo nas mulheres que trabalham (naturalmente em repartições públicas – ela não diz, mas se presume), Dona Berta afirma peremptoriamente que um tal estado de nervos, provocando afinal "fins tóxicos de aventuras banais" é encontrado em certo e determinado núcleo de mulheres muito diferentes das operosas abelhas de secretaria. "Estas (aventuras)" – diz a dona da Emancipação – "são o apanágio de outra classe de mulheres, muito menos emancipadas, as *coureuses* de cinema, de festas, de divertimentos, etc., etc."

Deixo de pôr o resto porque respeito os segredos de senhoras. Sou cavalheiro, apesar de tudo; mas os curiosos vejam o *Rio-Jornal* de 13 de dezembro de 1921, que tem cousa digna de entusiasmar.

A terceira igrejinha feminina é a "Legião da Mulher Brasileira". A bem dizer, não sei o que quer esta; mas julgo que ela pretende uma modificação na nossa organização militar. Quer que a legião, à antiga, à romana, em que entrem todas as armas, formando um só corpo, sob um único comando, seja a unidade tática nacional. Compor-se-á, então, de infantaria, cavalaria, engenharia, aviação e, sobretudo, de artilharia. Será isso? Não garanto; mas é bem provável que seja.

E o "Partido Republicano Feminino", em tupi-guarani – "Iã Nabô Bokox'yarã", o que quer?

Tem por priora essa seita, a assaz conhecida professora Dona Deolinda Daltro. Sabe-se logo o que é um partido chefiado por essa senhora. Ela quer ser intendente municipal; quer o ensino obrigatório do tupi nas escolas públicas; e festas à beça, em que possa mostrar a beleza dos seus caboclos e a grandeza dos pés deles encarcerados dolorosamente em botas torturantes.

Agora, tratando-se na Câmara de outorgar direito de voto às mulheres, essas quatro seitas deixaram de ser rivais e inimigas e, por um momento, estão de acordo; mas tudo faz crer que, ainda desta vez, o projeto não seja convertido em lei.

Se isso se der, é de esperar que as paredras do nosso feminismo apelem para os consultores jurídicos dos ministros e para o da República, e obtenham deles pareceres favoráveis às inócuas pretensões eleitorais e obriguem as autoridades competentes a expedir-lhes a carteira de eleitor.

Não fizeram o mesmo para entrar nas repartições públicas? Repitam a manobra e mandem às favas o Congresso. É mais prático.

P.S. – Constou, à última hora, que um jovem ex-deputado havia aderido à "Liga da Emancipação" cuja dona é a Senhora Berta Lutz. Que extraordinário saber jurídico do conhecido tribuno vai demonstrar que se podem violar a Constituição e as leis, para fazer feminismo tendencioso, burocrático e de compadrio. Ainda bem que a "Liga" fica com dois adeptos, pois não se pode contar com o Senhor Bruno Lobo que é simplesmente sócio honorário.

Careta, 7 de janeiro de 1922.

O NOSSO FEMINISMO

*U*ma moça, residente no Engenho Novo, nesta capital, foi sorteada, para o serviço militar. Negou-se a servir alegando a sua qualidade de mulher, que tudo está a indicar ser imprópria para serviço de tal jaez.

Eu julgo que a razão e a justiça estão ao lado da moça: ela não pode nunca ser soldado. Isto por todas as leis divinas, naturais e humanas, pondo nesta categoria a Constituição Federal brasileira de 24 de fevereiro de 1891.

Mas o caso merece considerações e não posso deixar de fazê-las aqui muito rapidamente, com grande desgosto meu.

A Constituição da República diz que "todo o brasileiro é obrigado ao serviço militar, em defesa da Pátria e da Constituição, na forma das leis federais".

Diz também um pouco atrás que "os cargos públicos civis e militares são accessíveis a todos os brasileiros, observadas as condições de capacidade especial, que a lei estatui, etc., etc."

Um feminismo interesseiro e burocrático que aí anda, entendeu de dizer que "brasileiro" neste último artigo está tomado no sentido geral; é tanto homem como mulher; é como réu, por exemplo, em outras leis.

Com tão cerebrina interpretação, umas das damas espertas, dispondo de bons pistolões e alguma sabença das "irmãs", deram para invadir as repartições com os seus deliciosos sorrisos e os seus vestidos bem-cortados.

Hoje, a não ser nas repartições do ministério da Guerra

e da Marinha, não se entra em nenhuma que não se tope logo com uma Rua do Ouvidor de datilógrafas, amanuenses e até secretárias, sabendo grego e latim e aspirando à Academia de Letras, antes de terem publicado a mais desvaliosa *plaquette* de versos.

Diabo! Eu fui amanuense ou o que quer que seja de uma vetusta secretaria, durante quinze anos, e sei bem o quanto aquilo de fazer ofícios, registros e decretos dá à ambiência das repartições um ar morno e depressivo; sei bem que a graça feminina quebra esse ar magnificamente, como acontece, por exemplo, na repartição da Estatística, que tem sempre o ar festivo e galante de sala de baile.

Mas lei é lei; e a Constituição quando falou em "brasileiro" aí, no tal artigo, não incluiu mulher, porque ela se quis referir a cidadão brasileiro. Tanto não é que a dama sorteada não quer ser soldado, alegando que "nenhuma lei ainda tornou extensivo às mulheres o serviço militar".

É muito engraçado! Para o tal feminismo que anda aí, o "brasileiro" da Constituição inclui as mulheres quando se trata do provimento de cômodos cargos públicos; mas, quando se trata do trabalhoso serviço militar, criado para a "defesa da Pátria", nos termos da Constituição, no "brasileiro" desta, não entra mais a mulher, mas unicamente o homem, sendo preciso uma lei especial do Congresso, para que a "mulher" possa prestar o árduo mister de soldado ou marinheiro.

Não é preciso pôr mais na carta, para se ver o que visa esse "feminismo" caricato que prolifera pelos solicitados dos jornais. O que ele quer não é a dignificação da mulher, não é a sua elevação; o que ele quer são lugares de amanuenses com cujos créditos possa comprar vestidos e adereços, aliviando nessa parte os orçamentos dos pais, dos maridos e dos irmãos.

É o feminismo que sustenta, com a Constituição na mão, poder a mulher ser escriturária; mas teme essa mesma Constituição quando esta, segundo a hermenêutica de tais damas, exige que a mulher vá para a tarimba ou para o picadeiro.

Tenho dito.

Careta, 16 de abril de 1921.

A POLIANTEIA DAS BUROCRATAS

A Noite, numa segunda-feira destas últimas, resolveu fazer um inquérito entre as meninas e as moças recentemente nomeadas funcionárias públicas, depois do advento do feminismo burocrático, instituído pelo Senhor Nilo Pessanha, ouvindo ao mesmo tempo os seus chefes, a respeito do trabalho e méritos delas.

A reportagem é fartamente ilustrada com os retratos das senhoritas que auxiliam os governos a fazer a felicidade da pátria. Até agora, eu supunha que o feminismo fosse o partido das moças feias; mas vejo que não. O retrato da *leader*, apesar de Dona Deolinda, vem no centro da primeira página, em "abismo", como se diz em heráldica, tratando-se de escudos.

Todos os chefes estão satisfeitos com os gentis amanuenses; e não podia ser de outra forma. As mulheres têm tanta vocação para os cargos públicos que as suas letras não só se parecem, mas quase são iguais. Indivíduos que têm semelhantes predicados não podem deixar de ser amanuenses ideais, tanto mais que, atualmente, já se usa nas repartições públicas a impessoal máquina de escrever. De resto não é boa recomendação, para ser bom escriturário ou ótimo oficial de secretaria, a posse de uma individualidade, de um temperamento; e, raramente, a mulher é dona dessas cousas. Dá, portanto, sempre um bom empregado.

Os gabos dos chefes, inclusive os do sempre simpático Doutor Bruno Lobo, são perfeitamente legítimos; e eu o mesmo diria, se fosse diretor ou cousa que o valha, sem faltar absolutamente com a mais estrita verdade.

Ninguém nega que a mulher tenha as qualidades subalternas e secundárias que são exigidas para o exercício de um simples cargo público; mas o que está em jogo não é bem isso.

Está em jogo a maneira irregular e ilegal que tem presidido o provimento desses cargos, por moças e senhoras. Em que lei se hão baseado as autoridades que tal têm feito?

Não respondem. Ou antes: respondem citando consultas, pareceres e outros documentos mais ou menos graciosos, que não podem ter valor legal, isto é, de lei alguma.

Até bem pouco, para certos e determinados cargos ou lugares públicos, nos Correios, nos Telégrafos, e não sei aonde mais, podiam ser admitidos indivíduos do sexo feminino; mas isso, em virtude de artigos explícitos dos respectivos regulamentos, expedidos por autorização do Congresso.

A cousa estava perfeitamente legal e nada havia que dizer; mas, obedecendo a motivos talvez respeitáveis domesticamente, um ministro entendeu que, à última hora, devia inscrever em concurso, para um lugar de sua repartição, uma moça que, naturalmente, se apresentou à última hora.

Resolveu isso, sem prorrogar, porém, a inscrição para que outras, nas mesmas condições, o fizessem também. Está se vendo que esse feminismo *rond-de-cuir* nasceu torto e aleijado por diversas razões e há duas principais. Primeira: um ministro não tem competência para decidir sobre semelhantes assuntos, isto é, equiparação dos direitos do sexo feminino ao masculino; segunda: se ele resolveu, no caso vertente, essa equiparação, à última hora, devia, para mostrar isenção de ânimo, prorrogar a inscrição, a fim de que se apresentassem outras candidatas, tanto mais que, na data e durante a publicação do respectivo edital, não se admitia tal equiparação.

É verdade que a Constituição fala que os cargos públicos são acessíveis a todos os brasileiros, e, afinal de contas, as mulheres que nascem no Brasil são, gramaticalmente, em conjunto com os homens, brasileiros; mas também afirma a Constituição que todo o brasileiro é obrigado ao serviço militar; entretanto, quando se trata de saber se a mulher pode ou não ser soldado, há hesitação em se decidir que também ele é o brasileiro de que fala a Constituição, e pede-se uma lei ao Congresso. Desde, porém, que se trate de fazer uma dama secretário de qualquer cousa ou amanuense disso ou daquilo, a questão fica logo resolvida: pode exercer o cargo. O Congresso é dispensado.

Tanto esse "brasileiro" da Constituição não tem sentido estreitamente lexicográfico, mas sim um caráter menos literal, que até agora se espera que o Congresso dê o direito de voto às mulheres, para que se possam alistar no Partido Republicano Feminino e noutras facções que estão em dissidência, mas, nem por isso, deixam de ser perfeitamente respeitáveis.

A Noite, como disse acima, nessa sua edição prematura de segunda-feira, entrevista as gentis burocratas e as suas opiniões constituem um precioso florilégio que convém comentar, embora brevemente.

Nele – o que é de admirar – há poucas manifestações de sabichonas, conquanto fosse de esperar que, nesse feminismo paletó de alpaca, houvesse muitas descendentes de Filaminta.

***

Dona Berta Lutz e, com ela, muitas outras colocam a questão sob o aspecto do direito da mulher ao trabalho próprio. Havia muito que epilogar a tal respeito. Adiemos, porém, os comentários.

Diz essa senhora, que bem podia também ser sufragista, tão completo e acendrado é o seu feminismo:

– A meu ver, o trabalho é o ponto capital do movimento feminista. Não só porque representa o eixo principal em redor do qual se têm vindo grupar todas as reivindicações feministas, como também porque só ele permitirá a solução integral da questão.

E continua por aí, reformando o Código Civil e outras instituições respeitáveis. Mas eu direi simplesmente: minha senhora, então a mulher só veio a trabalhar porque forçou as portas das repartições públicas? Ela sempre trabalhou, minha senhora, aqui e em toda a parte, desde que o mundo é mundo; e até, nas civilizações primitivas, ela trabalhava mais do que o homem. Dou o meu testemunho pessoal. Desde menino – e já tenho quarenta anos feitos – que vejo trabalhar em casa, fora de casa, em oficinas, *ateliers* de costura e até na roça, plantando, colhendo, guiando bois ao arado, etc.

Eu lhe conto, minha senhora. Certa noite, há três anos, um amigo meu, o engenheiro Noronha Santos, levou-me à Fábrica de Tecidos Rink, na Rua do Costa, onde havia serão e ele tinha um lugar elevado. Lá fui e o meu ex-colega fez-me correr aí pelas dez horas da noite, mais ou menos, todas as dependências do estabelecimento fabril.

Havia muitas mulheres junto aos teares e outros maquinismos cujos nomes não sei. Uma delas, porém, chamou-me a atenção: era uma negra velha que, sentada no chão, tinha diante de si um monte de lã, limpa, alva, recentemente lavada quimicamente, e o seu cabelo, o da negra, era já tão branco e encaracolado que desafiava a alvura da lã que estava diante dela.

Pergunto: esta mulher precisou do feminismo burocrata para trabalhar, e não trabalhava ainda, apesar de sua adiantada velhice?

Eu lhe conto inda mais. Uma tarde, fui à Livraria Alves falar sobre negócios de um livro com o respectivo proprietário, que estava ainda são e forte. Subi ao primeiro andar, para entender-me com ele, no seu escritório. Lá em cima, conversando com o terrível livreiro, observei uma porção de moças, que de avental completo, quase um roupão pardacento, cabelos empoeirados, com a célebre poeira Alves, faziam pacotes de livros, a fim de serem expedidos para aqui e para ali. Pergunto: essas moças não trabalhavam? E, a menos que a senhora julgue que trabalho seja só sentar-se a um amplo *bureau* e muito solenemente distribuir serviço aos amanuenses, creio que há de concordar que nunca se negou o direito de trabalhar ao sexo gentil.

Como já disse, não há nesse feminismo *rond-de-cuir* muitas descendentes de Filaminta. Todas as representantes dele são moças simples, que só têm o desejo de ter um ordenado razoável para se manter e auxiliar os parentes. Nada mais justo e respeitável; entretanto, essa questão sugere tantas outras de interesse mais alto que não é possível referir-se a ela sem alguma aspereza, diante da sem-cerimônia com que ministros e presidentes do Brasil se julgam capazes de tudo decidir por si, as questões mais delicadas, como essas, sem esperar um debate amplo, largo, na tribuna e na imprensa, para que bem aclarado fique o problema e esclarecida a opinião pública.

Entretanto, não é o que se está fazendo com esse fe-minismo de secretaria. O que se está fazendo com esse feminismo bastardo, burocrático, é uma cousa de momento, clandestina, para servir a amigos, disfarçando-se a bastardia das medidas com pareceres graciosos, familiares, e consultas tendenciosas resolvidas por Sancho Pança, governador da ilha da Baratária; e, por mais respeitáveis que sejam os nomes que consignam tais pareceres e consultas, não pode o meu respeito segui-los até esse ponto, porquanto não é da competência deles legislar sobre o assunto. Legislar, só o Congresso Nacional; e ele ainda não falou a respeito. Continuemos:

Na polianteia da *A Noite*, há opiniões curiosas e sinceras.

Uma delas é a daquela moça que, perguntada se gostava da carreira, respondeu:

– Gosto, mas gostaria mais de ficar em minha casa. Devo dizer-lhe que os meus companheiros são muito distintos e me encorajam no trabalho.

Está aí uma moça que não merece castigo. O chefe da seção do Ministério da Agricultura, Marcos Martins, é um pouco rude, mas talvez não esteja longe da verdade a sua opinião.

Ele atribui ao prestígio da saia o sucesso na classificação das moças, em concursos.

Em exames, eu os fiz muitos, o ascendente das moças e meninotas sobre os examinadores é sabido. Quando eu fazia preparatórios, moça que entrasse em exame tirava distinção pela certa. Estava a ver-se que elas sabiam tanto ou menos que nós, mas a distinção era inevitável, enquanto nós, rapazes e meninos, gramávamos na plena e até na simples, com as mesmas respostas certas.

Fiz o meu último preparatório, há quase vinte e cinco anos. Guardei nomes de várias "colegas" acidentais, daquele tempo. Apesar das sucessivas distinções, todas deram em "droga".

Está aí.

As mulheres têm muita aptidão para a retenção e para a repetição, sobretudo nas primeiras idades; mas não filtram os conhecimentos através do seu temperamento, não os incorporam à sua inteligência, ficam sempre como estáticos a elas, não os renovam em si. Daí a sua pouca capacidade de invenção e criação; mas daí também os seus sucessos nos exames e concursos. Tudo está na ponta da língua...

Prefiro a criação, a invenção, as lacunas no saber que dão lugar à imaginação criadora, do que a repetição pura e simples.

Muito boas amanuenses podem ser as mulheres; serão péssimas chefes, piores que os carrancas homens, tal deve ser o seu respeito ao estabelecido nos regulamentos, nas praxes, etc.

Estou, por isso, com aquela moça da Agricultura que disse ao repórter da *A Noite*, ao ser inquirida:

– Qual é a sua aspiração, senhorita?

– Só tenho uma aspiração como funcionária: não ter como chefe outra mulher.

Certamente muitas não pensam assim como essa funcionária despachada, conforme se diz em linguagem familiar.

Rio-Jornal, 26 e 27 de setembro de 1921.

VIDA LITERÁRIA

O FUTURISMO

São Paulo tem a virtude de descobrir o mel do pau em ninho de coruja. De quando em quando, ele nos manda umas novidades velhas de quarenta anos. Agora, por intermédio do meu simpático amigo Sérgio Buarque de Holanda, quer nos impingir como descoberta dele, São Paulo, o tal de "futurismo".

Ora, nós já sabíamos perfeitamente da existência de semelhante maluquice, inventada por um Senhor Marinetti, que fez representar em Paris, num teatro de arrabalde, uma peça – *Le Roi Bombance* – cuja única virtude era mostrar que "il Marinetti" tinha lido demais Rabelais.

Sabemos todos que o cura de Meudon floresceu no século XVI. Assim sendo, vejam os senhores como esse "futurismo" é mesmo arte, estética do futuro.

Recebi e agradeço uma revista de São Paulo que se intitula *Klaxon*. Em começo, pensei que se tratasse de uma revista de propaganda de alguma marca de automóveis americanos. Não havia para tal motivos de dúvidas porque um nome tão estrambótico não podia ser senão inventado por mercadores americanos, para vender o seu produto.

Quem tem hábito de ler anúncios e catálogos que os Estados Unidos nos expedem num português misturado com espanhol, sabe perfeitamente que os negociantes americanos possuem um talento especial para criar nomes grotescos para batizar as suas mercancias.

Estava neste "engano ledo e cego", quando me dispus a ler a tal *Klaxon* ou *Clark*. Foi, então, que descobri que se tratava de uma revista de Arte, de Arte transcendente, destinada a revolucionar a literatura nacional e de outros países, inclusive a Judeia e a Bessarábia.

Disse cá comigo: esses moços tão estimáveis pensam mesmo que nós não sabíamos disso de futurismo? Há vinte anos, ou mais, que se fala nisto e não há quem leia mais ordinária revista francesa ou o pasquim mais ordinário da Itália que não conheça as cabotinagens do "il Marinetti".

A originalidade desse senhor consiste em negar quando todos dizem sim; em avançar absurdos que ferem, não só o senso comum, mas tudo o que é base e força da humanidade.

O que há de azedume neste artiguete não representa nenhuma hostilidade aos moços que fundaram a *Klaxon*; mas sim a manifestação da minha sincera antipatia contra o grotesco "futurismo", que no fundo não é senão brutalidade, grosseria e escatologia, sobretudo esta. Eis aí.

Careta, 22 de julho de 1922.

ESTA MINHA LETRA...

A minha letra é um bilhete de loteria. Às vezes ela me dá muito, outras vezes tira-me os últimos tostões da minha inteligência. Eu devia esta explicação aos meus leitores, porque, sob a minha responsabilidade, tem saído cada cousa de se tirar o chapéu. Não há folhetim em que não venham cousas extraordinárias. Se, às vezes, não me põe mal com a gramática, põe-me em hostilidade com o bom senso e arrasta-me a dizer cousas descabidas. Ainda no último folhetim, além de um ou dois períodos completamente truncados e outras cousas, ela levou à compreensão dos meus raros leitores – grandeza – quando se tratava de pândega; num artigo que publiquei há dias na *Estação Teatral*, este então totalmente empastelado, havia cousas do arco-da-velha.

Aqui já saiu um folhetim meu, aquele que eu mais estimo, "Os galeões do México", tão truncado, tão doido, que mais parecia delírio que cousa de homem são de espírito. Tive medo de ser recolhido ao hospício...

Que ela me levasse a incorrer na crítica gramatical da terra, vá; mas que me leve a dizer cousas contra a clara inteligência das cousas, contra o bom senso e o pensar honesto e com plena consciência do que estou fazendo! e não sei a razão por que a minha letra me trai de maneira tão insólita e inesperada. Não digo que sejam os tipógrafos ou os revisores; eu não digo que sejam eles que me fazem escrever – a exposição de palavras sinistras – quando se tratava de exposição de projetos sinistros. Não, não são eles, absolutamente não são eles. Nem eu. É a minha letra.

Estou nesta posição absolutamente inqualificável, original e pouco classificável: um homem que pensa uma cousa, quer ser escritor, mas a letra escreve outra cousa e asnática. Que hei de fazer?

Eu quero ser escritor, porque quero e estou disposto a tomar na vida o lugar que colimei. Queimei os meus navios; deixei tudo, tudo, por essas cousas de letras.

Não quero aqui fazer a minha biografia; basta, penso eu, que lhes diga que abandonei todos os caminhos, por esse das letras; e o fiz conscientemente, superiormente, sem nada de mais forte que me desviasse de qualquer outra ambição; e agora vem essa cousa de letra, esse último obstáculo, esse premente pesadelo, e não sei que hei de fazer!

Abandonar o propósito; deixar a estrada desembaraçada a todos os gênios explosivos e econômicos de que esses Brasis e os políticos nos abarrotam?

É duro fazê-lo, depois de quase dez anos de trabalho, de esforço contínuo e – por que não dizer? – de estudo, sofrimento e humilhações. Mude de letra, disse-me alguém.

É curioso. Como se eu pudesse ficar bonito, só pelo fato de querer.

Ora, esse meu conselheiro é um dos homens mais simples que eu conheço. Mudar de letra! Onde é que ele viu isso? Com certeza ele não disse isso ao Senhor Alcindo Guanabara, cuja letra é famosa nos jornais, que o fizesse; com certeza, ele não diria ao Senhor Machado de Assis também. O motivo é simples: o Senhor Alcindo é o chefe, é príncipe do jornalismo, é deputado; e Machado de Assis era grande chanceler das letras, homem aclamado e considerado; ambos, portanto, não podiam mudar de letra; mas eu, pobre autor de um livreco, eu que não sou nem doutor em qualquer história – eu, decerto, tenho o dever e posso mudar de letra.

Outro conselheiro (são sempre pessoas a quem faço reclamações sobre os erros) disse-me: escreva em máquina. Ponho de parte o custo de um desses desgraciosos aparelhos, e lembro aqui aos senhores que aquilo é fatigante, cansa muito e obrigava-me ao trabalho nauseante de fazer um artigo duas vezes: escrever a pena e passar a limpo em máquina.

O mais interessante é que a minha letra, além de me ter emprestado uma razoável estupidez, fez-me arranjar inimigos. Não tenho a indiferença que toda a gente tem pelos inimigos; se não tenho medo, não sou neutro diante deles; mas isso de ter inimigos só por causa da letra é de espantar, é de mortificar.

Já não posso entrar na revisão e nas oficinas aqui da casa. Logo na entrada percebo a hostilidade muda contra mim e me apavoro. Se fosse no cenáculo do Garnier ou em outro qualquer, seria bom; se fosse mesmo no salão literário do Coelho Neto, eu ficaria contente; entre aqueles homens simples, porém, com os quais eu não compito em nada, é para a gente julgar-se um monstro, um peste, um flagelo. E tudo isso por quê? Por causa da minha letra. Desespero decididamente.

De manhã, quando recebo a *Gazeta* ou outra publicação em que haja cousas minhas, eu me encho de medo, e é com medo que começo a ler o artigo que firmo com a responsabilidade do meu humilde nome. A continuação da leitura é então um suplício. Tenho vontade de chorar, de matar, de suicidar-me; todos os desejos me passam pela alma e todas as tragédias vejo diante dos olhos. Salto da cadeira, atiro o jornal ao chão, rasgo-o; é um inferno.

Eu não sei se todos nos jornais têm boa caligrafia. Certamente, hão de ter e os seus originais devem chegar à tipografia quase impressos. Nas letras, porém, não é assim.

Eu não cito autores, porque citar autores só se pode fazer aos ilustres, e seria demasia eu me pôr em paralelo com eles, mesmo sendo em negócio de caligrafia. Deixo-os de parte e só quero lembrar os que escreveram grandes obras, belas, corretas, até ao ponto em que as cousas humanas podem ser perfeitas. Como conseguiram isso?

Não sei; mas há de haver quem o saiba e espero encontrar esse alguém para explicar-me.

De tal modo essa questão de letra está implicando com o meu futuro que eu já penso em casar-me. Hão de surpreender-se em ver estas duas cousas misturadas: boa letra e casamento. O motivo é muito simples e vou explicar a gênese da associação com toda a clareza de detalhes.

Foi um dia destes. Eu vinha de trem muito aborrecido porque saíra o meu folhetim todo errado. O aspecto desordenado dos nossos subúrbios ia se desenrolando aos meus olhos; o trem se enchia da mais fina flor da aristocracia dos subúrbios. Os senhores com certeza não sabiam que os subúrbios têm uma aristocracia.

Pois têm. É uma aristocracia curiosa, em cuja composição entrou uma grande parte dos elementos médios da cidade inteira: funcionários de pequena categoria, chefes de oficinas, pequenos militares, médicos de fracos rendimentos, advogados sem causa, etc.

Iam entrando com a *morgue* que caracteriza uma aristocracia de tal antiguidade e tão fortes rendimentos, quando uma moça, carregada de lápis, penas, réguas, cadernos, livros, entrou também e veio sentar-se a meu lado.

Não era feia, mas não era bela. Tinha umas feições miúdas, um triste olhar pardo de fraco brilho, uns cabelos pouco abundantes, um colo deprimido e pouco cheio. Tudo nela era pequenino, modesto; mas era, afinal, bonitinha, como lá dizem os namorados.

Olhei-a com o temor com que sempre olho as damas e continuei a mastigar as minhas mágoas.

Num dado momento, ela puxou um dos muitos cadernos que trazia, abriu-o, dobrou-o e pôs-se a ler. Que não me levem a mal o *Binóculo* e a *Nota Chic* e não deitem por isso excomunhão sobre mim! Sei bem que não é de boa educação ler o que os outros estão lendo ao nosso lado; mas não me contive e deitei uma olhadela, tanto mais (notem bem os senhores do *Binóculo* e da *Nota Chic*) que, me pareceu, a moça o fazia para ralar-me de inveja ou encher-me de admiração por ela.

Tratava-se de álgebra e as mulheres têm pela matemática uma fascinação de ídolo inacessível. Foi, portanto, para mostrar-me que ela o ia atingindo que desdobrou o caderno; ou então para dizer-me sem palavras: Veja, você, seu homem! Você anda de calças, mas não sabe isso... Ela se enganava um pouco.

Mas... como dizia: olhei o caderno e o que vi, meu Deus! Uma letra, um cursivo irrepreensível, com todos os tracinhos, com todas as filigranas. Os "tt" muito bem-traçados – uma maravilha!

Ah! pensei eu. Se essa moça se quisesse casar comigo, como eu não seria feliz? Como diminuiriam os meus inimigos e as tolices que são escritas por minha conta? Copiava-me os artigos e...

Quis namorá-la, mas não sei namorar, não só porque não sei, como também porque tenho consciência da minha fealdade. Fui, pois, tão canhestro, tão tolo, tão inábil, que ela nem percebeu. Um namoro de... caboclo.

Seria, casar-me com ela, uma solução para esse meu problema da letra, mas nem este mesmo eu posso encontrar e tenho que aguentar esse meu inimigo, essa traição que está nas minhas mãos, esse abutre que me devora diariamente a fraca reputação e apoucada inteligência.

Gazeta da Tarde, 28 de junho de 1911.

A MINHA CANDIDATURA

Vou escrever um artigo perfeitamente pessoal; e é preciso. Sou candidato à Academia de Letras, na vaga do Senhor Paulo Barreto. Não há nada mais justo e justificável. Além de produções avulsas em jornais e revistas, sou autor de cinco volumes, muito bem recebidos pelos maiores homens de inteligência de meu país. Nunca lhes solicitei semelhantes favores; nunca mendiguei elogios. Portanto, creio que a minha candidatura é perfeitamente legítima, não tem nada de indecente. Mas... chegam certos sujeitos absolutamente desleais, que não confiam nos seus próprios méritos, que têm títulos literários equívocos e vão para os jornais e abrem uma subscrição em favor de suas pretensões acadêmicas.

Que eles sejam candidatos, é muito justo; mas que procurem desmerecer os seus concorrentes é cousa contra a qual eu protesto.

Se não disponho do *Correio da Manhã* ou do *O Jornal* para me estamparem o nome e o retrato, sou alguma cousa nas letras brasileiras e ocultarem o meu nome ou o desmerecerem é uma injustiça contra a qual eu me levanto com todas as armas ao meu alcance.

Eu sou escritor e, seja grande ou pequeno, tenho direito a pleitear as recompensas que o Brasil dá aos que se distinguem na sua literatura.

Apesar de não ser menino, não estou disposto a sofrer injúrias nem a me deixar aniquilar pelas gritarias de jornais.

Eu não temo abaixo-assinados em matéria de letras.

Careta, 13 de agosto de 1921.

SOBRE O NOSSO TEATRO

Tenho dito muitas vezes que não vou ao teatro. Isto é verdade. Não é porque despreze o teatro propriamente; não é porque despreze os artistas; não é porque despreze os autores. Eu não vou a teatro porque desprezo o público. Os artistas e autores não têm culpa de que o nosso teatro seja a chulice que é; quem tem culpa é o público. Aqueles dão a este o que este lhes pede, e não podem, e não devem fazer outra cousa, pois precisam viver.

Estou disposto a acreditar que há entre os autores e atores muita gente capaz de fazer cousa melhor; e, por isso, lembrei-me de bordar algumas considerações sobre cousas do palco carioca.

Mas como é que você não indo a teatro vai falar sobre teatro?

A explicação é simples. Sigo atentamente a vida dele pelas crônicas dos jornais e sobretudo pelas revistas especiais. Recebo a *Comédia*, que os meus amigos e camaradas M. Austregésilo e Autran têm a bondade de enviar-me; e sempre leio o semanário do Barreiro e Lino, *Teatro & Sport*. Este meu método de estar em dia com o nosso teatro tem duas vantagens: posso meditar calmamente sobre ele e não corro o perigo de fascinar-me por uma corista qualquer.

Ainda agora, relendo uns números não muito atrasados, da última das revistas citadas, vi que havia no nosso "mundinho" teatral um grande barulho com o Senhor ou, aliás, Doutor Cardim.

Aqui, no Brasil, ninguém deixa o doutor, mesmo quando escreve revistas de ano. Dito isto, passo ao que estava tratando.

Não imaginei nunca que o Senhor Cardim merecesse oposição tão rancorosa. Ele, pelo que leio, desde os folhetins do Artur, me aparecia como um abnegado propagandista da nossa regeneração cênica, como um defensor dos artistas, etc., etc. Vem, porém, a revista do Lino e diz que não, contando do homenzinho cousas que muito desdizem da sua alta missão de regeneração artística. Vou transcrever um trecho para que os nossos leitores apreciem. Ei-lo:

> Cumpre-nos, então, declarar que a tal virtude do Senhor Doutor Gomes Cardim está em verdadeiro antagonismo com a sua conduta, de há pouco tempo, em Lavras, no Teatro Municipal, quando ali se encontrava a Companhia Dramática.
>
> O desgosto habilmente simulado pelo Senhor Doutor Cardim que, no teatro da referida cidade, mandou inutilizar a placa oferecida pela plateia a toda a companhia para substituí-la por outra de sua propriedade com dizeres, apenas, referentes à Senhora Itália Fausta, só pode confirmar a sua vocação de comediante.
>
> No teatro de Juiz de Fora, quando a sua ousadia de *camelot* o levou a mudar de posição todos os retratos de artistas notáveis que se encontravam no *foyer*, para colocar o da Senhora Itália Fausta entre Novelli e Furtado Coelho, prova realmente o seu critério artístico de... hábil armador.

Isto está no número de 1º de março corrente, no qual, e em alguns anteriores, podem ser encontradas cousas mais interessantes. Ninguém poderia supor que o apóstolo da arte dramática tivesse semelhantes calundus e fosse dado a esses caprichos de namorado suburbano.

O Artur era mais prático; e o Coelho Neto que, atualmente, partilha, com o Senhor Cardim, a missão de erguer o teatro brasileiro, também o é. Coelho Neto arranjou uma escola dramática, em que não entram nela pretos, mas que ele entra nela, consumindo um razoável ordenado; e o Artur fez-se ditador do teatro revisteiro, no qual só as suas revistas prestavam.

O vil metal não move o Senhor Cardim; mas "l'amor che muove il sole e l'altre stelle".

Nessas cousas de teatro, atrizes, atores, pontos, coristas e figurantes, o que me assombra é a admiração dessa gente toda pelo Artur Azevedo. Este senhor sempre foi uma grande mediocridade intelectual, com dotes secundários de escrever e versejar regularmente, facilmente, e, talvez, corretamente; mas sem imaginação criadora, sem poder de invenção e de emoção, sem nenhuma visão da vida em geral e, da particular, do seu meio social. Os seus dotes secundários fizeram-no popular no teatro e fora dele; e Artur aproveitou essa popularidade para se fazer um ditador dos palcos do Rio de Janeiro. Ninguém chegava até eles, sem o apoio do A. A.; mas, como Artur só fazia "revistas", toda a gente começou a fazer "revistas", com a célebre "mulata" – generalização infame e lorpa – com o tal matuto idiota que é uma toleima, etc., etc.

Ele exerceu durante os seus últimos anos de vida esse ascendente despótico e só mal fez a toda a gente de teatro que é hoje escarnecida, injustamente, por todo aquele que pensa um pouco.

Uma ditadura semelhante quis exercer aqui nas letras, nos jornais e até no teatro, o Senhor Paulo Barreto, mas faltaram-lhe, por não ter sequer a habilidade e a manha para isso, a audácia e a coragem necessárias, em substituição. Arrepiou carreira e voltou-se para a gamela munificente do Itamarati.

A mania do brasileiro é ser chefe, seja de que forma for.

Se não pode ser do Rio inteiro, contenta-se em sê-lo do Beco dos Boiotos, mas é chefe! Nas letras, o nosso tipo de chefe é o Senhor Rui Barbosa, mas que já repudiou a literatura por ocasião do seu jubileu, assim mesmo continua a ser o seu tipo. O aspirante a chefe literário, atualmente, é o Senhor Coelho Neto, que, impondo-se a obrigação de preencher todas as exigências do modelo barbosiano, quis se fazer político. Foi deputado durante nove anos, fez dois discursos de congratulações a Portugal, com "paredros", "zimbram", etc., fracassou e voltou-se para o *football*. Com essa muleta esportiva, é bem possível que o autor do *Álbum de Calibã* venha a assumir o governo absoluto das nossas letras, tanto mais que, como o *Correio da Manhã*, de 11 do corrente, diz, comentando a sua missão "patriótica e desinteressada" a São Paulo,

> não há ainda maximalismo, no *sport* brasileiro. Porque só admitindo que o vírus desse mal do inferno e da morte se entranhasse no organismo esportivo nacional é que se poderia conceber tamanho dislate, tamanho crime.

Com uma tão simplista filosofia social, muito própria do burguesismo *parvenu* do Senhor Neto, é bem possível que ele mereça, com ajuda do *football*, o supremo pontificado das nossas letras. Aguardo-o.

No teatro, porém, ele tem que se haver com o Senhor Cardim e este, ao que parece, bebe a sua coragem e a sua força em fontes mais celestiais e mais tonificantes. Falemos, porém, sério...

Não conheço o Senhor Cardim, mas por não conhecê-lo, é que esperava trazer ele para essa sua companhia, em favor do aperfeiçoamento artístico da nossa ribalta, um espírito novo, sagaz e inovador.

O Senhor Cardim, vivendo nos bastidores, convivendo com atores, gasistas, pontos, sentindo a plateia daqui e dali, devia ter observado que havia necessidade de pôr os gostos do público e as exigências do viver do pessoal cênico em acordo. Devia isso ser o seu postulado.

A "revista" ou que outro nome tenha, que desceu hoje até ao mais baixo grau de imbecilidade, estupidez e panurgismo, é procurada, é apreciada pelo público, porque é atual, porque, em virtude do nosso amor à bisbilhotice e à maledicência, fala mal dos outros e os ridiculariza.

O grosso público do Brasil gosta sempre da crítica, amarga, muito atual, muito do dia presente, aos acontecimentos e às pessoas, e não a quer em grandes voos e generalizações. Ele a quer a "Seu" fulano, delegado, ou ao "Seu" Chaves, vendeiro da esquina, ou à Dona Sinhá Fagundes, que se finge de rica.

O missionário paulista devia ter observado isso e, sem abandonar os seus dramas e as suas peças de alto coturno, encaminhar a sua atividade para tirar da "revista", como auxílio do pendor que o público tem por ela, alguma cousa de mais elevado e mais intelectual.

Da maledicência e da crítica, todo o nosso povo, do Amazonas, etc., a parte que mais gosta é a política e uma comédia política, ao jeito das de Aristófanes, ou mesmo das velhas farsas ou "óperas" de Antônio José, com alusões a casos bem do dia de hoje, com troças e personagens antipatizados pelo público, enquadrado tudo isto num livre e mesmo fantástico entrecho, sem que se lhe pusesse nenhuma restrição à fantasia, julgo que seria peça para grande sucesso.

Quem a faria? Aí é que está o precalço. O Senhor Cardim correria ao Coelho Neto e este tirava das estantes os Croisets, as obras de Aristófanes e o dicionário de Domingos Vieira e de antiguidades gregas, e decalcaria *Os Cavaleiros*, com parábases numa linguagem barroca de vocábulos obsoletos e ininteligíveis, de metro e meio de extensão, ou senão pasticharia – sem propósito e só por amor ao antigo – a ilha dos Lagartos.

Faria mal o Senhor Cardim e seria sem desculpa o seu erro, desde que o fizesse, após o fracasso da colaboração acadêmica na *A Noite*.

O meu amigo Marinho foi buscá-la no Silogeu, em Botafogo, em Teresópolis, em Santa Teresa e em Petrópolis e os acadêmicos deram com raras exceções no fiasco que o Rio de Janeiro todo assistiu embasbacado.

O Brandão, dos "Ecos e Novidades", da mesma *A Noite*, que não é literato, nem acadêmico, sempre fez a sua seção diária com muito mais interesse e mais oportunidade, que todos os Netos, o pior de todos, da semana acadêmica reunidos. Até uma "Página de Álbum" de vetustos namoros lá saiu...

O Senhor Cardim, que também é escritor, deve conhecer bem o meio e os seus homens, ter a sagacidade suficiente para encontrar o autor que lhe conviesse.

Tente e não se importe com a Academia e outras consagrações, rompa com elas; não se incomode que os "delambidos" e doutores literários condenem as suas peças, por não serem comédia, nem drama, nem tragédia, nem lá o que eles entendem, segundo os velhos cânones literários. Alargue os quadros, misture uns com outros gêneros, mas, sem esquecer o seu postulado, de modo que contente o público e faça cousa de pensamento e renda.

Querer atrair o nosso público, o grande, o remunerador, com as peças dos moldes estabelecidos, é vão. Ele não voa tão alto nos conflitos de sentimentos, de paixões e caracteres. Na literatura escrita, pode-se tentar, porque bastam dois mil leitores para custear uma edição; mas no teatro, o que são dois mil espectadores? Nada.

O que é preciso é que apareça no teatro um grande gênero bem nosso que atenda tanto à massa comum dos auditores como àqueles que agora se têm afastado do nosso teatro, por ver, nas suas peças, "revistas" lorpas feitas a cordel, que o que têm de melhor é a pornografia e a escatologia.

É um caminho que está a desafiar um empresário audaz e inteligente.

Quanto à censura, o Senhor Cardim, que é bacharel, sabe perfeitamente que a polícia é perfeitamente desautorizada para exercê-la, não só legalmente como literariamente. Não é possível que uma lei ordinária qualquer ou um simples regulamento ponha nas mãos de suplentes de polícia, meninotes bisonhos, quase sempre iletrados, bacharéis ou não, autoridade suficiente para restringir a liberdade de pensamento que a Constituição Federal dá a todo o cidadão, da forma mais ampla possível, respondendo ele pelos abusos que cometer, mas isto depois de se ter comunicado com os seus leitores ou ouvintes.

Caso a polícia se metesse em proibir a representação ou "cortar" a farsa à Antônio José, havia o apelo para os tribunais que não poderiam permitir à polícia do Rio de Janeiro, no século XX, ter mais poder para cercear a liberdade de pensamento na cena que os arcontes de Atenas, no século V, antes da era cristã, ou o Santo Ofício português, da primeira metade do século XVIII.

Recorrer aos tribunais, Senhor Cardim, seria um esplêndido reclame; e não se esqueça que, para fazer grandes cousas, é preciso "audácia, sempre audácia e ainda audácia". Ponha esta nossa "ilha dos Lagartos" em cena, Senhor Cardim!

Revista Contemporânea, 15 de março de 1919.

CARTA ABERTA

Meu caro Hélio Lobo, meu sideral Hélio Lobo, meu estupendo Hélio Lobo, meu prefeito de palácio Hélio Lobo:

Creio que gostaste imensamente de todos os títulos que antepus ao teu nome solar. Gostei também, mas sinto que o teu apolíneo nome não tenha até agora iluminado cousa alguma. O sol, o teu xará, espanca as sombras, mas tu não espancas cousa alguma. Até agora tu não tens querido brilhar senão como a lua, isto é, com a luz emprestada dos outros. Tu não és Hélio; tu és Selene. Que fizeste até agora? Que cousa brilhante recomenda teu nome solar? Nada.

Arranjaste um cursozinho muito vagabundinho de bacharel em direito, procuraste os parentes em Minas, políticões, republicanos históricos e com outras condecorações democráticas, e o Rio Branco nomeou-te amanuense, sem concurso, da Secretaria do Exterior. Dizem por aí que, da mesma forma que os príncipes se casam, tu foste nomeado pelo retrato. Não acredito, porque o teu retrato, que anda por aí, tem tal ar que não há ninguém capaz de supor que tu saibas ler e escrever.

Nomeado amanuense, eu te conheci uma vez no "chope" do "Adolfus" à Rua da Assembleia, no Braço de Ferro, apresentado pelo Gomes Carneiro, que é hoje auditor de Guerra.

Tu julgavas que eu ia ser grande cousa e nunca mais,

apesar de tua elegância e branquidade, me deixaste de cumprimentar. Não sou nada até hoje, Hélio; mas uma cousa sou: eu sou amanuense por concurso, e brilhante sem favor, nem humildade.

É incrível conceber que este lindo Lobo pensasse até em mim para fazê-lo datilógrafo presidencial, membro da alta domesticidade de Sua Excelência o Senhor Venceslau Brás, presidente da República dos Estados Unidos do Brasil! Acho incrível, mas lembro-me de todas as circunstâncias. Nós jogávamos bagatela, Amorim, Santos e não sei quem mais, quando o Carneiro me chamou para apresentar-te. Hoje seria uma honra...

Naturalmente, agora, não te lembras, mas não faz mal, pois, apesar dos teus ares fidalgos de descendente de propagandistas da democracia, deves conhecer alguns rifões populares. Há um que diz: "dor de barriga não dá um dia só" – ou melhor: "hodie mihi cras tibi".

Como dizia: nomeado amanuense, Rio Branco, que estava fazendo a escola diplomática da tesoura e goma-arábica, chamou-te para a aula; e eis o nosso Hélio a recortar avisos, ofícios, decretos e portarias do *Diário Oficial*, e a colá-los em meio-almaço, numerando-os cuidadosamente, tal e qual fazia um contínuo de balandrau, na portaria do teu ministério. Rio Branco te havia dito: "Moço é preciso fazer alguma cousa"; e tu julgaste que aquilo era o bastante. Levaste o trabalho ao pró-homem e ele te disse paternalmente que aquilo não era assim. O barão só não gostava de inscientes, quando fossem feios ou mulatos; mas tu não eras nem uma cousa, nem outra e, logo, ele te deu alguns exemplos de como se fazia o trabalho. Hélio, então, ao passar de uma meio-almaço para outra punha em cima: "entretanto, a nota de 20 de fevereiro que rezava" – dois pontos e aspas; ao acabar a meio-almaço, ligava: "portanto, foi o que se verificou com a resposta do juiz boliviano Sangastume, de 8 de março" – dois pontos e aspas. *Mutatis mutandis*.

Mandou o barão toda essa moxinifada para a Imprensa Nacional e, sob o título *Tribunal Arbitral Boliviano* e à custa do Estado, foi ela impressa para a tua glória e a da nossa cara pátria. Ficaste assim como o Oliveira Lima...

Houve amigo complacente que até qualificou o teu relatório de obra de ciência histórica, digna de um discípulo da École de Chartres. Foi um tal X., no *Correio da Manhã* – hás de te lembrar disto.

Daí em diante, tinhas aprendido o caminho da vida e de fabricar obras científicas. Eram só tesoura e goma-arábica, ou senão um contínuo de boa letra para copiar-te os avisos e notas.

Foi a tua fortuna e deixaste de cumprimentar-me. Tiveste medo da "facada"? Por isso não, pois nós só nos mordemos na confraria antiga, nacional e deselegante.

Foi a tua fortuna, porque, despachado cônsul em Punta Arenas, recebias uns contos, ouro, para ir do Largo da Carioca ao Tesouro; transferido de Punta Arenas para São Francisco da Califórnia, recebias uns contos, ouro, para tomar o bonde do Largo do Machado, saltar na Avenida, tomar café no Jeremias, consertar o casaco ao espelho, descer solene a Avenida, e... ir sempre ao Tesouro; transferido de São Francisco para secretário de legação no Paraguai, não querendo ir ao Tesouro, deste uma procuração ao contínuo e uma prata de dois mil-réis, tendo, afinal, recebido mais uns pares de contos; e, assim, de transferência em transferência, tendo feito várias vezes a penosa viagem do Catete à Rua Larga, meteste na algibeira, uns dizem oitenta, mas avalio em cinquenta contos de réis. Quanta centena! De que escapou o Lopes!

Cônsul em Londres, tendo ganho tanto dinheiro, moço, *chic*, altamente colocado, o que devias querer? Um casamento rico – não é? Pois, a que me dizem, queres ser acadêmico, literato. Lá não é teu lugar, Hélio. Que é que tu vais fazer lá? Responde-me, meu caro Hélio Lobo. É recado do teu

Lima Barreto.

O Debate, 8 de setembro de 1917.

PROBLEMA VITAL

Poucas vezes se há visto nos meios literários do Brasil uma estreia como a do Senhor Monteiro Lobato. As águias provincianas se queixam de que o Rio de Janeiro não lhes dá importância e que os homens do Rio só se preocupam com cousas do Rio e da gente dele. É um engano. O Rio de Janeiro é muito fino para não dar importância a uns sabichões de aldeia que, por terem lido alguns autores, julgam que ele não os lê também; mas, quando um estudioso, um artista, um escritor, surja onde ele surgir no Brasil, aparece no Rio, sem esses espinhos de ouriço, todo o carioca independente e autônomo de espírito está disposto a aplaudi-lo e dar-lhe o apoio da sua admiração. Não se trata aqui da barulheira da imprensa, pois essa não o faz, senão para aqueles que lhe convêm, tanto assim que sistematicamente esquece autores e nomes que, com os homens dela, todo o dia e hora lidam.

O Senhor Monteiro Lobato com o seu livro *Urupês* veio demonstrar isso. Não há quem não o tenha lido aqui e não há quem o não admire. Não foi preciso barulho de jornais para o seu livro ser lido. Há um contágio para as boas obras que se impõem por simpatia.

O que é de admirar em tal autor e em tal obra, é que ambos tenham surgido em São Paulo, tão formalista, tão regrado que parecia não admitir nem um nem a outra.

Não digo que, aqui, não haja uma escola delambida de literatura, com uma retórica trapalhona de descrições de luares com palavras em "ll" e de tardes de trovoadas com vocábulos com "rr" dobrados: mas São Paulo, com as suas elegâncias ultraeuropeias, parecia-me ter pela literatura, senão o critério da delambida que acabo de citar, mas um outro mais exagerado.

O sucesso de Monteiro Lobato, lá, retumbante e justo, fez-me mudar de opinião.

A sua roça, as suas paisagens não são cousas de moça prendada, de menina de boa família, de pintura de discípulo ou discípula da Academia Julien; é da grande arte dos nervosos, dos criadores, daqueles cujas emoções e pensamentos saltam logo do cérebro para o papel ou para a tela. Ele começa com o pincel, pensando em todas as regras do desenho e da pintura, mas bem depressa deixa uma e outra cousa, pega a espátula, os dedos e tudo o que ele viu e sentiu sai de um só jato, repentinamente, rapidamente.

O seu livro é uma maravilha nesse sentido, mas o é também em outro, quando nos mostra o pensador dos nossos problemas sociais, quando nos revela, ao pintar a desgraça das nossas gentes roceiras, a sua grande simpatia por elas. Ele não as embeleza, ele não as falsifica; fá-las tal e qual.

Eu quereria muito me alongar sobre este seu livro de contos, *Urupês*, mas não posso agora. Dar-me-ia ele motivo para discorrer sobre o que penso dos problemas sociais que ele agita; mas, são tantos que me emaranho no meu próprio pensamento e tenho medo de fazer uma cousa confusa, a menos que não faça com pausa e tempo. Vale a pena esperar.

Entretanto, eu não poderia deixar de referir-me ao seu estranho livro, quando me vejo obrigado a dar notícia de um opúsculo seu que me enviou. Trata-se do *Problema Vital*, uma coleção de artigos, publicados por ele, no *Estado de S. Paulo* referentes à questão do saneamento do interior do Brasil.

Trabalhos de jovens médicos como os Doutores Artur Neiva, Carlos Chagas, Belisário Pena e outros vieram demonstrar que a população roceira do nosso país era vítima desde muito de várias moléstias que a alquebravam fisicamente. Todas elas têm uns nomes rebarbativos que me custam muito a escrever; mas Monteiro Lobato os sabe de cor e salteado e, como ele, hoje muita gente. Conheci-as, as moléstias, pelos seus nomes vulgares: papeira, opilação, febres e o mais difícil que tinha na memória era – bócio. Isto, porém, não vem ao caso e não é o importante da questão.

Os identificadores de tais endemias julgam ser necessário um trabalho sistemático para o saneamento dessas regiões afastadas e não são só estas. Aqui mesmo, nos arredores do Rio de Janeiro, o Doutor Belisário Pena achou duzentos e cinquenta mil habitantes atacados de maleitas, etc. Residi, durante a minha meninice e adolescência, na Ilha do Governador, onde meu pai era administrador das Colônias de Alienados. Pelo meu testemunho, julgo que o Doutor Pena tem razão. Lá todos sofriam de febres e logo que fomos para lá, creio que em 1890 ou 1891, não havia dia em que não houvesse, na nossa casa, um de cama, tremendo com a sezão e delirando de febre. A mim, foram precisas até injeções de quinino.

Por esse lado, julgo que ele e os seus auxiliares não falsificam o estado de saúde de nossas populações campestres. Têm toda a razão. O que não concordo com eles é com o remédio que oferecem. Pelo que leio em seus trabalhos, pelo que a minha experiência pessoal pode me ensinar, me parece que há mais nisso uma questão de higiene domiciliar e de regímen alimentar.

A nossa tradicional cabana de sapê e paredes de taipa é condenada e a alimentação dos roceiros é insuficiente, além do mau vestuário e do abandono do calçado.

A cabana de sapê tem origem muito profundamente no

nosso tipo de propriedade agrícola – a fazenda. Nascida sob o influxo do regímen do trabalho escravo, ela se vai eternizando, sem se modificar, nas suas linhas gerais. Mesmo em terras ultimamente desbravadas e servidas por estradas de ferro, como nessa zona da Noroeste, que Monteiro Lobato deve conhecer melhor do que eu, a fazenda é a forma com que surge a propriedade territorial no Brasil. Ela passa de pais a filhos; é vendida integralmente e quase nunca, ou nunca, se divide. O interesse do seu proprietário é tê-la intacta, para não desvalorizar as suas terras. Deve ter uma parte de matas virgens, outra parte de capoeira, outra de pastagens, tantos alqueires de pés de café, casa de moradia, de colonos, currais, etc.

Para isso, todos aqueles agregados ou cousa que valha, que são admitidos a habitar no latifúndio, têm uma posse precária das terras que usufruem; e, não sei se está isto nas leis, mas nos costumes está, não podem construir casa de telha, para não adquirirem nenhum direito de locação mais estável.

Onde está o remédio, Monteiro Lobato? Creio que procurar meios e modos de fazer desaparecer a "fazenda".

Não acha? Pelo que li no *Problema Vital*, há câmaras municipais paulistas que obrigam os fazendeiros a construir casas de telhas para os seus colonos e agregados. Será bom? Examinemos. Os proprietários de latifúndios, tendo mais despesas com os seus miseráveis trabalhadores, esfolarão mais os seus clientes, tirando-lhes ainda mais dos seus míseros salários do que tiravam antigamente. Onde tal cousa irá repercutir? Na alimentação, no vestuário. Estamos, portanto, na mesma.

Em suma, para não me alongar. O problema, conquanto não se possa desprezar a parte médica propriamente dita, é de natureza econômica e social. Precisamos combater o regímen capitalista na agricultura, dividir a propriedade agrícola, dar a propriedade da terra ao que efetivamente cava a terra e planta e não ao doutor vagabundo e parasita, que vive na "Casa-Grande" ou no Rio ou em São Paulo. Já é tempo de fazermos isto e é isto que eu chamaria o "Problema Vital".

Revista Contemporânea, 22 de fevereiro de 1919.

EU TAMBÉM!

Tenho dito muitas vezes que o único meio de atrair o público para o nosso teatro era abandonar os moldes estabelecidos para os vários gêneros de obras teatrais, quebrar, enfim, os quadros e fazer alguma cousa bem bárbara, participando, caso fosse possível, de todos os gêneros, drama, comédia, *vaudeville*, mágica, etc., e não sendo nenhum deles. Imagino uma sátira bem larga, bem fora do comum em que se enquadrassem cenas de costumes, de crítica a fatos atuais e, até, pintassem elas cousas sentimentais.

Acabo, agora mesmo, de ler um livro sobre Aristófanes, do bem-conhecido helenista francês, Maurice Croiset – *Aristophane et les partis à Athènes.*

E a leitura do livro mais me convenceu que eu devia tentar o gênero. Aqueles *Cavaleiros*, as *Nuvens*, a *Lisístrata* e as suas outras muitas comédias, que eram os comentários grotescos, facetos, irônicos, mas meditados, dos acontecimentos sociais de sua terra, encheram-me de um entusiasmo, de imitar, conforme me fosse possível, o inimitável Aristófanes, o sem-igual em todas as literaturas dramáticas.

Se eu fosse o Senhor Coelho Neto agarraria um dicionário das antiguidades gregas e desandaria na descrição de uma *première* da *Os Pássaros* nas dionísias urbanas ou nas leneanas. Como, porém, tenho o indigente hábito de só descrever o que vejo, não me meto em tal cousa e deixo a Grécia clássica bem sossegadinha, bem mortinha, no seu sepulcro milenar. Mesmo porque eu me arriscaria a fazer uma descrição, não de um espetáculo ateniense do século V a.C., mas a de estreia de um qualquer ator francelho em um *vaudeville* de Feydeau, ali no cenotáfico Municipal, assim mesmo, com o auxílio dos cronistas elegantes dos jornais, porque nunca lá pus os pés.

O que gostei no desenvolvimento da obra de Aristófanes, tal e qual a estuda em face da vida política, civil e militar de Atenas o Senhor M. Croiset, foi o comentário cerrado de todos os fatos dessa vida, ano por ano, com uma independência de pensamento e uma autonomia mental a que força alguma estranha pôde domar.

Imagino, mais agora, uma espécie de "parábase" numa grande comédia, ao jeito aristofanesco, comentando o nosso caso tão curioso e atual das "condecorações", em que as vaidades se apertaram as mãos por cima de partidos, e a volúvel e caprichosa gramática portuguesa abençoou tão enternecedora reconciliação. Seria ou não uma cousa de comover a plateia, até às lágrimas, ou talvez, até ao riso, que muitas vezes as emoções tristes provocam?

Poderíamos fazer um coro de "almofadinhas" e "melindrosas" que explicariam bem o fervor guerreiro do nosso povo, durante a guerra de que acabamos de sair! e Sua Excelência, o Senhor Café, havia de dizer com que heroísmo ele se portou ao lado das hostes aliadas.

Não dou aqui todo o esboço da peça ou farsa em que medito, porque a gestação não está completa, nem tampouco ainda comuniquei o plano ao meu colaborador Oduvaldo Viana, "rato" de teatro, escritor de grande talento para a cena, como tem provado, e que há de me iniciar nos seus mistérios, porque apesar da minha falada boêmia, que está ficando clássica, tenho muito medo das senhoras que pisam o palco e sempre delas fugi.

Contudo, há anos, já andei embrenhado numa *troupe*, em Juiz de Fora e Matias Barbosa, quando naquele primeiro lugar fui passar alguns dias com meu tio, o maestro Carlos de Carvalho, que por lá, com ela, andava.

Não cultivei o meio, por isso o medo voltou-me quando já o tinha perdido.

A minha peça – minha só não! nossa! – porque o Oduvaldo Viana é meu colaborador à força – há de ser qualquer cousa da Bruzundanga, uma guerra da, uma eleição da, o Estado da, ou outra cousa semelhante e parecida com isso; mas há de ser da Bruzundanga, porque o país de que mais gosto entre todos, inclusive o meu, é esse, e do qual brevemente o conhecido editor Jacinto Ribeiro dos Santos, estabelecido com a Livraria Cruz Coutinho, vai publicar as minhas notas de viagem por ele.

Espero que elas saiam, para tratar de representar a peça. Sei perfeitamente que havemos de ter muita rezinga com a polícia, a que um simples regulamento deu poderes inquisitoriais de censora do pensamento alheio, quando a Constituição etc., etc....

Mas todos esses obstáculos penso em removê-los e transformá-los em *réclame* para o nosso ensaio teatral.

Havemos de transformar as resistências, com força ativa para acelerar a marcha da nossa tentativa e atrair a atenção sobre ela.

A "Felicidade da Bruzundanga", se assim ela se chamar, pode vir a ser um grande desastre; mas não o será porque não tenhamos querido criá-la com todo o entusiasmo e toda a liberdade de crítica e julgamento.

Eu também vou ser autor dramático...

Esperem.

Comédia, 5 de julho de 1919.

LUTAS POLÍTICAS

O ENCERRAMENTO DO CONGRESSO

Todos nós falamos mal dos nossos senadores e deputados; todos nós os apelidamos o mais atrozmente; mas quando o Congresso se fecha, há um vazio na nossa vida comum e nos enchemos de pavor.

Todo brasileiro nasceu mais ou menos para ser um tiranozinho em qualquer cousa, e é feito guarda-civil ou ministro da Justiça, cabo de destacamento ou chefe de polícia, guarda fiscal ou presidente da República – trata logo de pôr pessoalmente em ação a autoridade de que está investido pelo Estado místico.

Então, quando é presidente da República, é que se vê bem o que pensa, sobre princípio de autoridade, um brasileiro qualquer de Uruburetama ou Perdizes, afinal de qualquer lugarejo por aí. Apossa-se dele logo um delírio cesariano e a sua autoridade que é limitada e contrabalançada, ele a transforma em ilimitada e sem peias, tal e qual a de um Tibério, a de um Nero ou a de um Calígula. Não têm nunca a marca de grandeza os seus desvarios de poder; são chatos, são medíocres; mas é que eles não são Césares e nós o Império Romano.

As manifestações de sua loucura não alcançam, como em Calígula, a injúria cruel lançada às faces de todo um povo de servis; mas chegam ao grotesco de armar protocolos sisudos, cheios de parágrafos e alíneas, para regular a recepção de um vizinho qualquer.

Mas, no que eles não se deixam vencer por qualquer tirano, antigo ou moderno, é nos encarceramentos. Têm uma grande volúpia em encarcerar, em prender, em deixar "mofar". Dão carta branca a seus beleguins e estes por sua vez procedem de acordo com a inteligência e moralidade que tiverem.

No regímen republicano, e à proporção que ele avança em anos, os processos de encarceramento e deportação se aperfeiçoam. Tivemos a ilha das Cobras; tivemos o "Satélite" – que tivemos mais?

Quando o Congresso está aberto, os governos têm medo de agir tão limpamente à moda de paxás turcos. Como que lhe têm medo; é a sua consciência. Quando, porém, ele está fechado, a fera carniceira não tem mais o chicote do domador à vista e faz o que quer.

Nesta hora sombria de angústias e apreensões, é de encher de saudades o fechamento do Congresso. Que vai ser de nós? A que vão ficar reduzidas as três liberdades primordiais à nossa existência: a individual, a de pensamento e a de imprensa?

Se o Congresso estivesse aberto as cousas não correriam assim tão facilmente. Havia debate, e, sempre, ele seria uma válvula aberta, por onde pessoas, protegidas por imunidades sagradas, poderiam protestar contra as violências governamentais; mas, estando ele fechado, quem reclamará em nome das vítimas? Ninguém e a governança irá deslizando numa paz podre de vilaiete turco.

De resto, muito perdemos. Por exemplo, passar três meses, sem os discursos do Senhor Chiquinho, é mesmo uma calamidade. Os seus discursos são um modelo *Dicionário de Ciências Morais e Políticas*. É pena que fiquem assim e as suas partes não sejam condensadas para um objetivo em vista. Contudo, uma vantagem têm eles: ensinar a muitos vadios opiniões de vários autores notáveis que podem ser aproveitadas muito convenientemente, se o vadio for inteligente.

Encerrados os trabalhos parlamentares, não temos ocasião de, todas as manhãs, travar conhecimento com essa singular filosofia política que é feita, a um só tempo, de economia doméstica e preceitos caseiros. Ele despreza a sabedoria livresca; é discípulo bem-amado da preta Maria que foi cozinheira de sua família paterna e entendida em quitute e política.

Temos ainda a sentir a falta das sonoridades vocais dos requintados *leaders*. – Que tipos invejáveis são esses nossos paredros! A Inglaterra já no-los quis arrebatar.

Graças a Deus, eles não se foram – como ainda não se foram para a Europa o Corcovado, o Bendengó e as múmias do Museu.

Tanta cousa boa nos dá o Congresso que não podemos deixar de lamentar essa sua falta temporária.

No seu penúltimo dia de funcionamento, houve lá dois rolos a sério – cousa que prova muito à evidência a sinceridade das opiniões dos que lá se digladiam.

Um dos rolistas foi um antigo chefe de polícia desta capital que, por sinal, não levou vantagem.

Que prova um rolo? Disse antes que provava a sinceridade das atitudes tomadas. Será verdade? Nem sempre. Por aí, mata-se muita gente por encomenda...

Seja assim ou seja assado, custe caro ou custe barato, o certo é que o Congresso nos é útil e só sentimos a sua utilidade quando ele se fecha.

Careta, 14 de janeiro de 1922.

CARTA ABERTA

Excelentíssimo Senhor Conselheiro Rodrigues Alves, ou quem suas vezes fizer na presidência da República.

Quisera bem, Excelentíssimo Senhor, que esta fosse de fato lida por Vossa Excelência, Conselheiro do ex-Império do Brasil, ex-presidente de província do mesmo Império, ex-ministro de Estado da República dos Estados Unidos do Brasil, ex-presidente de Estado federado da mesma República, ex-presidente dessa República, etc., etc. Os deuses cumularam Vossa Excelência de felicidades e a minha esperança é que Vossa Excelência se lembre desse dom extraordinário que deles recebeu, para impedir que o poder público se transforme em verdugo dos humildes e desprotegidos.

Tendo exercido tão altos cargos de governo, além dos legislativos que não citei, tanto no atual regímen como no passado; sendo avançado em anos, é de esperar que Vossa Excelência esteja agora possuído de um sábio ceticismo no que toca à apreciação dos homens e dos regimens políticos e que essa flor maravilhosa de bondade e piedade, pelos erros de todos nós, tenha desabrochado no coração de Vossa Excelência e sempre adorne imarcescivelmente os atos e os julgamentos de Vossa Excelência.

Não é, portanto, "chapa" manifestar eu aqui o meu desejo de que esta encontre Vossa Excelência no gozo da mais perfeita saúde em companhia da Excelentíssima Família, mas... no Catete.

Não há nisso, Excelentíssimo Senhor, nenhum desdém, nem malquerença com Guaratinguetá; mas concordará Vossa Excelência que esta nossa República que se está fazendo tão burguesmente aristocrática não pode permitir que a sua capital seja uma pequena cidade do interior, certamente pitoresca, mas demasiadamente modesta para tão alto destino.

Suponho até que há por aí, Excelentíssimo Senhor Presidente eleito, muitos condes eclesiásticos e Rockefellers das tarifas alfandegárias, muitos descendentes dos cruzados, que não estão contentes com a cidade do Rio de Janeiro para capital do Brasil. Acham-na totalmente imprópria e indigna de tal função.

Na sua peculiar concepção ultramoderna e super-humana da vida, em que tudo é dinheiro, tende para ele e se resolve com ele; em que amor é dinheiro e dinheiro é amizade, lealdade, patriotismo, saber, honestidade; tais cavalheiros, dizia eu, Excelentíssimo Senhor, pensaram ultimamente em alugar, arrendar ou mesmo comprar uma cidade bem *chic*, bem catita, para capital desse feudo brasileiro, cujos habitantes miseráveis eles explorariam de longe com corveias, banalidades, gabelas e outros impostos e dízimos batizados com nomes modernos e canalizados para as suas algibeiras por meios hábeis. Escusado será dizer a Vossa Excelência que o aluguel, o arrendamento ou a compra da cidade em condições seria realizada com o dinheiro do país.

Não me parece que Vossa Excelência tenha tão ingrato pensamento em relação à nossa pátria; mas Vossa Excelência deve deixar Guaratinguetá e vir para o Rio, onde há muita cousa para Vossa Excelência ver e distrair-se com o procurar remédio para sanar as que forem maléficas.

Cochicham por aí que as nossas finanças vão mal; que a nossa situação internacional é melindrosa; que precisamos tratar energicamente do nosso surto econômico, etc., etc.

Ouço falar baixinho de tudo isto; mas não vejo ninguém referir-se ao mal profundo que nos corrói. Corrói-nos, Excelentíssimo Senhor Conselheiro, um pendor maldisfarçado para o despotismo da burguesia enriquecida com a guerra, por todos os meios lícitos e ilícitos, honestos e imorais, de mãos dadas com as autoridades públicas e os representantes do povo.

Não são mais os militares que aspiram à ditadura ou a exercem. São os argentários de todos os matizes, banqueiros, especuladores da bolsa, fabricantes de tecidos, etc., que, pouco a pouco, a vão exercendo, coagindo, por esta ou aquela forma, os poderes públicos, a satisfazer todos os seus interesses, sem consultar o da população e os dos seus operários e empregados. Vossa Excelência, já pela sua idade, já pelos seus conhecimentos, já pela experiência que deve ter de semelhante gente, certamente, mesmo estando longe, tem observado e registrado tão anômalo fato. O Centro Industrial, por exemplo, o esotérico e cabalístico Centro Industrial, realiza sessões secretíssimas, cujas atas são assinadas, não por indivíduos, mas por firmas de institutos, de sociedades industriais, e expede intimações ao governo que, diante delas, estremece. A Associação Comercial, graças à vaidade de alguns dos seus diretores, aos quais as glórias de Demóstenes e de Cícero não deixam dormir, não se esconde no mistério. Fala alto e grosso e intimida o governo com ameaça de represálias da honrada classe comercial.

Desde Fénelon, há quase três séculos, que sabemos, pelo seu *Discours sur l'Inégalité des Conditions*, que "les riches ne sont que les dépositaires des possessions qu'appartiennent à tout le genre humain".

Não parece a Vossa Excelência que os nossos homens de Estado deviam saber isto e o mais que se segue, afirmando por completo o pensamento do arcebispo de Cambrai, para não satisfazer as exigências corsarianas que, em nome de uma concepção canibal de propriedade, lhes vão fazendo os argentários, os industriais e os atravessadores de mercadorias de primeira necessidade, em detrimento de todos?

Para mais tarde ficará a explanação do que acima fica dito. Certamente para breve, mas após a explicação, pois a espero, do articulista do *O País*, de 22 do passado, que acusou Rousseau de anarquista. Aguardo-a e, se ela não vier, eu terei que explicar por que estranhei tal cousa. Isto, porém, não interessa Vossa Excelência e trato de continuar as considerações que vinha fazendo.

Não é, Excelentíssimo Senhor Doutor Rodrigues Alves, que o Zé Bezerra, o Cazuza lá do Cabo, deu em berrar aos ouvidos do governo que é produtor e, por isso, quer tal ou qual medida? Apelo para a idade de Vossa Excelência, Senhor Presidente eleito: algum dia Vossa Excelência ouviu dizer que Zé Bezerra produzisse alguma cousa? Só se fossem batatas e, assim mesmo, não seria ele só. Havia de haver algum cristão que o auxiliasse, pois o Coronel Cazuza é absolutamente estéril.

Não foi à toa que Spencer, nos seus *Fatos e Comentários*, disse que detestava essa concepção de progresso que tem como objetivo o crescimento da população, o aumento da riqueza, a expansão comercial. Só dominando uma tal concepção é que se podia ver com influência, poder e atitude de legislador um Zé Bezerra e outros que tal. Vossa Excelência há de perdoar-me tais expansões, mas os fatos subsequentes aos acontecimentos de 18 do mês passado trouxeram-me tanto fel à alma que, mesmo dirigindo-me a pessoa tão respeitável como Vossa Excelência, eu contenho a minha indignação a muito custo.

Não espere Vossa Excelência que eu venha aqui discutir maximalismo ou anarquismo. Além de ser fora de propósitos, seria indelicado fazê-lo com Vossa Excelência.

Quero também chamar a atenção de Vossa Excelência para o modo de proceder da nossa alta polícia, pois só me referirei a ela, no curso desta missiva, porquanto, Excelentíssimo Senhor, a pequena, a dos humildes guardas, etc., é envenenada, é mal-educada pelo proceder de seus chefes prepotentes, ou que se julgam onipotentes.

Depois do motim de 18, ingênuo que foi, por assim dizer, o gabinete do chefe de polícia se encarregou de mandar publicar nos jornais, como sendo propósitos, objetivos dos rebelados, as mais torpes invenções ou as mais estúpidas que a imaginação dos seus auxiliares criava. A ligeireza proverbial dos nossos grandes jornais, quase todos, por isso ou aquilo, gratos aos grandes burgueses, não as examinou detidamente e espalhou-as aos quatro ventos, servindo as folhas volantes, algumas de boa-fé e outras conscientemente, aos intuitos cavilosos da alta administração policial que procurava tornar antipática a causa dos operários aos olhos da população. Não é só isso. As crônicas e artigos que apareceram, dias depois, obedeciam todos a um mesmo esquema.

Por essa época, li diversos jornais e verifiquei tal fato. O artigo de fundo do *O País* de 22 é traçado no mesmo plano que vai seguir a crônica de Miguel Melo, na *Gazeta*, a 25; o artigo de Antônio Torres, na mesma *Gazeta*, um ou dois dias depois, caminha nas pegadas daquele último; o do Senhor Leão Veloso, no *Correio da Manhã*, não se afasta muito da inspiração dos três primeiros...

Se o chefe de polícia, acredite Vossa Excelência, tivesse expedido uma circular a tal respeito, em papel de sua repartição, a obra sairia mais igual, tão-somente isso, porque os artigos todos, se não são iguais, são parecidos. Os pontos capitais em que se tocam podem ser reduzidos a quatro:

a) acoimam de estrangeiros os agitadores, que exploram a boa-fé dos operários brasileiros, à custa dos quais vivem sem trabalhar;

b) debocham, com a Ciência do *Bom Homem Ricardo* e a profundeza dos julgamentos de Sancho Pança, na ilha de Baratária, as doutrinas e ideias dos amotinados, das quais os autores dos artigos só têm conhecimento pela versão cavilosa dos poderes policiais;

c) exaltam a doçura, a resignação e o patriotismo do operário brasileiro;

d) admitem que os operários têm motivos de queixa, mas que, em vez de fazerem distúrbios, devem esperar serenamente a ação governamental: Código de Trabalho, etc., etc.

Ao apreciar tais artigos da forma acima, não quero absolutamente, mesmo em se tratando do *O País*, dar a entender que eles hajam obedecido a impulsos suspeitos, e partidos de uma mesma origem, para se apresentarem assim, aos nossos olhos, com um tão flagrante parentesco. Entre os signatários deles, conheço bem dois e sobre a honestidade de ambos faço o melhor juízo; e dos dois artigos restantes, um não tem assinatura, o do *O País*, o que não acontece com o do *Correio da Manhã*, não tendo também eu motivo algum para suspeitar da sinceridade dos seus autores.

Atribuo essa semelhança fortuita a outras causas. Vossa Excelência há de me permitir que faça uma pequena digressão.

Além da educação de todos eles, além do misoneísmo fatal e necessário aos jornalistas dos grandes jornais, há, para determinar esse uniforme julgamento deles sobre a agitação dos operários e as teorias que os animaram, o que se pode chamar a ambiência mental da imprensa periódica. Ela é feita com o desconhecimento total do que se passa fora da sua roda, um pouco da política e da dos literatos, determinando esse desconhecimento um desprezo maldisfarçado pelas outras profissões, sobretudo as manuais, e pelo que pode haver de inteligência naqueles que as exercem. Junte-se a isto uma admiração estulta pelos sujeitos premiados, agaloados, condecorados, titulados e as opiniões deles; considerem-se ainda as insinuações cavilosas dos espertalhões interessados nisto ou naquilo, que cercam os homens de jornais de falsos carinhos e instilam no seu espírito o que convém às suas transações; leve-se em conta ainda mais que todo o plumitivo tem amor à pilhéria e não perde vaza para fazê-la, mesmo que seja injusta; e, por fim, em certos casos, obrigados pela natureza da profissão, são eles chamados a avançar julgamentos precipitados, improvisados sobre questões de que não conhecem os mais simples elementos. Tudo isso e mais alguns outros aspectos peculiares à vida jornalística formam o que se pode chamar, e eu chamarei, a ambiência intelectual da imprensa cotidiana.

Para os homens de jornal, as nossas ideias de Estado, de direito e propriedade são intangíveis; promanam diretamente de Deus e são inabaláveis. Por deficiência de leitura, de meditação, de reflexão, Excelentíssimo Senhor Conselheiro, em geral, os jornalistas não percebem que, no correr das idades, nesta ou naquela parte da Terra, devido a estes ou àqueles fatores, tais ideias se têm revestido de diversos aspectos e formas várias e nada nos garante que as que temos nós atualmente não possam ser modificadas, desde que o seu uso ou abuso venha a mostrar, como está acontecendo, que, longe de serem úteis, são nocivas e prejudiciais à humanidade.

Se os homens de jornal não se deixassem envaidecer com a sua situação pessoal, procurassem reagir contra a ambiência mental da profissão e tivessem estudado um pouco dessas questões sociais que há tanto tempo estão na ordem do dia e preocupam todas as inteligências e os curiosos de cousas espirituais, não engoliriam os carapetões da polícia e sobre eles não bordariam os seus artigos e crônicas. Talvez não fosse preciso tanto. Bastava que interrogassem habilmente os seus colegas de reportagem policial, para saber qual o espírito que domina os magnatas da tenebrosa repartição da Rua dos Inválidos.

A grande preocupação dos delegados e mais graúdos policiais é "mostrar serviço ao chefe" e a grande preocupação do chefe é "mostrar serviço" ao ministro e ao presidente da República. Isto, tanto no que toca àqueles como a este, sem olhar obstáculos, abafando todos os escrúpulos de consciência, seja como for, sofra quem sofrer.

Há uma anedota que bem exprime essa feição mental dos nossos delegados. Peço licença a Vossa Excelência para contá-la.

O bacharel A. P., há anos, era delegado de uma das nossas circunscrições policiais. Certo dia, chega à delegacia e pergunta logo ao comissário:

– Matias, quantos presos estão no xadrez?

– Nenhum, doutor.

Ao receber semelhante resposta, o delegado ficou indignado e pôs-se a esbravejar:

– Como? Nenhum? Que relaxamento é este, Seu Matias?

– Mas, doutor...

– Não tem "mas", não tem nada! Busca aí duas praças e vai arranjar-me pelo menos um preso... É preciso! Se o chefe souber que o xadrez está vazio, o que dirá de mim? Vai...

Esclarecido assim Vossa Excelência sobre a feição psicológica especial à nossa alta polícia, pedia eu a Vossa Excelência que voltasse as vistas para as centenas de pessoas que o Senhor Aurelino anda arrebanhando para os seus cárceres, sob o pretexto de serem anarquistas e conspiradores, acusações que ele não baseia em documento algum, pretendendo, entretanto, atirá-los para Fernando de Noronha ou outro qualquer desterro. Não preciso lembrar a Vossa Excelência que ser anarquista, ter opiniões anarquistas, não é crime algum. A República admite a máxima liberdade de pensamento; e, desde que o anarquista seja pegado jogando bombas, dando tiros de revólver, perturbando a ordem, cai no domínio do Código Penal, já não é o anarquista que a polícia tem nas mãos, com o qual ela nada tem a ver; é o malfeitor, o desordeiro, o sedicioso, para quem, neste país com tantas faculdades de Direito e tantos jurisconsultos à matroca, as leis devem cominar penalidades, à vista das provas do crime e depois de julgamento regular. Assim sendo, esperava que o prestígio de Vossa Excelência agisse de tal forma que, estrangeiros e nacionais, anarquistas ou não anarquistas, mandantes e mandatários, os responsáveis pelos delitos ou crimes do dia 18 de novembro sejam processados regularmente, com os mais amplos meios de defesa, cabendo somente à polícia apresentar os documentos que possui contra eles e não, como ela quer, julgá-los sem defesa e condená-los em segredo, para o que lhe falta competência legal e é perfeitamente imprópria.

Vossa Excelência vem pela segunda vez presidir os destinos do Brasil; Vossa Excelência tem experiência e traquejo de governo; e não deve, creio eu, consentir que empane a longa vida pública de Vossa Excelência a repetição das cenas dantescas do "Satélite", das deportações para os pantanais do Acre, dos tormentos nas masmorras da ilha das Cobras e de outros fatos assaz republicanos.

Fico perfeitamente crente de que Vossa Excelência não quererá que a República do Brasil venha substituir no mundo a autocracia russa, com a sua Sibéria e os seus hediondos Trepoffs. Assim seja.

Sou de Vossa Excelência concidadão obediente e respeitador.

A.B.C., 14 de dezembro de 1918.

15 DE NOVEMBRO

Escrevo esta no dia seguinte ao do aniversário da proclamação da República. Não fui à cidade e deixei-me ficar pelos arredores da casa em que moro, num subúrbio distante. Não ouvi nem sequer as salvas da pragmática; e, hoje, nem sequer li a notícia das festas comemorativas que se realizaram. Entretanto, li com tristeza a notícia da morte da Princesa Isabel. Embora eu não a julgue com o entusiasmo de panegírico dos jornais, não posso deixar de confessar que simpatizo com essa eminente senhora.

Veio, entretanto, vontade de lembrar-me o estado atual do Brasil, depois de trinta e dois anos de República. Isso me acudiu porque topei com as palavras de compaixão do Senhor Ciro de Azevedo pelo estado de miséria em que se acha o grosso da população do antigo Império Austríaco. Eu me comovi com a exposição do Doutor Ciro, mas me lembrei ao mesmo tempo do aspecto da Favela, do Salgueiro e outras passagens pitorescas desta cidade.

Em seguida, lembrei-me de que o eminente senhor prefeito quer cinco mil contos para reconstrução da Avenida Beira-Mar, recentemente esborrachada pelo mar.

Vi em tudo isso a República; e não sei por que, mas vi.

Não será, pensei de mim para mim, que a República é o regímen da fachada, da ostentação, do falso brilho e luxo de *parvenu*, tendo como *repoussoir* a miséria geral? Não posso provar e não seria capaz de fazê-lo.

Saí pelas ruas do meu subúrbio longínquo a ler as folhas diárias. Lia-as, conforme o gosto antigo e roceiro, numa "venda" de que minha família é freguesa.

Quase todas elas estavam cheias de artigos e tópicos tratando das candidaturas presidenciais. Afora o capítulo descomposturas, o mais importante era o de falsidade.

Não se discutia uma questão econômica ou política; mas um título do Código Penal.

Pois é possível que, para a escolha do chefe de uma nação, o mais importante objeto de discussão seja esse?

Voltei melancolicamente para almoçar, em casa, pensando, cá com os meus botões, como devia qualificar perfeitamente a República.

Entretanto – eu o sei bem – o 15 de Novembro é uma data gloriosa, nos fastos da nossa história, marcando um grande passo na evolução política do país.

Careta, 26 de novembro de 1921.

SOBRE A GUERRA

As últimas proezas de cruzadores alemães bombardeando as costas da Inglaterra é de molde a provocar a seguinte reflexão: a esquadra inglesa não é lá essas cousas.

Numerosíssima, quase toda acumulada diante das costas germânicas, ela não pôde evitar que tal se desse.

De resto, há ainda a notar que, se ela imobilizou a frota germânica, por sua vez ficou imobilizada, não podendo fazer nada de eficiente para o aniquilamento dos vasos alemães.

O seu sábio preparo anterior, as suas constantes manobras não lhe deram, com o poder numérico, a superioridade esmagadora que era de esperar possuísse.

Da mesma forma, o exército alemão até agora tem andado muito abaixo de sua fama.

O seu violento efetivo, automatismo que adquiriu com manobras, exercícios e treinagens constantes, faziam esperar que ele esmagasse facilmente a França.

Entretanto, tal não se deu e a Alemanha confessa que não tinha esse poder esmagador, quando deixou de invadir a França pelas fronteiras que tinha com esse país, e violou a neutralidade belga para derrotar o país de Joana d'Arc.

Com esse procedimento deu sobejas mostras de que não se fiava muito na eficiência do seu exército, apesar do mata-mouros do canhão 420, diante dos fortes franceses de Saona e Belfort.

Para fazer a velha guerra lenta, de sítios e trincheiras, para ter a vitória assim duvidosa, não valia a pena, penso eu, levar a Alemanha tantos anos a adestrar um exército numeroso, a dotá-lo de material aperfeiçoado, custosos maquinismos e gastar as fabulosas somas que gastou.

Um exército tão famoso, tão poderoso, tão cheio de "ff" e "rr", que chega a poucos quilômetros de Paris e tem que recuar precipitadamente, concordemos, não é essa formidável máquina de guerra que os nossos militaristas queriam que imitássemos.

A orgia militar, a que a Alemanha desde muito se vinha entregando, tirava o sono ao mundo, era o seu constante pesadelo.

Obrigou todos os países a estabelecerem esse crime contra a liberdade, contra a independência, essa violência aos temperamentos individuais que é o serviço militar obrigatório.

Agora, parece, a Alemanha ficará por muito tempo diminuída e os seus idiotas partidos guerreiros que se creem eleitos e com a missão de dominar o mundo, não encontrarão na massa de camponeses homens em que se apoiem, com auxílio de amuletos patrióticos; e os homens que criam o futuro poderão agir.

Correio da Noite, 19 de dezembro de 1914.

DEFESA DA PÁTRIA

O governo, o sábio governo, tendo em vista que a Pátria, o solo sagrado da Pátria, o chão onde estão os ossos dos nossos avós, precisa de defesa eficiente contra os inimigos prováveis, resolveu muito acertadamente criar linhas de tiro, onde os jovens, nas horas de lazer, se exercitassem de modo cabal no manejo das armas de guerra, formando assim economicamente uma reserva do Exército, aguerrida e hábil.

Alguns cidadãos abnegados foram logo ao encontro dos desejos do governo e fundaram a Sociedade de Tiro do Timbó, nos arredores desta capital, que tomou o número 1.457.

A República Argentina, ao ter notícia do fato, encheu-se de inveja, pois esse país vizinho não possuía instituição tão eficaz para a sua defesa.

Os seus jornais falaram e disseram mesmo: "Olhemos o Brasil!"

Os periódicos daqui, ao saber do sucesso do fato, gabaram longamente o benemérito Dudu, ministro da Guerra, pela sua capacidade de organização, pelo seu tato social, capaz de transformar um povo indisciplinado em soldados hábeis.

A sociedade 1.457 recebeu, como sócio, certo dia, um jovem barbeiro das cercanias, cujo ardor patriótico foi encaminhado para o tiro ao alvo, sem nenhuma preocupação política.

O jovem barbeiro não queria ser nem mesmo deputado e só foi para a sociedade de tiro com o doido intuito de defender a pátria. Foi sempre assíduo aos exercícios e aproveitou imensamente com eles. Ao fim de seis meses, era um exímio atirador.

Aproveitando certa data, a sociedade número 1.457 resolveu dar um festival, com auxílio discreto dos poderes públicos.

Arranjaram folhas de mangueiras que espalharam pela estrada que levava ao *stand*, umas bandeirinhas, uma charanga, muitos figurões e a festa foi feita.

Entre estes veio o Deputado Orse que muito se admirou da justeza de pontaria do jovem brasileiro, primeiro prêmio no concurso do dia.

Acabado que ele foi, Orse dirigiu-se a ele e disse carinhoso:

– Meus parabéns. O senhor merece muito da Pátria. Sou o Deputado Orse e desejo que o senhor me procure.

Deu-lhe o cartão e, dias depois, o jovem barbeiro procurava o Deputado Orse.

– Você, disse este, deve ter outra ocupação. Eu lhe dou duzentos mil-réis e você vai ficar em casa do chefe político que me elege. Desde que venha um certo tipo assim assim, você atira, certo que não acontece nada a você.

O jovem brasileiro, tentado pelo ordenado, aceitou a oferta e ficou de guarda-costas ao tal chefe.

Um belo dia o tal tipo assim assim apareceu na porta da casa e o jovem barbeiro atirou, matando-o.

Tinha defendido a Pátria.

Careta, 21 de agosto de 1915.

SOBRE O MAXIMALISMO

Em 11 de maio do ano passado, na revista *A.B.C.*, desta cidade, na qual durante muito tempo colaborei, tive ocasião de publicar um longo artigo – "No ajuste de contas" – que as bondosas pessoas que o leram tacharam-no logo de manifesto maximalista. O artigo não tinha esse pomposo intuito, mas, sendo tomado por tal, eu deixei que ele assim corresse mundo e fui desde logo classificado e apontado como maximalista. Quando houve o motim de 18 de novembro, estava no Hospital Central do Exército, havia perto de quinze dias; mas, assim mesmo, espantei-me que o trepoffismo da Rua da Relação não quisesse ouvir-me a respeito.

Desde esse artigo, muito de longe tenho tocado nessa questão de maximalismo; mas, lendo na excelente *Revista do Brasil*, de São Paulo, o resumo de uma conferência do eminente sociólogo argentino, Senhor Doutor José Ingenieros, lembrou-me voltar à carga, tanto mais que os nossos sabichões não têm nem uma espécie de argumento para contrapor aos apresentados pelos que têm meditado sobre as questões sociais e veem na Revolução Russa uma das mais originais e profundas que se tem verificado nas sociedades humanas. Os doutores da burguesia limitam-se a acoimar Lenine, Trótski e seus companheiros de vendidos aos alemães.

Há por aí uns burguesinhos muito tolos e superficiais, porém, que querem ir além disto; mas cuja ciência histórica, filosófica e cuja sociologia só lhes fornecem como bombas exterminadoras dos ideais russos a grande questão de tomar banho e a de usar colarinho limpo.

Estes meninotes, *ad instar* Eça de Queirós, repisam essas bobagens com ares petronescos de romanos da decadência que jantam no Novo Democrata, faltando-lhes até um bocadinho de energia viril para arranjar um emprego nos Correios.

Os ricaçozinhos que lhes repetem as sandices esquecem-se que, quando os pais andavam nos fundos dos armazéns e dos trapiches, a trabalhar como mouros para conseguir as fortunas que eles agora nem as gozar sabem, mal tinham eles tempo para lavar o rosto, pela manhã, e, à noite, os pés, para deitarem-se. Foi, à custa desse esforço e dessa abnegação dos pais, que esses petroniozinhos agora obtiveram ócio para bordar vagabundamente almofadinhas, em Petrópolis, ao lado de meninas deliquescentes. Hércules caricatos aos pés de Onfales cloróticas e bobinhas.

A argumentação dessa espécie de insetos ápteros, cujos costumes e inteligência estão à espera de um Fabre para serem estudados convenientemente, dá bem a medida da mentalidade deles.

Os que são ricos, de fato, e aqueles que se querem fazer ricos, à custa de um proxenetismo familiar qualquer, sentindo-se ameaçados pelo maximalismo, e tendo por adversários homens ilustrados, lidos, capazes de discussão, deviam, se tivessem um pingo de massa cinzenta no cérebro, procurar esmagar os seus inimigos com argumentos verdadeiramente científicos e hauridos nas ciências sociais. Não fazem tal, entretanto; e cifram-se em repetir *blagues* do Eça e cousas do popular *Quo Vadis*.

"Non ragioniam di lor, ma guarda e passa"...

Deixemo-los, portanto; mas o mesmo não se pode fazer

com o articulista de fundo do *O País*, que toda a gente sabe ser o Senhor Azevedo Amaral. Este senhor, de uma hora para outra, adquiriu, nos centros literários e jornalísticos do Rio de Janeiro, uma autoridade extraordinária sobre essas questões sociais. Não quero negar-lhe valor; ela, a autoridade, era justa até certo ponto; mas vai se tornando insolente, devido ao exagero dos admiradores e sicofantas da ilustração do Senhor Azevedo Amaral.

O Senhor Azevedo Amaral é hoje o assessor ilustrado o Senhor João Laje, no *O País*; é o seu consultor para as cousas de alta intelectualidade, que demandam leituras demoradas, o que o Senhor Laje não pode fazer, pois anda sempre atrapalhado com intermináveis partidas noturnas de *poker* e, de dia, com as suas manobras do gênero jornalístico, nacional e estrangeiro. É o Senhor Amaral quem fala pelo Senhor Sousa Laje a respeito da grande política, das questões econômicas e sociais; e fala com a segurança de sua fama, com a irresponsabilidade do anonimato e com o desdém pelos seus prováveis contraditores que só o podem atacar pelas pequenas revistas e jornais obscuros, aos quais ninguém dá importância. O Senhor Amaral escreve no *O País*, órgão da burguesia portuguesa rica do Rio de Janeiro, do Banco Ultramarino, do Teixeira Borges, que está sempre a navegar de conserva com as nossas esquadras, do Souto Maior & Cia, do Visconde de Moraes, etc.; e, sendo todos os grandes jornais mais ou menos isso, isto é, órgãos de frações da burguesia rica, da indústria, do comércio, da política ou da administração, é bem de ver que um artigo maximalista não terá publicidade em nenhum deles. Dessa forma, pode o Senhor Amaral dizer o que quiser, impunemente, sem arriscar-se a polêmicas que lhe arranhem a reputação literária. É invencível e invulnerável.

Quando, em 22 de novembro de 1918, ele disse que Jean-Jacques Rousseau era anarquista ou que o anarquismo tinha origem na "filosofia sentimental e chorosa" (chapa nº

1.783) do autor do *Contrato Social*, eu, dias depois, pela revista *A.B.C.*, emprazei-o a demonstrar tal cousa.

Habituado, sempre que posso, a ir às fontes, nunca tinha encontrado, na leitura das obras de Rousseau, semelhante espírito, nem mesmo a mais tênue tendência para o anarquismo.

Rousseau, ao contrário, é um crente da Legislação e do Estado, que organiza como uma máquina poderosa, para triturar o indivíduo, cujas atividades de toda a ordem devem ser marcadas por leis draconianas. Jean-Jacques, como toda a gente sabe, era um grande admirador do despotismo do Estado, existente em Esparta, a que houve de fato ou a que está nas vidas dos seus heróis, Licurgo, Agesilau, etc., contadas por Plutarco. Houve até quem dissesse que ele era um duro Calvino leigo. Como esse seu espírito está longe do anarquismo!

No *Contrat Social*, liv. II, cap. VII, tratando "Do Legislador", ele diz textualmente: "Il faut, en un mot, qu'il (o legislador) ôte à l'homme ses forces propres" etc.; e no período seguinte:

> Plus ces forces naturelles sont mortes et anéanties, plus les acquises sont grandes et durables, plus aussi l'institution est solide et parfaite: en sorte que si chaque citoyen n'est rien, ne peut rien que par tous les autres, et que la force acquise par le tout soit égale ou supérieure à la somme des forces naturelles de tous les individus, on peut dire que la législation est au plus haut point de perfection qu'elle puisse atteindre.

Estão nestas palavras consubstanciado o ideal do autor das *Confessions*, no tocante à política. Ele é um crente na eficácia do Estado e da Legislação; e não há autor anarquista que seja capaz de subscrever tais palavras. Não há um, e com razão, que não negue o Estado e duvide da eficácia da Legislação. Em geral, o que o anarquismo quer é soltar os homens, deixá-los agir livremente, sem leis, nem regulamentos, ou peias legais quaisquer, para que, pela livre e autonômica ação de cada uma das forças individuais, em virtude da simpatia que nos solicita, uns para os outros, se obtenha naturalmente o equilíbrio de todas as forças e atividades humanas.

Como é então que o Senhor Amaral, sociólogo *ad hoc* do Senhor João Laje e do capitalismo cínico de que este é órgão, escreve um trecho como este? Vejam só:

> A esse ideal novo de força, de ação e de trabalho, o anarquismo, refletindo os últimos vestígios da filosofia sentimental e chorosa do autor do *Contrato Social*, vem opor a utopia desvirilizada de um mundo, enervado pela supressão da luta e da concorrência que elimina os fracos e os incapazes, e de uma terra adormecida na placidez estéril do nirvana da preguiça universal.

Esse "novo ideal" é de fazer rir; e o "nirvana da preguiça" merecia comentários. Deixo-as para outra ocasião. O meu fito, relembrando estas cousas aqui, é notar a estólida pretensão dos famosos jornalistas daqui, deste meu Rio de Janeiro. O Senhor Amaral é doutor, guindou-se aos grandes jornais, onde tem tido posições de destaque e a admiração estulta dos redatores autorizados e dos repórteres de polícia, e julga-se por isso com bastantes títulos, para não defender as solenes afirmações que faz, por escrito, público e raso.

Eu sei o que ele avança para não me responder. Tenho em muita boa conta o seu espírito, para não acreditar que me desdenhe por não ser eu formado. Quando Sua Senhoria andava pela Escola de Medicina, sabe bem o Doutor Amaral que eu veraneava pela Escola Politécnica; e se não me formei, honesta ou desonestamente, foi porque não quis.

Não é razão para o seu espírito, estou certo disso; mas há de pesar um pouco, devido às influências ambientes; e mais ainda: dado o meio em que vive, de pequenas invejas e rancores, de censuras farisaicas e virtudes tartufescas, Sua Senhoria convenceu-se de que não devia dar-me trela porque eu bebo e porque escrevi em uma revista que não era, e não é, de todo obscura. Se fosse em um jornal...

O Senhor Azevedo Amaral, por contágio, adquiriu aquela moléstia da nossa reportagem que só julga cousa importante e inteligente o que sai nos nossos grandes jornais de notícias policiais. É de admirar, porque, em geral, embora seja admitido o contrário, o homem superior não se adapta.

Lembrei tudo isto, porquanto tendo há quase um ano, como já disse, deitado uma espécie de manifesto maximalista, estou na obrigação e me julgo sempre obrigado a seguir o que aqui se disser a respeito dos ideais da Revolução Russa em que me baseei naquele meu escrito.

Digo ideais e não as fórmulas e medidas especiais, porquanto, desde o começo, tinha visto que elas não podiam ser as mesmas em todos os países.

O Senhor Ingenieros, muito mais sábio nessas cousas do que eu, e muito e muito mais experimentado nelas, assim definiu o maximalismo: "a aspiração de realizar o máximo de reformas possíveis dentro de cada sociedade, tendo em conta as suas condições particulares".

É o que se pode ler no número da *Revista do Brasil*, de São Paulo, a que já aludi, e no qual mais adiante ele esclarece o seu pensamento, mostrando como na Rússia é necessária a nacionalização dos imensos latifúndios que estão em mãos de particulares, mas que tal medida, na Bélgica ou na Suíça, não teria razão de ser, porquanto nestes dois últimos países a propriedade agrícola está já muito subdividida nas mãos dos mesmos que trabalham.

No meu artigo "No ajuste de contas", inspirado nas vagas cousas sobre a Revolução Russa, de que tinha notícia, eu pedia que se pusesse em prática quatro medidas principais: a) supressão da dívida interna, isto é, cessar de vez o pagamento de juros de apólices, com o qual gastamos anualmente cerca de cinquenta mil contos; b) confiscação dos bens das ordens religiosas, sobretudo as militantes; c) extinção do direito de testar; as fortunas, por morte dos seus detentores, voltavam para a comunhão; d) estabelecimento do divórcio completo (os juristas têm um nome latino para isto) e sumário, mesmo que um dos cônjuges alegasse amor por terceiro ou terceira.

Este artigo meu que os raros leitores crismaram de manifesto maximalista justificava todas essas quatro medidas radicais e indicava ligeiramente outras. Não quis, porém, tratar do problema agrário nacional que é um dos mais prementes.

No número passado desta revista, contudo, dando notícia de um opúsculo de Monteiro Lobato, eu disse o que pensava a tal respeito. O folheto do autor de *Urupês* tratava do saneamento das zonas sertanejas e rurais do Brasil, nestas últimas, já agora, devemos incluir também os subúrbios e freguesias roceiras do Município do Rio de Janeiro (custa-me muito escrever – Distrito Federal). Quando se agitou essa questão aqui, não julguei que os seus propugnadores exagerassem. Achei somente que eles encaravam o problema, no ponto de vista estreitamente médico; e não pesavam bem as outras faces da questão, parecendo-me então que queriam estabelecer a ditadura dos doutores em medicina.

A solução do saneamento do interior do Brasil, no meu fraco entender, joga com muitos outros dados. Há parte de engenharia: dessecamento de pântanos, regularização de cursos d'água, etc.; há a parte social, no fazer desaparecer a fazenda, o latifúndio, dividi-lo e dar a propriedade dos retalhos aos que efetivamente cultivam a terra; há a parte econômica, consistindo em baratear a vida, os preços do vestuário, etc., cousa que pede um combate decisivo ao nosso capitalismo industrial e mercantil que enriquece doidamente, empobrecendo quase todos; há a de instrução e muitos outros que agora não me ocorrem.

Em resumo, porém, se pode dizer que todo o mal está

no capitalismo, na insensibilidade moral da burguesia, na sua ganância sem freio de espécie alguma, que só vê na vida dinheiro, dinheiro, morra quem morrer, sofra quem sofrer.

O caso típico desse malsão estado de espírito, com que o enriquecimento de São Paulo infeccionou todo o Brasil de ganância e avidez crematística, está nesse caso recente das louças baratas, da "louça do pobre", cujos impostos de entrada, de um segundo para outro segundo, a fim de enriquecer um fabricante paulista, foram, na lei do orçamento, aumentados cinco vezes mais.

O Deputado Nicanor Nascimento, que está muito mais do que eu habituado a lidar com essas questões de pauta, tarifas, impostos, etc., mostrou, em um curioso artigo, no número passado desta revista, como esse protecionismo nos empobrece, como nação, e não favorece o fisco de forma alguma. O que ele não disse é como essa monopolização de salteadores, por intermédio das taxas alfandegárias, faz miseráveis os pobres e os médios; mas depreende-se perfeitamente do seu trabalho. Desejava muito que ele viesse também a tratar das isenções de direito... Hei de ver...

O escândalo das louças, dizia, teve a vantagem de mostrar ao público os baixos das manobras de que se servem esses espertalhões para enriquecerem nababescamente. O caminho sorrateiro, para arranjar a emenda, ficou claro a todos os que a guiaram pela estrada escusa da "cavação" parlamentar, ignóbil, sórdida e sem entranhas; ficando desmascarados, tiveram que se denunciar, denunciando os outros guias que a levaram até ao Senado da República. É esse o "trabalho" com que eles blasonam ter adquirido fortuna honradamente!... Que honra, Deus do céu!

Com tais casos à vista, cabe bem aos homens de coração desejar e apelar para uma convulsão violenta que destrone e dissolva de vez essa *societas sceleris* de políticos, comerciantes, industriais, prostitutas, jornalistas *ad hoc*, que nos saqueiam, nos esfaimam, emboscados atrás das leis republicanas. É preciso, pois não há outro meio de exterminá-la.

Se a convulsão não trouxer ao mundo o reino da felicidade, pelo menos substituirá a camada podre, ruim, má, exploradora, sem ideal, sem gosto, perversa, sem inteligência, inimiga do saber, desleal, vesga que nos governa, por uma outra, até agora recalcada, que virá com outras ideias, com outra visão da vida, com outros sentimentos para com os homens, expulsando esses Shylocks que estão aí, com os seus bancos, casas de penhores e umas trapalhadas financeiras, para engazopar o povo. A vida do homem e o progresso da humanidade pedem mais do que dinheiro, caixas-fortes atestadas de moedas, casarões imbecis com lambrequins vulgares. Pedem sonho, pedem arte, pedem cultura, pedem caridade, piedade, pedem amor, pedem felicidade; e esta, a não ser que se seja um burguês burro e intoxicado de ganância, ninguém pode ter, quando se vê cercado da fome, da dor, da moléstia, da miséria de quase toda uma grande população.

Os tolos a que aludi, no começo destas linhas, dizem que repelem o maximalismo, porquanto não podem admitir que, amanhã, o seu criado lhes venha dar ordens. Supomos que eles o tenham... Bem. A razão é supimpa de gentil sociólogo fabricante de almofadinhas, em Petrópolis ou no reino dos céus.

Será preciso lembrar-lhes, Santo Deus! que um dos aspectos que mais impressionam os pensadores estudiosos da Revolução Francesa é ver de que forma, tendo ela acabado ou expulsado a grande nobreza hereditária, a de espada, quase esgotada de energias, e mesmo a de beca, deu ocasião para surgir das mais humildes camadas da sociedade francesa forças individuais portentosas e capacidades sem par de toda a ordem? Será preciso?... Mas repito: "Non ragioniam di lor, ma guarda e passa"...

Revista Contemporânea, 1º de março de 1919.

NEGÓCIO DE MAXIMALISMO

O que não se pode compreender é esse horror por tudo que é ideia nova.

Noutro dia, eu disse a um camarada meu que se devia extinguir a dívida pública.

– Mas como? – exclamou ele.

Eu lhe disse que nós já havíamos pago essa dívida e que não havia motivo para continuarmos a pagar.

Ele não se convenceu e, então, eu perguntei com argumento *ad homine*:

– Você, quantas apólices tem?

– Eu! Nenhuma!

Assim são todos eles. Nada há que os obrigue; mas todos eles, devido a superstições ancestrais, se julgam obrigados a ser solidários com estados sociais que não os conhecem.

Não quero fazer revoltas; não as aconselho e não as quero; mas não devemos dar o nosso assentimento tácito a todas as extorsões que andam por aí.

A troça é a maior arma de que nós podemos dispor e sempre que a pudermos empregar é bom e é útil.

Nada de violências, nem barbaridades. Troça e simplesmente troça, para que tudo caia pelo ridículo.

O ridículo mata e mata sem sangue.

É o que aconselho a todos os revolucionários de todo o jaez.

J. Carlos, com uma caricatura no *O Jornal*, fez mais do que todo e qualquer revolucionário.

Mandou toda a polícia do Rio para a Rússia. Ela que embarque.

Assim é que todos nós devemos fazer.

Troças, troças, sempre troças...

Careta, 20 de setembro de 1919.

DA MINHA CELA

Não é bem um convento, onde estou há quase um mês; mas tem alguma cousa de monástico, com o seu longo corredor silencioso, para onde dão as portas dos quartos dos enfermos.

É um pavilhão de hospital, o Central do Exército; mas a minha enfermaria não tem o clássico e esperado ar das enfermarias: um vasto salão com filas paralelas de leitos.

Ela é, como já fiz supor, dividida em quartos e ocupo um deles, claro, com uma janela sem um lindo horizonte como é tão comum no Rio de Janeiro.

O que ela me dá é pobre e feio; e, além deste contratempo, suporto desde o clarear do dia até à boca da noite o chilreio desses infames pardais. No mais, tudo é bom e excelente nesta ala de convento que não é todo leigo, como poderia parecer a muitos, pois na extremidade do corredor há quadros de santos que eu, pouco versado na iconografia católica, não sei quais sejam.

Além desses registos devotos, no pavimento térreo, onde está o refeitório, há uma imagem de Nossa Senhora que preside as nossas refeições; e, afinal, para de todo quebrar-lhe a feição leiga, há a presença das irmãs de São Vicente de Paula. Admiro muito a translucidez da pele das irmãs moças; é um branco pouco humano.

A minha educação cética, voltairiana, nunca me permitiu um contato mais contínuo com religiosos de qualquer espécie. Em menino, logo após a morte de minha mãe, houve uma senhora idosa, Dona Clemência, que assessorava a mim e a meus irmãos, e ensinou-me um pouco de catecismo, o "Padre-Nosso", a "Ave-Maria" e a "Salve-Rainha", mas bem depressa nos deixou e eu não sabia mais nada dessas obrigações piedosas, ao fim de alguns meses.

Tenho sido padrinho de batismo umas poucas de vezes e, quando o sacerdote, na celebração do ato, quer que eu reze, ele tem que me ditar a oração.

A presença das irmãs aqui, se ainda não me fez católico praticante e fervoroso, até levar-me a provedor de irmandade como o Senhor Miguel de Carvalho, convenceu-me, entretanto, de que são úteis, senão indispensáveis aos hospitais.

Nunca recebi (até hoje), como muitos dos meus companheiros de enfermaria, convite para as suas cerimônias religiosas. Elas, certamente, mas sem que eu desse motivo para tal, me supõem um tanto herege, por ter por aí rabiscado uns desvaliosos livros.

Por certo, no seu pouco conhecimento da vida, julgam que todo escritor é acatólico. São, irmãs, até encontrarem um casamento rico que os faz carolas e torquemadescos. Eu ainda espero o meu...

Testemunha do fervor e da dedicação das irmãs no hospital em que estou, desejaria que fossem todas elas assim; e deixassem de ser, por bem ou por mal, pedagogas das ricas moças da sinistra burguesia, cuja cupidez sem freio faz da nossa vida atual um martírio, e nela estiola a verdadeira caridade.

Não sei como vim a lembrar-me das cousas nefandas daí de fora, pois vou passando sem cuidado, excelentemente, neste *coenobium* semileigo em que me meti. Os meus médicos são moços dedicados e interessados, como se amigos velhos fossem, pela minha saúde e restabelecimento.

O Doutor Alencastro Guimarães, o médico da minha enfermaria, colocou-me no braço quebrado o aparelho a que, parece, chamam de Hennequin!

Sempre a literatura e os literatos...

Antes, eu me submeti à operação diabólica do exame radioscópico. A sala tinha uma pintura negra, de um negro quase absoluto, lustroso, e uma profusão de vidros e outros aparelhos desconhecidos ou mal conhecidos por mim, de modo que, naquele conjunto, eu vi alguma cousa de Satanás, a remoçar-me para dar-me Margarida, em troca da minha alma.

Deitaram-me em uma mesa, puseram-me uma chapa debaixo do braço fraturado e o demônio de um carrinho com complicações de ampolas e não sei que mais correu-me, guiado por um operador, dos pés até à ponta do nariz. Como uma bulha especial, fui sentindo cair sobre o ombro e o braço uma tênue chuva extraordinariamente fluídica que, com exagero e muita tolice, classifico de imponderável.

Além do Doutor Alencastro, nos primeiros dias, a minha exaltação nervosa levou-me à enfermaria do Doutor Murilo de Campos. Esta tinha o aspecto antipático de uma vasta casa-forte. Valentemente, as suas janelas eram gradeadas de varões de ferro e a porta pesada, inteiramente de vergalhões de ferro, com uma fechadura complicada, resistia muito, para girar nos gonzos, e parecia não querer ser aberta nunca. "Lasciate ogni speranza"...

Tinha duas partes: a dos malucos e a dos criminosos. *O Crime e a Loucura* de Maudsley, que eu lera há tantos anos, veio-me à lembrança; e também a *Recordação da Casa dos Mortos*, do inesquecível Dostoiévski. Pensei amargamente (não sei se foi só isso) que, se tivesse seguido os conselhos do primeiro e não tivesse lido o segundo, talvez não chegasse até ali; e, por aquela hora, estaria a indagar, na Rua do Ouvidor, quem seria o novo ministro da Guerra, a fim de ser promovido na primeira vaga. Ganharia seiscentos mil-réis – o que queria eu mais? Mas... Deus escreve direito por linhas tortas; e estava eu ali muito indiferente à administração da República, preocupado só em obter cigarros.

Os loucos ou semiloucos que lá vi pareceram-me pertencer à última classe dos malucos. Tenho, desde os nove anos, vivido no meio de loucos. Já mesmo passei três meses mergulhado no meio deles; mas nunca vi tão vulgares como aqueles. Eram completamente destituídos de interesse, átonos e bem podiam, pela sua falta de relevo próprio, voltar à sociedade, ir formar ministérios, câmaras, senados e mesmo um deles ocupar a suprema magistratura. Deixemos a política... A irmã dessa enfermaria maudsliana é francesa; mas a daquela em que fiquei definitivamente é brasileira, tendo até na fisionomia um não sei quê de andradino. Ambas muito boas.

O médico da enfermaria, como já disse, é o Doutor Murilo de Campos, que parece gostar de sondar essas duas manifestações misteriosas da nossa natureza e da atividade das sociedades humanas. Como todo o médico que se compraz com tais estudos, o Doutor Murilo tem muito interesse pela literatura e pelos literatos. Julgo que os médicos dados a tais pesquisas têm esse interesse no intuito de obter nos literatos e na literatura subsídios aos estudos que estão acumulando, a fim de que um dia se chegue a decifrar, explicar, evitar e exterminar esses dois inimigos da nossa felicidade, contra os quais, até hoje, a bem dizer, só se achou a arma horripilante da prisão, do sequestro e da detenção.

Creio que lhe pareci um bom caso, reunindo muitos elementos que quase sempre andam esparsos em vários indivíduos; e o Doutor Murilo me interrogou, de modo a fazer que me introspeccionasse um tanto. Lembrei-me então de Gaston Rougeot que, na *Revue des Deux Mondes*, há tantos anos, tratando desse interrogatório feito aos doentes pelos médicos, muito usado e preconizado pelo famoso psicólogo Janet, concluía daí que a psicologia moderna, tendo aparecido com aparelhos registradores e outros instrumentos de precisão, que lhe davam as fumaças de experimental, acabava na psicologia clássica da introspecção, do exame e análise das faculdades psíquicas do indivíduo por ele próprio com as suas próprias faculdades, pois a tanto correspondia o inquérito do clínico a seu cliente.

Não entendo dessas cousas; mas posso garantir que dei ao Doutor Murilo, sobre os meus antecedentes, as informações que sabia; sobre as minhas perturbações mentais, informei-lhe do que me lembrava, sem falseamento nem relutância, esperando que o meu depoimento possa concorrer algum dia para que, com mais outros sinceros e leais, venha ele servir à ciência e ela tire conclusões seguras, de modo a aliviar de alguns males a nossa triste e pobre humanidade. Sofri também mensurações antropométricas e tive com o resultado delas um pequeno desgosto. Sou braquicéfalo; e, agora, quando qualquer articulista da *A Época* quiser defender uma ilegalidade de um ilustre ministro, contra a qual eu me haja insurgido, entre os meus inúmeros defeitos e incapacidades, há de apontar mais este: é um sujeito braquicéfalo; é um tipo inferior!

Fico à espera da objurgatória com toda a paciência, para lhe dar a resposta merecida pelo seu saber antropológico e pela sua veneração aos caciques republicanos quando estão armados com o tacape do poder.

Pois, meus senhores, como estão vendo, nestes vinte e poucos dias, durante os quais tenho passado neste remansoso retiro, semirreligioso, semimilitar – espécie de quartel-convento de uma ordem guerreira dos velhos tempos de antanho, têm-me sido uns doces dias de uma confortadora delícia de sossego, só perturbado por esses ignóbeis pardais que eu detesto pela sua avidez de homem de negócios e pela sua crueldade com os outros passarinhos.

Passo-os a ler, entre as refeições, sem descanso, a não ser aquele originado pela passagem da leitura de um livro para um jornal ou da deste para uma revista. A leitura assim feita, sem pensar em outro quefazer, sem poder sair, quase prisioneiro, é saboreada e gozada. Ri-me muito gostosamente do pavor que levaram a todo o Olimpo governamental os acontecimentos de 18.

Não sei como não chamaram para socorrê-lo os marinheiros do "Pittsburg"... Não era bem do programa; mas não sairia da sua orientação.

O que os jornais disseram, os de boa-fé e outros cavilosamente inspirados, sobre o maximalismo e anarquismo, fez-me lembrar como os romanos resumiam, nos primeiros séculos da nossa era, o cristianismo nascente. Os cristãos, afirmavam eles categoricamente, devoram crianças e adoram um jumento. Mais ou menos isto julgaram os senhores do mundo de uma religião que tinha de dominar todo aquele mundo por eles conhecido e mais uma parte muito maior cuja existência nem suspeitavam...

O ofício que o Senhor Aurelino dirigiu ao Senhor Amaro Cavalcanti, pedindo a dissolução da União Geral dos Trabalhadores, é deveras interessante e guardei-o para minha coleção de cousas raras.

Gostava muito do Senhor Aurelino Leal, pois me pareceu sempre que tinha horror às violências e arbitrariedades da tradição do nosso Santo Ofício policial.

Quando a *Gazeta de Notícias* andou dizendo que Sua Senhoria cultivava amoricos pelas bandas da Tijuca, ainda mais gostei do Doutor Aurelino.

Lembrei-me até de uma fantasia de Daudet que vem nas *Lettres de mon Moulin*. Recordo-a.

Um subprefeito francês, em carruagem oficial, todo agaloado, ia, num dia de forte calor, inaugurar um comício agrícola. Até ali não tinha conseguido compor o discurso e não havia meio de fazê-lo. Ao ver, na margem da estrada, um bosque de pinheiros, imaginou que à sombra deles a inspiração lhe viesse mais prontamente e para lá foi. As aves e as flores, logo que ele começou – "minhas senhoras, meus senhores" – acharam a cousa hedionda, protestaram; e, quando os seus serviçais vieram a encontrá-lo, deram com o sublime subprefeito, sem casaca agaloada, sem chapéu armado, deitado na relva, a fazer versos. Deviam ser bons...

Mas o Senhor Aurelino, que ia fazer versos ou cousa parecida, no Lago das Fadas, no Excelsior, na Gruta Paulo e Virgínia, lá na maravilhosa floresta da Tijuca, deu agora para Fouché caviloso, para Pina Manique ultramontano do Estado, para Trepoff, para inquisidor do candomblé republicano, não hesitando em cercear a liberdade de pensamento e o direito de reunião, etc. Tudo isto me fez cair a alma aos pés e fiquei triste com essa transformação do atual chefe de polícia, tanto mais que o seu ofício não está com a verdade, ao afirmar que o maximalismo não tem "uma organização de governo".

Não é exato. O que é Lenine? O que são os *soviets*? Quem é Trótski? Não é este alguma cousa ministro como aqui foi Rio Branco, com menos poder do que o barão, que fazia o que queria?

Responda, agora, se há ou não organização de governo, na Rússia de Lenine. Se é por isso só que implica com o bolchevismo...

Esse ódio ao maximalismo russo que a covardia burguesa tem, na sombra, propagado pelo mundo; essa burguesia cruel e sem coragem, que se embosca atrás de leis, feitas sob a sua inspiração e como capitulação diante do poder do seu dinheiro; essa burguesia vulpina que apela para a violência pelos seus órgãos mais conspícuos, detestando o maximalismo moscovita, deseja implantar o "trepoffismo", também moscovita, como razão de Estado; esse ódio – dizia – não se deve aninhar no coração dos que têm meditado sobre a marcha das sociedades humanas. A teimosia dos burgueses só fará adiar a convulsão que será então pior; e eles se lembrem, quando mandam cavilosamente atribuir propósitos iníquos aos seus inimigos, pelos jornais irresponsáveis; lembrem-se que, se dominam até hoje a sociedade, é à custa de muito sangue da nobreza que escorreu da guilhotina, em 93, na Praça da Grève, em Paris. Atirem a primeira pedra...

Lembro-lhes ainda que, se o maximalismo é russo, se o "trepoffismo" é russo – Vera Zassulitch também é russa...

Agora, vou ler um outro jornal... É o *O País*, de 22, que vai me dar grande prazer com o seu substancioso *leading-article*, bem recheado de uma saborosa sociologia de "revistas".

Não há nada como a leitura de *revues* ou de *reviews*. Vou mostrar por quê. Lê-se, por exemplo, o nº 23 da *Revue Philosophique*, é-se logo pragmatista; mas dentro de poucos dias pega-se no fascículo 14 da *Fortnightly Review*, muda-se num instante para o spencerismo.

De modo que uma tal leitura, quer se trate de sociologia, de filosofia, de política, de finanças dá uma sabedoria muito própria a quem quer sincera e sabiamente ter todas as opiniões oportunas.

O artigo de fundo do *O País*, que citei, fez-me demorar a atenção sobre vários pontos seus que me sugeriram algumas observações.

O articulista diz que a plebe russa estava deteriorada pela *vodka* (aguardente) e as altas classes debilitadas por uma cultura intelectual refinada, por isso o maximalismo obteve vantagens no ex-império dos czares. Nós, porém, brasileiros, continua o jornalista, somos mais sadios, mais equilibrados e as nossas (isto ele não disse) altas classes não têm nenhum refinamento intelectual.

O sábio plumitivo, ao afirmar essas cousas de *vodka*, de "sadio", de "equilibrado", a nosso respeito, esqueceu-se que a nossa gente humilde, e mesmo a que não o é totalmente, usa e abusa da "cachaça", aguardente de cana (explico isto porque talvez ele não saiba), a que é arrastada, já por vício, já pelo desespero da miséria em que vive graças à ganância, à falta de cavalheirismo e sentimento de solidariedade humana do nosso fazendeiro, do usineiro e, sobretudo, do poder oculto desse esotérico Centro Industrial e da demostênica Associação Comercial, tigres acocorados nos juncais, à espera das vítimas para sangrá-las e beber-lhes o sangue quente. Esqueceu-se ainda mais das epidemias de loucura, ou melhor, das manifestações de loucura coletiva (Canudos, na Bahia; *Mukers*, no Rio Grande do Sul, etc.); esqueceu-se também do Senhor Doutor Miguel Pereira ("O Brasil é um vasto hospital").

Esquecendo-se dessas cousas comezinhas que são do conhecimento de todos, não é de espantar que afirme ser o anarquismo os últimos vestígios da filosofia (não ponho a chapa que lá está) do *Contrato Social* de Rousseau.

Pobre Jean-Jacques! Anarquista! Mais esta, hein, meu velho?

Mais adiante, topei com esta frase que fulmina o maximalismo, o anarquismo, o socialismo, como um raio de Zeus Olímpico: "Na placidez estéril do 'nirvana' da preguiça universal".

Creio que foi Taine quem, num estudo sobre o budismo, disse ser difícil à nossa inteligência ocidental bem apreender o que seja "nirvana". Está-se vendo que o incomparável crítico francês tinha bastante razão...

O profundo articulista acoima de velharias as teorias maximalistas e anarquistas, às quais opõe, como novidade, a surgir do término da guerra, um nietzschismo, para uso dos açambarcadores de tecidos, de açúcar, de carne-seca, de feijão, etc. Não trepida, animado pelo seu recente super-humanismo, de chamar de efeminadas as doutrinas dos seus adversários, que vêm para a rua jogar a vida e, se presos, sofrer sabe Deus o quê. Os cautelosos sujeitos que, nestes quatro anos de guerra, graças a manobras indecorosas e inumanas, ganharam mais do que esperavam em vinte, estes é que devem ser viris como os tigres, como as hienas e como os chacais. Eu me lembrei de escrever-lhes as vidas, de compará-las, de fazer com tudo isso uma espécie de Plutarco, já que não posso organizar um jardim zoológico especial com tais feras, bem encarceradas em jaulas bem fortes.

Vou acabar, porque pretendo iniciar o meu Plutarco; mas, ao despedir-me, não posso deixar de ainda lamentar a falta de memória do articulista do *O País* quando se refere à idade de suas teorias. Devia estar lembrado que Nietzsche deixou de escrever em 1881 ou 82; portanto, há quase quarenta anos; enlouqueceu totalmente, tristemente, em 1889; e veio a morrer, se não me falha a memória, em 1897 – por aí assim.

As suas obras, as últimas, têm pelo menos quarenta anos ou foram pensadas há quarenta anos. Não são, para que digamos, lá muito *vient de paraître*. Serão muito pouco mais moças do que as que inspiram os revolucionários russos... Demais, o que prova a idade de uma obra quanto à verdade ou à mentira que ela pode encerrar? Nada.

Compete-me dizer afinal ao festejado articulista que o Zaratustra, do Nietzsche, dizia que o homem é uma corda estendida entre o animal e o super-humano – uma corda sobre um abismo. Perigoso era atravessá-la; perigoso, ficar no caminho; perigoso, olhar para trás. Cito de cor, mas creio que sem falsear o pensamento.

Tome, pois, o senhor jornalista cuidado com o seu nietzschismo de última hora, a serviço desses nossos grotescos super-homens da política, da finança e da indústria; e não lhe vá acontecer o que se passou com aquele sujeito que logo aprendeu a correr em bicicleta, mas não sabia saltar. E – note bem – ele não corria ou pedalava em cima de uma corda estendida sobre um abismo...

É o que ouso lembrar-lhe desta minha cela ou quarto de hospital, onde passaria toda minha vida, se não fossem os horrorosos pardais e se o horizonte que eu diviso fosse mais garrido ou imponente.

A.B.C., 30 de novembro de 1918.

SÃO PAULO E OS ESTRANGEIROS I

Quando, em 1889, o Senhor Marechal Deodoro proclamou a República, eu era menino de oito anos.

Embora fosse tenra a idade em que estava, dessa época e de algumas anteriores eu tinha algumas recordações. Das festas por ocasião da passagem da Lei de 13 de Maio ainda tenho vivas recordações; mas da tal história da proclamação da República só me lembro que as patrulhas andavam, nas ruas, armadas de carabinas e meu pai foi, alguns dias depois, demitido do lugar que tinha.

E é só.

Se alguma cousa eu posso acrescentar a essas reminiscências é de que a fisionomia da cidade era de estupor e de temor.

Nascendo, como nasceu, com esse aspecto de terror, de violência, ela vai aos poucos acentuando as feições que já trazia no berço.

Não quero falar aqui de levantes, de revoltas, de motins, que são, de todas as cousas violentas da política, em geral, as mais inocentes talvez.

Há uma outra violência que é constante, seguida, tenaz e não espasmódica e passageira como as das rebeliões de que falei.

Refiro-me à ação dos plutocratas, da sua influência seguida, constante, diurna e noturna, sobre as leis e sobre os governantes, em prol do seu insaciável enriquecimento.

A República, mais do que o antigo regímen, acentuou esse poder do dinheiro, sem freio moral de espécie alguma; e nunca os argentários do Brasil se fingiram mais religiosos do que agora e tiveram da Igreja mais apoio.

Em outras épocas, no tempo do nosso Império regalista, cético e voltairiano, os ricos, mesmo quando senhores de escravos, tinham, em geral, a concepção de que o poder do dinheiro não era ilimitado, e o escrúpulo de consciência de que, para aumentar as suas fortunas, se devia fazer uma escolha dos meios.

Mas veio a República e o ascendente nela da política de São Paulo fez apagar-se toda essa fraca disciplina moral, esse freio na consciência dos que possuem fortuna. Todos os meios ficaram sendo bons para se chegar a ela e aumentá-la desmarcadamente.

Protegidos, devido a circunstâncias que me escapam, por uma alta fabulosa no preço da arroba de café, de que, após a República, os ricaços da Pauliceia se fizeram os principais produtores, puderam eles melhorar os seus serviços públicos e ostentar, durante algum tempo, uma magnificência que parecia fortemente estabelecida.

Seguros de que essa gruta alibabesca do café a quarenta mil-réis a arroba não tinha conta em tesouros, trataram de atrair para as suas lavouras imigrantes, espalhando nos países de emigração folhetos de propaganda em que o clima do Estado, a facilidade de arranjar fortuna nele, as garantias legais – tudo, enfim, era excelente e excepcional.

A esperança é forte nos governos, que aqui, quer na Itália ou na Espanha; e desses dois últimos países, em chusma, acorreram famílias inteiras e milhares de indivíduos isolados, em busca da abastança, que os homens do Estado diziam ser fácil de obter.

A gente que o vem dominando há cerca de trinta anos enchia-se de contentamento e até estabeleceu a exclusão da sua polícia de gente com sangue negro nas veias.

A produção do café, porém, foi transpondo o limite do consumo universal e a descer de preço, portanto; e os doges do Tietê começaram a encher-se de susto e a inventar paliativos e remédios de feitiçaria, para evitar a depreciação.

Um dos primeiros lembrados foi a proibição do plantio de mais um pé de café que fosse.

Esta sábia disposição legislativa tinha antecedentes em certos alvarás ou cartas régias do tempo da colônia, nos quais se proibiam certas culturas que fizessem concorrência às especiarias da Índia, e também o estabelecimento de fábricas de tecidos de lã e mesmo de oficinas de artefatos de ouro, para não tirar a freguesia dos do reino.

Que progresso administrativo!

Os paliativos, porém, não deram em nada e um judeu alemão ou americano inventou a tal história da valorização com que a gente de São Paulo taxou mais fortemente os agricultores e favoreceu os grandes e poderosos, nas suas especulações.

A situação interna principiou a ser horrível, a vida cara, enquanto os salários eram mais ou menos os mesmos anteriores. O descontentamento se fez e os pobres começaram a ver que, enquanto eles ficavam mais pobres, os ricos ficavam mais ricos.

Os governantes do Estado, que influíam quase soberanamente nas decisões da União, deixaram de fazer a tal propaganda do Estado no estrangeiro, mas aumentaram a polícia, para a qual adquiriram instrutores e mortíferas metralhadoras e deram em excomungar os estrangeiros a que chamam de anarquistas, de inimigos da ordem social, esquecidos de que andavam antes a proclamar que a elegância da sua capital, os seus lambrequins, as suas fanfreluches eram devidas a eles, sobretudo aos italianos. A influência dos estrangeiros, diziam, fez de São Paulo a única cousa decente do Brasil. E todos acreditavam, porque os dominadores de São Paulo sempre se esforçaram por esconder as dilapidações ou cousas parecidas, convencendo os seus patrícios de que o Estado, a sua capital, sobretudo, era cousa nunca vista.

Não havia um casarão burguês com umas colunas ou uns vitrais baratos, que eles logo não proclamassem aquilo o castelo de Chenonceaux ou o palácio dos Doges.

Tudo o que havia em São Paulo não havia em parte alguma do Brasil. A sua capital era uma cidade europeia e a capital artística do país.

Entretanto, a antiga província não dava, a não ser o Senhor Ramos de Azevedo, um grande nome ao país em qualquer departamento de arte.

Não contentes de proclamar isto dentro do Estado, começaram a subvencionar jornais e escritores de todo o país para espalharem tão pretensiosas afirmações, que o povo do Estado recebia como artigos de fé a fazer respeitar o *trust* político que o explorava ignobilmente. *Vanitas vanitatum*...

Seguros de que a opinião os apoiava, porque tinham feito o Estado o primeiro do Brasil, os políticos profissionais de São Paulo trataram de abafar as críticas dos estrangeiros descontentes ou com opiniões avançadas, a todos, enfim, que não se deixavam embair com a tal história de capital artística e cidade europeia.

Os estrangeiros, agora, já não serviam e eles queriam livrar-se do incômodo que os forasteiros lhes davam, criticando-lhes os atos, a sua cupidez, o esquecimento dos seus deveres de governantes, para só protegerem os ricaços, os monopolistas, que eram também estrangeiros, mas não no ponto de vista do governo estadual, que só julga assim aqueles que não partilham a opinião de que ele é o mais sábio do mundo e afirmam que, em vez de estar fazendo a felicidade geral, está concorrendo para enriquecer os seus filhos, seus genros, seus primos, seus netos e afilhados e os plutocratas ávidos.

Trataram logo de se armar de leis que fizessem abafar os seus gemidos; e uma delas é a célebre de expulsão que não se coaduna com o espírito da nossa Constituição; que é inconsequente com a propaganda feita por nós para atrair estrangeiros, que podem e devem fiscalizar as nossas cousas, pois nós os chamamos e eles suam por aí.

Sem mais querer dizer, podemos afirmar que todo o nosso mal-estar atual, todo o cinismo dos especuladores com a guerra, inclusive Zé Bezerra e Pereira Lima, vêm desse maléfico espírito de cupidez de riqueza com que São Paulo infeccionou o Brasil, tacitamente admitindo não se dever respeitar qualquer escrúpulo, fosse dessa ou daquela ordem, para obtê-las, nem mesmo o de levar em conta o esforço, a dignidade e o trabalho dos imigrantes, os quais só lhe servem, quando curvam a cerviz à sua desumana ambição crematística.

O Debate, 6 de outubro de 1917.

SÃO PAULO E OS ESTRANGEIROS II

Não se pode negar que, em começo, houvesse, por parte da gente que governava a monarquia paulista, um desejo sincero de fazer aquilo progredir de fato, unicamente com os recursos do Estado.

Mas, vindo a baixa do café e não havendo logo à mão um produto agrícola ou de outra espécie que rendesse ao fisco tanto quanto aquele, e desaparecendo da política local a gente séria e sincera, logo tomaram posse dos altos lugares do Estado os especuladores de todos os matizes e seus apaniguados, que, sob este ou aquele disfarce, queriam unicamente enriquecer à sombra de dispositivos legais, não se importando que esfaimassem o povo, mas contanto que aumentassem as suas apólices e os seus depósitos nos bancos. Lançaram mão de todos os paliativos que lhes vinham à cabeça, desde os fraudulentos até os imbecis, sem esquecer as mentiras oficiais, para "cavar" dinheiro.

Havia, porém, dois obstáculos a remover, para que pudessem prolongar essa situação até onde quisessem. Um consistia na opinião dos trabalhadores estrangeiros, que eles mesmos, sob os mais vários engodos, tinham ido buscar às suas terras e que, por serem mais esclarecidos e instruídos que os nacionais, não se deixariam lograr, trabalhando pela mesma cousa, ou por menos, para que os dirigentes e os seus prestamistas ganhassem de sobra. O outro era a opinião pública do país, que não havia de ver com bons olhos São Paulo, por parte da União, cumulado de dinheiro, de todos os favores e prebendas, enquanto os Estados restantes pouco ou mesmo nada recebiam. Para vencer este segundo obstáculo, eles usaram de duas armas: a política e o subsídio à imprensa, esta, às vezes função daquela, e aquela, em outras, função da última.

Na capital do Estado já tinham conseguido uma imprensa quase unânime; era preciso que o mesmo acontecesse no Rio de Janeiro, para imporem-se ao Brasil.

Não lhes foi difícil. Com esta ou aquela moeda, conseguiram que os principais jornais cariocas, de quando em quando, mas frequentemente, soltassem girândolas ao progresso do Estado.

Não havia mês em que um ou dois deles não afirmassem categoricamente que aquilo lá embaixo era um deslumbramento. A capital era Paris, era Veneza, era Roma; já tinha ruínas históricas; já guardava relíquias de santos; já possuía nas escolas um Arago, etc., etc.

Tinham obtido que tudo isto se incrustasse nos cérebros dos seus caipiras patrícios; trataram de conseguir que o país ficasse crente de que todos esses panegíricos jornalísticos eram verdadeiros, absolutamente verdadeiros. Alcançaram-no...

Não havia nada de São Paulo que não fosse excepcional. A alface de São Paulo era um regalo; os sapatos não faziam calos; os biscoitos curavam enxaquecas; os chapéus não deixavam crescer certos ornamentos conjugais; o dinheiro era excelente e os políticos... os mais sábios do mundo.

Nada mais justo que, assim sendo, eles viessem a governar todo o país e dar lições de sabedoria governamental aos bisonhos de outras províncias.

Encarapitados na presidência da República, por intermédio de representantes seus, o pessoal político-agrícola--industrial de São Paulo tratou de assentar o seu domínio sobre o país, de modo a sempre facilmente obter da União endosso de empréstimos ou mesmo empréstimos para a sua jogatina de café, quando não, tarifas que fizessem multimilionários os seus pernósticos industriais, enobrecidos pelo rei de Cunani.

Conseguiram; e, se não se eternizaram na presidência, deve-se isto a um dissídio doméstico ou comercial no seio do sindicato político que nos governa.

Com doze anos de presidência seguida, semelhante gente fez do país, do seu prestígio como nação, do seu crédito, o que quis, e todos eles enriqueceram fabulosamente.

Mas nem tudo são flores... e veio o fantasma do Hermes.

É preciso que se saiba que eles não se opuseram à candidatura do Senhor Hermes Rodrigues da Fonseca, estribados nesta ou naquela ideia; eles a combateram porque temiam que, com o prestígio do Exército, dispondo, por ser marechal, da dedicação dele, o presidente fardado não lhes temesse as manobras políticas, pusesse abaixo a sua igrejinha de "cavações" administrativas e legais; e – adeus! um Rockefeller – a única glória a que eles podem aspirar legitimamente.

O Senhor Marechal Hermes subiu ao poder, e logo trataram de salvar o essencial.

Organizaram as cousas de forma que ficassem sempre com o seu osso estadual a roer, sem incômodo algum, e para tal fim, depois de terem excitado uma agitação anti-intervencionista no Estado, de terem amedrontado o chefe do executivo com um levante da província em peso, resolveram cautelosamente servir-se dos bons ofícios de Jangote e outros que, simoniacamente, extorquiram do todo-poderoso presidente, senão uma indulgência plenária para os heréticos nomarcas endinheirados, um perdão provisório para os seus industriais políticos, os seus financista de empréstimos constantes a uma lavoura que não acaba nunca de fomentar-se, e a bancos regionais sempre na "pindaíba".

Tais fatos, que são de ontem, não têm sido concatenados por todos, nem tampouco combatidos a devido tempo; e, se o fossem, não teriam certamente os doges de São Paulo conseguido o que almejavam, isto é, obter um total domínio sobre os poderes políticos do país, de modo a coroar a sua nefasta e atroz ditadura com a decisão de 6 do corrente, do Supremo Tribunal, negando *habeas corpus* aos infelizes do "Curvelo", rasgando a Constituição, obscurecendo um dos seus artigos mais simples e mais claros, com farisaicas sutilezas de doutores da escolástica e o tácito e suspeito apoio de quase toda a imprensa carioca, sem um protesto corajoso no Congresso, realizando-se toda essa vergonha, todo esse rebaixamento da independência dos magistrados, perante o povo "bestializado", calado de medo ou por estupidez, esquecido de que a violência pode, amanhã, voltar-se sobre um qualquer de nós, desde que tal sirva à plutocracia paulista e ela o exija.

Não é de espantar, pois os seus tipos repelentes e mendazes, pretensiosos e lorpas, de tal forma vivem apavorados com a sombra dos seus próprios crimes, da sua prepotência inumana, das suas soezes cavilações liberticidas, que não se detêm perante consideração alguma e só pensam em enriquecer furiosamente, para enriquecer os filhos, a fim de que estes possam fugir aos castigos que deviam cair sobre as suas cabeças.

Luís XVI morreu na guilhotina...

À frente deles está esse idiota de Altino Arantes, criatura meio dos padres jesuítas, meio dos maçons, êmulo do sabichão Miguel Calmon e daquele francês, Georges Duroy, que, com a alcunha de *Bel-Ami*, Maupassant estudou e imortalizou.

Altino é uma definição da época e queira Deus que ele não pare no Catete, fazendo, na presidência, ainda pior do que acaba de fazer no Estado, para vergonha de nossa cultura e sentimentos liberais.

Tudo se tem de esperar neste país; mas, mesmo que uma tal desgraça aconteça, talvez seja útil, porque, quanto pior, melhor.

Há ainda pano para mangas...

Ficarão para outra vez muitas outras cousas que não foram relembradas hoje.

O Debate, 13 de outubro de 1917.

A UNIVERSIDADE

Não há dúvida alguma que o ensino público vai melhorar e aperfeiçoar-se de tal modo que é bem possível que, em breve, desapareça de todo o analfabetismo, cousa que, no dizer de muitos, é causa do nosso atraso.

O Senhor Alfredo Pinto, que, além de cuidar de Justiça, trata de tapetes, demonstrou ao chefe do Estado a necessidade de se criar nesta cidade uma universidade.

Que fez o presidente?

Catou aqui e ali algumas escolas e faculdades; esqueceu a do Senhor Afrânio; e – bumba! – decretou a existência de uma universidade nesta muito leal e heroica cidade.

A nova universidade tem, entretanto, uma cousa original. As outras têm uma faculdade de direito; a nossa tem duas.

Entretanto, não possui uma de teologia.

As duas faculdades de direito, tacitamente oficializadas, amanhã, com tal duplicata, vão causar atrapalhações ao Congresso para aquinhoar os respectivos lentes com os direitos e vantagens dos verdadeiramente oficiais.

Tal cousa é muito de lamentar, pois, ao que se diz, a criação de tal universidade não visa senão isso.

As universidades clássicas não ensinam cousas de engenharia. Têm, é verdade, uma faculdade de ciências físicas e matemáticas; mas no que se refere à engenharia propriamente, o ensino é feito fora delas.

Na nossa, podemos aprender até montar campainhas elétricas.

Nem as famosas dos Estados Unidos!

Essa universidade está parecendo com os prédios da Avenida; é só fachada, e mais nada!

Verdadeiramente o bom senso não é a nossa principal qualidade de povo!

Enfim, era preciso que tivéssemos uma originalidade qualquer, e essa parece ser a mais frisante.

Careta, 25 de setembro de 1920.

MAIO

Estamos em maio, o mês das flores, o mês sagrado pela poesia. Não é sem emoção que o vejo entrar. Há em minha alma um renovamento; as ambições desabrocham de novo e, de novo, me chegam revoadas de sonhos. Nasci sob o seu signo, a treze, e creio que em sexta-feira; e, por isso, também à emoção que o mês sagrado me traz se misturam recordações da minha meninice.

Agora mesmo estou a lembrar-me que, em 1888, dias antes da data áurea, meu pai chegou em casa e disse-me: a lei da abolição vai passar no dia de teus anos. E de fato passou; e nós fomos esperar a assinatura no Largo do Paço.

Na minha lembrança desses acontecimentos, o edifício do antigo paço, hoje repartição dos Telégrafos, fica muito alto, um *sky-scraper*; e lá de uma das janelas eu vejo um homem que acena para o povo.

Não me recordo bem se ele falou e não sou capaz de afirmar se era mesmo o grande Patrocínio.

Havia uma imensa multidão ansiosa, com o olhar preso às janelas do velho casarão. Afinal a lei foi assinada e, num segundo, todos aqueles milhares de pessoas o souberam. A princesa veio à janela. Foi uma ovação: palmas, acenos com lenço, vivas...

Fazia sol e o dia estava claro. Jamais, na minha vida, vi tanta alegria. Era geral, era total; e os dias que se seguiram, dias de folganças e satisfação, deram-me uma visão da vida inteiramente festa e harmonia.

Houve missa campal no Campo de São Cristóvão. Eu fui também com meu pai; mas pouco me recordo dela, a não ser lembrar-me que, ao assisti-la, me vinha aos olhos a "Primeira Missa", de Vítor Meireles. Era como se o Brasil tivesse sido descoberto outra vez... Houve o barulho de bandas de música, de bombas e girândolas, indispensável aos nossos regozijos; e houve também préstitos cívicos. Anjos despedaçando grilhões, alegorias toscas passaram lentamente pelas ruas. Construíram-se estrados para bailes populares; houve desfile de batalhões escolares e eu me lembro que vi a princesa imperial, na porta da atual Prefeitura, cercada de filhos, assistindo àquela fieira de numerosos soldados desfiar devagar. Devia ser de tarde, ao anoitecer.

Ela me parecia loura, muito loura, maternal, com um olhar doce e apiedado. Nunca mais a vi e o imperador nunca vi, mas me lembro dos seus carros, aqueles enormes carros dourados, puxados por quatro cavalos, com cocheiros montados e um criado à traseira.

Eu tinha então sete anos e o cativeiro não me impressionava. Não lhe imaginava o horror; não conhecia a sua injustiça. Eu me recordo, nunca conheci uma pessoa escrava. Criado no Rio de Janeiro, na cidade, onde já os escravos rareavam, faltava-me o conhecimento direto da vexatória instituição, para lhe sentir bem os aspectos hediondos.

Era bom saber se a alegria que trouxe à cidade a lei da abolição foi geral pelo país. Havia de ser, porque já tinha entrado na consciência de todos a injustiça originária da escravidão.

Quando fui para o colégio, um colégio público, à Rua do Resende, a alegria entre a criançada era grande. Nós não sabíamos o alcance da lei, mas a alegria ambiente nos tinha tomado.

A professora, Dona Teresa Pimentel do Amaral, uma senhora muito inteligente, a quem muito deve o meu espírito, creio que nos explicou a significação da cousa; mas com aquele feitio mental de criança, só uma cousa me ficou: livre! livre!

Julgava que podíamos fazer tudo que quiséssemos; que dali em diante não havia mais limitação aos propósitos da nossa fantasia.

Parece que essa convicção era geral na meninada, porquanto um colega meu, depois de um castigo, me disse: "Vou dizer a papai que não quero voltar mais ao colégio. Não somos todos livres?"

Mas como ainda estamos longe de ser livres! Como ainda nos enleamos nas teias dos preceitos, das regras e das leis!

Dos jornais e folhetos distribuídos por aquela ocasião, eu me lembro de um pequeno jornal, publicado pelos tipógrafos da Casa Lombaerts. Estava bem impresso, tinha umas vinhetas elzevirianas, pequenos artigos e sonetos. Desses, dois eram dedicados a José do Patrocínio e o outro à princesa. Eu me lembro, foi a minha primeira emoção poética a leitura dele. Intitulava-se "Princesa e Mãe" e ainda tenho de memória um dos versos:

Houve um tempo, senhora, há muito já passado...

São boas essas recordações; elas têm um perfume de saudade e fazem com que sintamos a eternidade do tempo.

Oh! O tempo! O inflexível tempo, que como o Amor é também irmão da Morte, vai ceifando aspirações, tirando presunções, trazendo desalentos, e só nos deixa na alma essa saudade do passado às vezes composta de cousas fúteis, cujo relembrar, porém, traz sempre prazer.

Quanta ambição ele não mata! Primeiro são os sonhos de posição: com os dias e as horas e, a pouco e pouco, a gente vai descendo de ministro a amanuense; depois são os do Amor – oh! como se desce nesses! Os de saber, de erudição, vão caindo até ficarem reduzidos ao bondoso Larousse. Viagens... Oh! As viagens! Ficamos a fazê-las nos nossos pobres quartos, com auxílio do Baedecker e outros livros complacentes.

Obras, satisfações, glórias, tudo se esvai e se esbate. Pelos trinta anos, a gente que se julgava Shakespeare, está crente que não passa de um "Mal das Vinhas" qualquer; tenazmente, porém, ficamos a viver, esperando, esperando... o quê? O imprevisto, o que pode acontecer amanhã ou depois. Esperando os milagres do tempo e olhando o céu vazio de Deus ou deuses, mas sempre olhando para ele, como o filósofo Guyau.

Esperando, quem sabe se a sorte grande ou um tesouro oculto no quintal?

E maio volta... Há pelo ar blandícias e afagos; as cousas ligeiras têm mais poesia; os pássaros como que cantam melhor; o verde das encostas é mais macio; um forte flux de vida percorre e anima tudo...

O mês augusto e sagrado pela poesia e pela arte, jungido eternamente à marcha da Terra, volta; e os galhos da nossa alma que tinham sido amputados – os sonhos, enchem-se de brotos muito verdes, de um claro e macio verde de pelúcia, reverdecem mais uma vez, para de novo perderem as folhas, secarem, antes mesmo de chegar o tórrido dezembro.

E assim se faz a vida, com desalentos e esperanças, com recordações e saudades, com tolices e cousas sensatas, com baixezas e grandezas, à espera da morte, da doce morte, padroeira dos aflitos e desesperados...

Gazeta da Tarde, 4 de maio de 1911.

OS NOSSOS JORNAIS

*N*a Câmara (houve um jornal que registrasse a frase) o Senhor Jaurès observou que os nossos jornais eram pobres no tocante a informações da vida do estrangeiro. Afora os telegramas lacônicos naturalmente, ele não encontrava nada que o satisfizesse.

Jaurès não disse que fosse esse o único defeito dos nossos jornais; quis tão-somente mostrar um deles.

Se ele quisesse demorar no exame, diretor de um grande jornal, como é, e habituado à grande imprensa do velho mundo, havia de apresentar muitos outros.

Mesmo quem não é diretor de um jornal parisiense e não está habituado à imprensa europeia, pode, do pé para as mãos, indicar muitos.

Os nossos jornais diários têm de mais e têm de menos; têm lacunas e demasias.

Uma grande parte deles é ocupada com insignificantes notícias oficiais.

Há longas seções sobre exército, marinha, estradas de ferro, alfândega, etc. de nenhum interesse, ou melhor, se há nelas interesse, toca a um número tão restrito de leitores que não vale a pena sacrificar os outros, mantendo-as.

Que me importa a mim saber quem é o conferente do armazém K ? Um jornal que tem dez mil leitores, unicamente para atender ao interesse de meia dúzia, deve estar a publicar que foram concedidos passes à filha do bagageiro X? Decerto, não. Quem quer saber essas cousas, dirija-se às publicações oficiais ou vá à repartição competente, informar-se.

A reportagem de ministérios é de uma indigência desoladora. Não há mais nada que extratos do expediente; e o que se devia esperar de propriamente reportagem, isto é, descoberta de atos premeditados, de medidas em que os governantes estejam pensando, enfim, antecipações ao próprio diário do Senhor Calino, não se encontra.

Demais, não está aí só o emprego inútil que os nossos jornais fazem de um espaço precioso. Há mais ainda. Há os idiotas "binóculos". Longe de mim o pensamento de estender o adjetivo da seção aos autores. Sei bem que alguns deles que o não são; mas a cousa o é, talvez com plena intenção dos seus criadores. Mas... continuemos. Não se compreende que um jornal de uma grande cidade esteja a ensinar às damas e aos cavalheiros como devem trazer as luvas, como devem cumprimentar e outras futilidades. Se há entre nós sociedade, as damas e cavalheiros devem saber estas cousas e quem não sabe faça como M. Jourdain: tome professores. Não há de ser com preceitos escorridos diariamente, sem ordem, nem nexo – que um acanhado fazendeiro há de se improvisar em Caxangá. Se o matuto quer imiscuir-se na sociedade que tem para romancista o psiquiatra Afrânio, procure professores de boas maneiras, e não os há de faltar. Estou quase a indicar o próprio Figueiredo, o Caxangá ou o meu amigo Marques Pinheiro e talvez o Bueno, se ele não andasse agora metido em cousas acadêmicas.

De resto, esses binóculos, gritando bem alto elementares preceitos de civilidade, nos envergonham. Que dirão os estrangeiros, vendo, pelos nossos jornais, que não sabemos abotoar um sapato? Não há de ser bem; e o Senhor Gastão da Cunha, o Chamfort oral que nos chegou do Paraguai e vai para a Dinamarca, deve examinar bem esse aspecto da questão, já que se zangou tanto com o interessante Afrânio, por ter dito, diante de estrangeiros, na sua recepção na Academia, um punhado de verdades amargas sobre a diligência de Canudos.

Existe, a tomar espaço nos nossos jornais, uma outra bobagem. Além desses binóculos, há uns tais diários sociais, vidas sociais, etc. Em alguns tomam colunas, e, às vezes, páginas. Aqui nesta *Gazeta*, ocupa, quase sempre, duas e três.

Mas isso é querer empregar espaço em pura perda. Tipos ricos e pobres, néscios e sábios, julgam que as suas festas íntimas ou os seus lutos têm um grande interesse para todo o mundo. Sei bem o que é que se visa com isso: agradar, captar o níquel, com esse meio infalível: o nome no jornal.

Mas, para serem lógicos com eles mesmos, os jornais deviam transformar-se em registros de nomes próprios, pois só os pondo aos milheiros é que teriam uma venda compensadora. A cousa devia ser paga e estou certo que os tais diários não desapareceriam.

Além disso, os nossos jornais ainda dão muita importância aos fatos policiais. Dias há que parecem uma *morgue*, tal é o número de fotografias de cadáveres que estampam; e não ocorre um incêndio vagabundo que não mereça as famosas três colunas – padrão de reportagem inteligente. Não são bem "*Gazetas*" *dos Tribunais*, mas já são um pouco *Gazetas do Crime* e muito *Gazetas Policiais*.

A não ser isso, eles desprezam tudo o mais que forma a base da grande imprensa estrangeira. Não há as informações internacionais, não há os furos sensacionais na política, nas letras e na administração. A colaboração é uma miséria.

Excetuando a *Imprensa*, que tem à sua frente o grande espírito de Alcindo Guanabara, e um pouco *O País*, os nossos jornais da manhã nada têm que se ler. Quando excetuei esses dois, decerto, punha *hors-concours* o velho *Jornal do Comércio*; e dos dois, talvez, só a *Imprensa* seja exceção, porque a colaboração do *País* é obtida entre autores portugueses, fato que pouco deve interessar à nossa atividade literária.

A *Gazeta* (quem te viu e quem te vê) só merece ser aqui falada porque seria injusto esquecer o Raul Manso. Mas está tão só!...

E não se diga que eles não ganham dinheiro e tanto ganham que os seus diretores vivem na Europa ou levam no Rio trem de vida nababesco.

É que, em geral, não querem pagar a colaboração; e, quando a pagam, fazem-no forçados por empenhos, ou obrigados pela necessidade de agradar a colônia portuguesa, em se tratando de escritores lusos.

E, por falar nisso, vale a pena lembrar o que são as correspondências portuguesas para os nossos jornais. Não se encontram nelas indicações sobre a vida política, mental ou social de Portugal; mas não será surpresa ver-se nelas notícias edificantes como esta: "A vaca do Zé das Amêndoas pariu ontem uma novilha"; "o Manuel das Abelhas foi, trasanteontem, mordido por um enxame de vespas".

As dos outros países não são assim tão pitorescas; mas chegam, quando as há, pelo laconismo, a parecer telegrafia. Então o inefável Xavier de Carvalho é mestre na cousa, desde que não se trate de festas da famosa Société d'Études Portugaises!

Os jornais da tarde não são lá muito melhores. *A Notícia* faz repousar o interesse da sua leitura na insipidez dos "Pequenos Ecos" e na graça – gênero "Moça de Família" – do amável Antônio. Unicamente o *Jornal do Comércio* e esta *Gazeta* procuram sair fora do molde comum, graças ao alto descortino do Félix e à experiência jornalística do Vítor.

Seria tolice exigir que os jornais fossem revistas literárias, mas isto de jornal sem folhetins, sem crônicas, sem artigos, sem comentários, sem informações, sem curiosidades, não se compreende absolutamente.

São tão baldos de informações que, por eles, nenhum de nós tem a mais ligeira notícia da vida dos Estados. Continua do lado de fora o velho *Jornal do Comércio.*

Cousas da própria vida da cidade não são tratadas convenientemente. Em matéria de tribunais, são de uma parcimônia desdenhosa. O júri, por exemplo, que, nas mãos de um jornalista hábil, podia dar uma seção interessante, por ser tão grotesco, tão característico e inédito, nem mesmo nos seus dias solenes é tratado com habilidade.

Há alguns que têm o luxo de uma crônica judiciária, mas o escrito sai tão profundamente jurista que não pode interessar os profanos. Quem conhece as crônicas judiciárias de Henri de Varennes, no *Figaro*, tem pena que não apareça um discípulo dele nos nossos jornais.

Aos apanhados dos debates da Câmara e do Senado podia dar-se mais cor e fisionomia, os aspectos e as particularidades do recinto e dependências não deviam ser abandonados.

Há muito que suprimir nos nossos jornais e há muito que criar. O Senhor Jaurès mostrou um dos defeitos dos nossos jornais e eu pretendi indicar alguns. Não estou certo de que, suprimidos eles, os jornais possam ter a venda decuplicada. O povo é conservador, mas não foi nunca contando com a adesão imediata do povo que se fizeram revoluções.

Não aconselho a ninguém que faça uma transformação no nosso jornalismo. Talvez fosse malsucedido e talvez fosse bem, como foi Ferreira de Araújo, quando fundou, há quase quarenta anos, a *Gazeta de Notícias*. Se pudesse, tentava; mas como não posso, limito-me a clamar, a criticar.

Fico aqui e vou ler os jornais. Cá tenho o "Binóculo", que me aconselha a usar o chapéu na cabeça e as botas nos pés. Continuo a leitura. A famosa seção não abandona os conselhos. Tenho mais este: as damas não devem vir com *toilettes* luxuosas para a Rua do Ouvidor. Engraçado este "Binóculo"! Não quer *toilettes* luxuosas nas ruas, mas ao mesmo tempo descreve essas *toilettes*. Se elas não fossem luxuosas haveria margem para as descrições? O "Binóculo" não é lá muito lógico...

Bem. Tomo outro. É o *Correio da Manhã*. Temos aqui uma seção interessante: "O que vai pelo mundo". Vou ter notícias da França, do Japão, da África do Sul, penso eu. Leio de fio a pavio. Qual nada! O mundo aí é Portugal só e unicamente Portugal. Com certeza, foi a República recentemente proclamada que o fez crescer tanto. Bendita República!

Fez mais que o Albuquerque terríbil e Castro forte e outros em que poder não teve a morte.

Gazeta da Tarde, 20 de outubro de 1911.

O NOVO MANIFESTO

Eu também sou candidato a deputado. Nada mais justo. Primeiro: eu não pretendo fazer cousa alguma pela Pátria, pela família, pela humanidade.

Um deputado que quisesse fazer qualquer cousa dessas, ver-se-ia bambo, pois teria, certamente, os duzentos e tantos espíritos dos seus colegas contra ele.

Contra as suas ideias levantar-se-iam duas centenas de pessoas do mais profundo bom senso.

Assim, para poder fazer alguma cousa útil, não farei cousa alguma, a não ser receber o subsídio.

Eis aí em que vai consistir o máximo da minha ação parlamentar, caso o preclaro eleitorado sufrague o meu nome nas urnas.

Recebendo os três contos mensais, darei mais conforto à mulher e aos filhos, ficando mais generoso nas facadas aos amigos.

Desde que minha mulher e os meus filhos passem melhor de cama, mesa e roupas, a humanidade ganha. Ganha, porque, sendo eles parcelas da humanidade, a sua situação melhorando, essa melhoria reflete sobre o todo de que fazem parte.

Concordarão os nossos leitores e prováveis eleitores que o meu propósito é lógico e as razões apontadas para justificar a minha candidatura são bastante ponderosas.

De resto, acresce que nada sei da história social, política e intelectual do país; que nada sei da sua geografia; que nada entendo de ciências sociais e próximas, para que o nobre eleitorado veja bem que vou dar um excelente deputado.

Há ainda um poderoso motivo, que, na minha consciência, pesa para dar este cansado passo de vir solicitar dos meus compatriotas atenção para o meu obscuro nome.

Ando malvestido e tenho uma grande vocação para elegâncias.

O subsídio, meus senhores, viria dar-me elementos para realizar essa minha velha aspiração de emparelhar-me com a deschanelesca elegância do Senhor Carlos Peixoto.

Confesso também que, quando passo pela Rua do Passeio e outras do Catete, alta noite, a minha modesta vagabundagem é atraída para certas casas cheias de luzes, com carros e automóveis à porta, janelas com cortinas ricas, de onde jorram gargalhadas femininas, mais ou menos falsas.

Um tal espetáculo é por demais tentador, para a minha imaginação; e eu desejo ser deputado para gozar esse paraíso de Maomé sem passar pela algidez da sepultura.

Razões tão ponderosas e justas, creio, até agora, nenhum candidato apresentou, e espero da clarividência dos homens livres e orientados o sufrágio do meu humilde nome, para ocupar uma cadeira de deputado, por qualquer Estado, província, ou emirado, porque, nesse ponto, não faço questão alguma.

Às urnas.

Correio da Noite, 16 de janeiro de 1915.

A VOLTA

O governo resolveu fornecer passagens, terras, instrumentos aratórios, auxílio por alguns meses às pessoas e famílias que se quiserem instalar em núcleos coloniais nos Estados de Minas e Rio de Janeiro.

Os jornais já publicaram fotografias edificantes dos primeiros que foram procurar passagens na chefatura de polícia.

É duro entrar naquele lugar. Há um tal aspecto de sujidade moral, de indiferença pela sorte do próximo, de opressão, de desprezo por todas as leis, de ligeirezas em deter, em prender, em humilhar, que eu, que lá entrei como louco, devido à inépcia de um delegado idiota, como louco, isto é, sagrado, diante da fotografia que estampam os jornais, enchi-me de uma imensa piedade por aqueles que lá foram como pobres, como miseráveis, pedir, humilhar-se diante desse Estado que os embrulhou.

Porque o Senhor Rio Branco, o primeiro brasileiro, como aí dizem, cismou que havia de fazer do Brasil grande potência, que devia torná-lo conhecido na Europa, que lhe devia dar um grande exército, uma grande esquadra, de elefantes paralíticos, de dotar a sua capital de avenidas, de *boulevards*, elegâncias bem idiotamente binoculares e toca a gastar dinheiro, toca a fazer empréstimos; e a pobre gente que mourejava lá fora, entre a febre palustre e a seca implacável, pensou que aqui fosse o Eldorado e lá deixou as suas choupanas, o seu sapé, o seu aipim, o seu porco, correndo ao Rio de Janeiro a apanhar algumas moedas da cornucópia inesgotável.

Ninguém os viu lá, ninguém quis melhorar a sua sorte no lugar que o sangue dos seus avós regou o eito. Fascinaram-nos para a cidade e eles agora voltam, voltam pela mão da polícia como reles vagabundos.

É assim o governo: seduz, corrompe e depois... uma semicadeia.

A obsessão de Buenos Aires sempre nos perturbou o julgamento das cousas.

A grande cidade do Prata tem um milhão de habitantes; a capital argentina tem longas ruas retas; a capital argentina não tem pretos; portanto, meus senhores, o Rio de Janeiro, cortado de montanhas, deve ter largas ruas retas; o Rio de Janeiro, num país de três ou quatro grandes cidades, precisa ter um milhão; o Rio de Janeiro, capital de um país que recebeu durante quase três séculos milhões de pretos, não deve ter pretos.

E com semelhantes raciocínios foram perturbar a vida da pobre gente que vivia a sua medíocre vida aí por fora, para satisfazer obsoletas concepções sociais, tolas competições patrióticas, transformando-lhe os horizontes e dando-lhe inexequíveis esperanças.

Voltam agora; voltam, um a um, aos casais, às famílias, para a terra, para a roça, donde nunca deviam ter vindo para atender tolas vaidades de taumaturgos políticos e encher de misérias uma cidade cercada de terras abandonadas que nenhum dos nossos consumados estadistas soube ainda torná-las produtivas e úteis.

O Rio civiliza-se!

Correio da Noite, 26 de janeiro de 1915.

NÃO É POSSÍVEL

Deve ser muito agradável um cidadão não se meter em política; por isso eu pasmei quando soube que Carlos Maul estava metido nesse embrulho do Estado do Rio.

Para um poeta, para um artista, um homem de sonho, como é Maul, andar nessas atrapalhações tão baixas, tão vis, tão indecentes de negócios políticos, em que os textos mais claros são truncados, as verdades mais evidentes são negadas, não deve ser fonte de êxtase e emoção poética.

Imagino bem que Maul não tomou este ou aquele partido para ganhar sensações, para acumular impressões, no intuito de criar mais um poema que viesse figurar ao lado dos que já tem composto para exaltação de todos nós.

Sei bem que tem havido muitos artistas políticos, mas quando se fazem ministros, deputados, deixam de ser artistas ou, se continuam a sê-lo, são medíocres homens de Estado.

Chateaubriand tinha a mania de rivalizar com Napoleão como homem de Estado; a verdade, porém, é que de Chateaubriand só se sabe geralmente que escreveu *Atala*, *René* e outros livros magníficos.

A política, diz lá o Bossuet, tem por fim fazer os povos felizes. Terá Maul esse propósito?

Creio que não. Maul é moço, ilustrado, fez leituras avançadas, meditou e não há de acreditar que as mezinhas do governo curem mal de que sofre a nossa pobre humanidade.

O governo já deu o que tinha de dar; agora, é um agonizante, breve um cadáver a enterrar no panteão das nossas concepções.

Não direi que quem não acredita no Estado seja desonesto quando se propõe a tomar parte nas suas altas funções.

Não digo, porque sei de excelentes sacerdotes que continuam a cultuar os seus deuses, depois de perderem a fé neles. É que precisamos viver; e é difícil mudar de profissão de uma hora para outra.

Essa incursão de Maul na política não será duradoura e não ficaremos, certamente, privados do poeta, do magnífico poeta do *Canto Primaveril*, para termos mais um energúmeno eleitoral das mesas do Jeremias.

Correio da Noite, 28 de janeiro de 1915.

MACAQUITOS

*U*m jornal ou semanário de Buenos Aires, quando uma *équipe* brasileira de futebol, de volta do Chile, onde fora disputar um campeonato internacional, por lá passou, pintou-a como macacos.

A cousa passou desapercebida, devido ao atordoamento das festas do Rei Alberto; mas, se assim não fosse, estou certo de que haveria irritação em todos os ânimos.

Precisamos nos convencer de que não há nenhum insulto em chamar-nos de macacos. O macaco, segundo os zoologistas, é um dos mais adiantados exemplares da série animal; e há mesmo competências que o fazem, senão pai, pelo menos primo do homem. Tão digno "totem" não nos pode causar vergonha.

A França, isto é, os franceses são tratados de galos e eles não se zangam com isto; ao contrário: o galo gaulês, o *chantecler*, é motivo de orgulho para eles.

Entretanto, quão longe está o galo, na escala zoológica, do macaco! Nem mamífero é!

Quase todas as nações, segundo lendas e tradições, têm parentesco ou se emblemam com animais. Os russos nunca se zangaram por chamá-los de ursos brancos; e o urso não é um animal tão inteligente e ladino como o macaco.

Vários países, como a Prússia e a Áustria, põem nas suas bandeiras águias; entretanto, a águia, desprezando a acepção pejorativa que tomou entre nós, não é lá animal muito simpático.

A Inglaterra tem como insígnias animais o leopardo e o unicórnio. Digam-me agora os senhores: o leopardo é um animal muito digno?

A Bélgica tem leões ou leão nas suas armas; entretanto, o leão é um animal sem préstimo e carniceiro. O macaco – é verdade – não tem préstimo; mas é frugívoro, inteligente e parente próximo do homem.

Não vejo motivos para zanga nessa história dos argentinos chamar-nos de macacos, tanto mais que, nas nossas histórias populares, nós demonstramos muita simpatia por esse endiabrado animal.

Careta, 23 de outubro de 1920.

PADRES E FRADES

Eu não me canso nunca de protestar.

Minha vida há de ser um protesto eterno contra todas as injustiças.

Li agora nos jornais que o Senhor Venceslau Brás, que dizem ser presidente da República, consentiu que padres católicos embarcassem nos navios de guerra nossos, que vão ficar a serviço da Inglaterra. Protesto!

Eu creio (vejam que gosto sempre de falar na primeira pessoa), eu creio que o Senhor Venceslau Brás deve saber a Constituição; e, se ele não sabe, muito menos eu, e tenho, portanto, o direito de fazer o que quiser. Mas sei porque a li agora. Vejamos, Senhor Venceslau Brás, o Art. 72, Seção II, "Declarações de Direitos", parág. 7: "Nenhum culto ou igreja gozará de subvenção oficial, nem terá relações de dependência, ou aliança com o Governo da União, ou dos Estados".

Onde foi, portanto, Vossa Excelência, que é assessorado pela grande inteligência do Hélio Lobo, vulgo secretário da presidência, buscar autoridade para consentir que, nos navios de guerra do Brasil, embarque padres?

Se Vossa Excelência julga que isso é uma simples assistência espiritual, tomo a liberdade de dizer a Vossa Excelência que lá tenho um parente que é simplesmente espiritista, e como tal tem direito a essa assistência, só sendo ela regularmente feita por um médium vidente da minha amizade.

Outro amigo meu, descendente de uma família hanoveriana, é luterano; eu peço que Vossa Excelência consinta no embarque de um padre luterano. Deixa Vossa Excelência embarcá-lo?

Um oficial da Marinha, das minhas relações de colégio, é positivista *enragé*. Deixa Vossa Excelência embarcar um sacerdote positivista?

Eu, Senhor Doutor Venceslau Brás, sou budista e, quando embarcar, quero um bonzo ao meu lado, mesmo que seja o Pelino Guedes. O que esses padres querem é solidificar a burguesia, à custa de fingir caridade e piedade.

Mas eu fico aqui sempre com os meus protestos.

Lanterna, 23 de março de 1918.

BIOGRAFIA DE LIMA BARRETO

Afonso Henriques de Lima Barreto nasceu no Rio de Janeiro, numa sexta-feira, 13 de maio de 1881, exatamente sete anos antes da assinatura da lei que iria abolir, tardiamente, a escravidão no Brasil. Seus pais eram o jovem casal composto pelo tipógrafo João Henriques, filho de uma ex-escrava e um português, e Amália Augusta, filha de uma escrava liberta dos Pereiras de Carvalho. Batizada com o nome da família, Amália recebeu a melhor educação possível às moças da época, tendo se diplomado como professora pública, o que lhe permitiu abrir um colégio, por ela dirigido, na rua Ipiranga, onde a família morou nos primeiros anos do casamento. O nome Afonso era homenagem ao padrinho, o senador do Império Afonso Celso de Assis Figueiredo, Visconde de Ouro Preto.

Antes de completar sete anos, Lima Barreto perde a mãe, que fora também sua primeira professora. Passou, então, a frequentar a escola pública da Rua do Resende. Em seguida estudou no Liceu Popular de Niterói – um colégio para filhos de classes privilegiadas, onde havia aulas de inglês prático, francês, latim e até de piano. Lá despertou o gosto pela leitura começando por Júlio Verne, seguindo pelos clássicos franceses e livros de História.

A estas alturas, a casa de João Henriques e seus quatro filhos ficava na Ilha do Governador, próximo à "Colônia de alienados", onde era almoxarife. A Ilha – na época isolada da cidade – era para Afonso Henriques um espaço "de sonho e curiosidade" para onde escapava sempre que a condição de aluno interno permitia. Lá desfrutava das benesses naturais que o espaço oferecia. Há hoje na Ilha do Governador, no Rio de Janeiro, busto do autor que inscreveu os homens, a fauna e a flora daquele lugar na literatura.

Em março de 1897 ingressa na Escola Politécnica. No Largo de São Francisco participa do movimento estudantil, tem as primeiras experiências como redator e conhece, afinal, a força do racismo durante os primeiros anos da República positivista. Nunca chegará a concluir o curso de Engenharia. Das ruas do centro, da travessia pela Rua do Ouvidor, onde mulheres, vitrines e literatos ostentavam seus brilhos, vai tirando, porém, os roteiros de suas narrativas futuras. Deste cenário faz parte importante, também, a Biblioteca Nacional, situada num antigo prédio da Rua do Passeio. Lá o estudante empreendia sessões de leituras onde o gosto pela filosofia predominava. Anos mais tarde, o narrador de *Recordações de Isaías Caminha* assumirá, como autores literários preferidos, Dostoiévski, de *Crime e Castigo*, Voltaire de os *Contos*, Tolstoi de *Guerra e Paz*, Flaubert de *Educação Sentimental*, Eça de Queiroz e Stendhal.

Desde as primeiras publicações jornalísticas em *A Lanterna* – periódico que abrangia, dentre outros campos do conhecimento, as ciências, as artes e os esportes, e que pertencia às escolas superiores do Rio de Janeiro, o escritor, que sorria para as certezas das ciências, começa a exibir sua porção irônica e sarcástica. O tom ferino desde cedo aparece como forma de reação frente aos costumes e às regras de uma sociedade racista e socialmente muito injusta.

Em casa, a vida familiar ia se tornando um peso para o jovem que parecia tanto prometer. Em 1902, a loucura do pai começa a se manifestar de forma que será irreversível.

Lima Barreto decide, então, buscar a segurança que um emprego público então oferecia e, com pouco mais de 20 anos, consegue aprovação num concurso para a Secretaria de Guerra, onde será *amanuense* até a aposentadoria.

Estamos no Rio de Janeiro de 1903. Na Rua do Ouvidor e outros espaços do Centro o progresso vai colocando marcas: bondes elétricos, confeitarias, bares, iluminação nas ruas da cidade que o prefeito Pereira Passos, com a abertura da Avenida Central quer moderna, à imagem de Paris. Neste cenário os cafés e as livrarias são os espaços das relações intelectuais. Na imprensa, pequenos e breves periódicos como *A Quinzena Alegre* e *O Diabo*, a *Revista da Época* (da qual Lima foi secretário), modernas revistas ilustradas e *O Correio da Manhã*, dentre outros, dão voz à ebulição sociopolítica e cultural que toma conta da capital da República.

Como funcionário da Secretaria de Guerra, Lima Barreto cumpria uma rotina burocrática que, se não o satisfazia, também não o impedia de encontrar tempo para escrever. Em 1904, o autor faz anotações do que seria uma primeira versão de *Clara dos Anjos*. Em 1905, escreve 22 reportagens sobre "as escavações dos subterrâneos do Morro do Castelo", para *O Correio da Manhã*.[1] O escritor começa, em meio a dificuldades materiais e existenciais, a aparecer. Na contramão do gosto "coelhonetista" dominante, Lima Barreto lança, junto com o amigo Noronha Santos e outros moços, em 1907, a revista *Floreal*, assim apresentada: "Não se trata de uma revista de escola, de uma publicação de 'clã' ou maloca literária". Durou apenas quatro números. Na revista, o autor inicia a publicação do romance *Recordações do Escrivão Isaías Caminha*, cuja 1ª edição, impressa em Lisboa à custa

[1] Essas reportagens estão publicadas em *O Subterrâneo do Castelo. Um folhetim de Lima Barreto*. Rio de Janeiro: Dantes, 1997.

do próprio autor, começa a circular no Rio de Janeiro em dezembro de 1909.

Embora já tivesse escrito outro romance, mais sofisticado literariamente, o *Vida e Morte de M. J. Gonzaga de Sá*, verdadeira homenagem à cidade do Rio de Janeiro, especialmente à parte dela que ia desaparecendo com a reforma urbana, Lima Barreto prefere publicar primeiro o *Recordações*, onde não poupa críticas às instituições, ao academicismo, aos preconceitos dominantes na sociedade, e sobretudo ao mundo jornalístico, em especial o *Correio da Manhã*. Os criticados reagiram com violência e o jornal do poderoso Edmundo Bittencourt decreta um *bloquei* ao jovem escritor que será seguido por quase toda a grande imprensa.

De janeiro a março de 1911, escreve seu mais importante romance: *Triste Fim de Policarpo Quaresma*. Em agosto, o *Jornal do Commercio* (edição da tarde) inicia a publicação sob forma de folhetim da narrativa que apenas em 1916 será editada como livro. Ainda em 1911, o autor colabora no jornal *Gazeta da Tarde* e participa do movimento para a criação da Academia dos Novos, patrocinada pelo jornal *A Imprensa*. Aos 30 anos, Lima Barreto está no auge de sua produção intelectual e escrevendo, além do romance, seus contos que se tornarão mais conhecidos como "A nova Califórnia" e "O homem que sabia javanês". Escreve também para jornais dedicados à luta política e à crítica ao *status quo*, como: *Lanterna, O Cosmopolita, O Parafuso, A Patuleia* e *A Luta*. Logo iniciará longo período de colaboração no *A.B.C.* Em 1914, porém, após uma crise de alucinação, é internado no Hospício Nacional de Alienados, na Praia Vermelha. No ano de 1918, após licenças para tratamento de saúde e internações no Hospital Central do Exército, foi considerado "inválido para serviço público" e aposentado. A partir daí vai intensificar seu trabalho como cronista, considerando-se, com o afastamento do emprego, mais livre para praticar críticas ao regime, declarar-se maximalista, apoiar a Revolução Russa e defender os anarquistas ameaçados de expulsão do país.

No início de 1919, Lima é candidato à Academia Brasileira de Letras e recebe apenas um voto, ao que consta do historiador João Ribeiro. No final desse mesmo ano, na noite de Natal, é novamente internado no Hospício da Praia Vermelha. Na verdade, sofria de delírios causados pelo alcoolismo. Durante os três meses que passa recolhido à seção Pinel escreve, a lápis, em papel que o diretor da casa, Juliano Moreira, lhe cedia, o comovente *Diário do Hospício*.

Esta última permanência de três meses e a experiência de humilhação por que passou vão apressar seu "triste fim". Recolhido a maior parte do tempo à casa de Todos os Santos, subúrbio do Rio, entre 1920 e 1922, Lima Barreto organiza três volumes de crônicas: *Marginália, Feiras e Mafuás, Bagatelas*, um de contos, *Histórias e Sonhos*, e conclui finalmente o romance *Clara dos Anjos*, projeto de toda a vida. Destes, viu publicado apenas *Histórias e Sonhos*. Deixou inacabado *O Cemitério dos Vivos*, tentativa de transformar em romance o diário escrito no hospício.

Pelo romance *Vida e Morte de M. J. Gonzaga de Sá*, recebeu, em 1921, uma menção honrosa da Academia Brasileira de Letras. Em 1922, Lima Barreto entrega ao editor os originais de *Feiras e Mafuás*, e a revista *O Mundo Literário* publica o primeiro capítulo do romance inédito: *Clara dos Anjos*: "O Carteiro".

Em 1º de novembro de 1922, o escritor morre, no quarto da casa à Rua Major Mascarenhas, nº 26, Todos os Santos, vítima de gripe torácica e colapso cardíaco, tendo nas mãos um exemplar da *Revue des Deux Mondes*.

No dia seguinte, o enterro saiu em direção ao cemitério São João Batista, na Zona Sul do Rio, lugar escolhido pelo próprio escritor. Quem leu suas crônicas sobre os enterros em Inhaúma compreende a razão deste *luxo*. O amigo Enéas

Ferraz, jornalista, publica em *O País* longa crônica intitulada "A morte do mestre", descrevendo o cortejo:

> Ao longo das ruas suburbanas de dentro dos jardins modestos, às esquinas, à porta dos botequins, surgia, a cada momento, toda uma *foule* anônima e vária que se ia incorporando atrás do seu caixão, silenciosamente. Eram pretos em mangas de camisa, rapazes estudantes, um bando de crianças da vizinhança (muitos eram afilhados do escritor), comerciantes do bairro, carregadores em tamancos, empregados da estrada, botequineiros e até borrachos, com o rosto lavado em lágrimas, berrando, com o sentimentalismo assustado das crianças, o nome do companheiro de vício e de tantas horas silenciosas, vividas à mesa de todas essas tabernas...".[2]

Choravam, alguns talvez sem o saber, o grande cronista de suas vidas e de sua cidade.

[2] BARBOSA. Op. cit., 2002, p. 359.

BIBLIOGRAFIA

Obras Completas

Obras de Lima Barreto. BARBOSA, Francisco de Assis (org.). São Paulo: Brasiliense, 1956. 2ª ed. 1961. (Colaboração de Antônio Houaiss e M. Cavalcanti Proença.) Volumes: 1. *Recordações do Escrivão Isaías Caminha*. Romance. Pref. de Francisco de Assis Barbosa. 2. *Triste fim de Policarpo Quaresma*. Romance. Pref. de M. Oliveira Lima. 3. *Numa e a ninfa*. Romance. Pref. de João Ribeiro. 4. *Vida e morte de M. J. Gonzaga de Sá*. Romance. Pref. de Alceu Amoroso Lima (Tristão de Athayde). 5. *Clara dos Anjos*. Romance. Pref. de Sérgio Buarque de Holanda. 6. *Histórias e sonhos*. Contos. Pref. de Lúcia Miguel Pereira. 7. *Os bruzundangas*. Sátira. Pref. de Osmar Pimentel. 8. *Cousas do Reino do Jambom*. Sátira. Pref. de Olívio Montenegro. 9. *Bagatelas*. Artigos. Pref. de Astrojildo Pereira. 10. *Feiras e mafuás*. Artigos e crônicas. Pref. de Jackson de Figueiredo. 11. *Vida urbana*. Artigos e crônicas. Pref. de Antônio Houaiss. 12. *Marginália*. Artigos e crônicas. Pref. de Agripino Grieco. 13. *Impressões de leitura*. Crítica. Pref. de M. Cavalcanti Proença. 14. *Diário íntimo*. Memórias. Pref. de Gilberto Freyre. 15. *O cemitério dos vivos*. Memórias. Pref. de Eugênio Comes. 16. *Correspondência*. 1º tomo. Pref. de Antônio Noronha Santos. 17. *Correspondência*. 2º tomo. Pref. de B. Quadros.

O subterrâneo do Morro do Castelo: um folhetim de Lima Barreto. Organização de Beatriz Resende. Rio de Janeiro: Dantes, 1997.

Lima Barreto cronista

Bagatelas. Rio de Janeiro: Empresa de Romances Populares, 1923. 217 p.

Bagatelas. Prefácio de Astrojildo Pereira. São Paulo: Brasiliense, 1956. 324 p. (Obras de Lima Barreto, 9.)

Feiras e Mafuás. Rio de Janeiro: Mérito, 1953. 312 p.

Feiras e Mafuás: artigos e crônicas. Prefácio de Jackson de Figueiredo. São Paulo: Brasiliense, 1956. 314 p. (Obras de Lima Barreto, 10).

Marginália. Rio de Janeiro: Mérito, 1953. [Esta edição contém: I – *Marginália;* II – *Impressões de leitura*; III – *Mágoas e sonhos do povo*.]

Marginália: artigos e crônicas. Prefácio de Agripino Grieco. São Paulo: Brasiliense, 1956. 326 p. (Obras de Lima Barreto, 12.)

Cousas do Reino de Jambom: sátira e folclore. Prefácio Olívio Montenegro. São Paulo: Brasiliense, 1956. 320 p. (Obras de Lima Barreto, 8.)

Toda Crônica. Organização de Beatriz Resende e Rachel Valença. Rio de Janeiro: Agir, 2004.

BIBLIOGRAFIA SOBRE LIMA BARRETO

ANTÔNIO, João. *Calvário e porres do pingente Afonso Henriques de Lima Barreto*. Edição Ilustrada. Rio de Janeiro: Civilização Brasileira, 1977. 90 p., il. (Coleção Vera Cruz. Literatura Brasileira, 237.)

BARBOSA, Francisco de Assis. *Obras de Lima Barreto*, 17 volumes, edição em colaboração com Antônio Houaiss e M. Cavalcanti Proença. São Paulo: Brasiliense, 1956.

————. *Aldebarã ou A vida de Lima Barreto (1881-1922)*. 4. ed. Rio de Janeiro: Tecnoprint, 1967, 416 p., il. (Ed. de Ouro. Clássicos brasileiros.)

————. *A vida de Lima Barreto (1881-1922)*. Rio de Janeiro: J. Olympio, 1952. XVIII-406 p., Il. (Coleção Documentos Brasileiros, 70.)

————. *A vida de Lima Barreto (1881-1922)*. Prêmio Fábio Prado, 1952. 2. ed. rev. Rio de Janeiro: J. Olympio, 1959. XVIII, 411 p., il. (Coleção Vera Cruz, Literatura Brasileira, 79.)

————. *A vida de Lima Barreto (1881-1922)*. 3. ed. Rio de Janeiro: Civilização Brasileira, 1965. 387 p.

————. *A vida de Lima Barreto (1881-1922)*. 4. ed. Rio de Janeiro: Tecnoprint, 1967. 416 p.

———. *A vida de Lima Barreto (1881-1922)*. 5. ed. Rio de Janeiro: J. Olympio; Brasília: INL, 1975. XVI-412 p., il. (Coleção Documentos Brasileiros, 70.)

———. *A vida de Lima Barreto (1881-1922)*. 6. ed. Rio de Janeiro: J. Olympio; Brasília: INL, 1981. XVI-412 p., il. (Coleção Documentos Brasileiros, 70. Centenário de Nascimento de Lima Barreto.)

———. *A vida de Lima Barreto (1881-1922)*. 7. ed. Belo Horizonte: Itatiaia; São Paulo: USP, 1988 (Reconquista do Brasil, 2. ser., 140.)

———. *A vida de Lima Barreto (188-1922)*. 8. ed. Revista e com notas de Beatriz Resende. Rio de Janeiro: José Olympio, 2002.

BEIGUELMAN, Paula. *Por que Lima Barreto?* São Paulo: Brasiliense, 1981. 106 p., il.

BIBLIOTECA NACIONAL (Brasil). "Lima Barreto: 1881-1922". Catálogo da exposição comemorativa do Centenário de Nascimento. Organização Seção de Promoções Culturais. Apresentação Plínio Doyle. Prefácio Francisco de Assis Barbosa. Rio de Janeiro, 1981.

BOSI, Alfredo. "As letras na Primeira República. O Brasil republicano", t. 3. Sociedades e instituições (1889-1930), pt. 2. *In*: FAUSTO, Boris (Dir.), *História geral da civilização brasileira. Período republicano*. São Paulo: Difel, 1977, v. 9. p. 307-310.

———. "Lima Barreto e Graça Aranha". *In*: *O pré-modernismo*. São Paulo: Cultrix, 1967. p. 93-104 (Roteiro das grandes literaturas. A literatura brasileira, 5.)

BRAYNER, Sonia. "Lima Barreto: mostrar ou significar?" *In*: *Labirinto do espaço romanesco:* tradição e renovação da literatura brasileira: 1880-1920. Rio de Janeiro: Civilização Brasileira; Brasília: INL, 1979. p. 145-176.

CANDIDO, Antonio. "Os olhos, o barco e o espelho". *In*: *A educação pela noite e outros ensaios*. São Paulo: Ática, 1987. p. 39-50.

COUTINHO, Carlos Nélson. "O intimismo deslocado à sombra do poder". *Cadernos de Debates*, São Paulo, nº 1, 1975.

———. "O significado de Lima Barreto na literatura brasileira". *In*: COUTINHO, Carlos Nélson *et al*. *Realismo e anti-realismo na literatura brasileira*. Rio de Janeiro: Paz e Terra, 1974. p. 1-56.

CURY, Maria Zilda Ferreira. *Um mulato no Reino de Jambom (as classes sociais na obra de Lima Barreto)*. Apres. de Maria Luíza Ramos. São Paulo: Correz, 1981. 198 p.

FIGUEIREDO, Carmem Lúcia Negreiros de. *Lima Barreto e o fim do sonho republicano*. Rio de Janeiro: Tempo Brasileiro, 1995. 136 p.

———. *Trincheiras de sonho:* ficção e cultura em Lima Barreto. Rio de Janeiro: Tempo Brasileiro, 1998.

LINS, Osman. *Lima Barreto e o espaço romanesco*. São Paulo: Ática, 1976. 154 p.

OAKLEY, R. J. *The Case of Lima Barreto and Realism in the Brazilian Belle-Époque*. Lewiston, Queenston, Lampeter (Reino Unido): The Edwin Mellen Press, 1998.

PRADO, Antônio Arnoni. *Lima Barreto:* o crítico e a crise. Rio de Janeiro: Cátedra; Brasília: INL, 1976. 123 p.

RESENDE, Beatriz. *Lima Barreto:* crítico da modernidade. Rio de Janeiro: UFRJ, 1979. Mimeo. Rio de Janeiro: Universidade Federal do Rio de Janeiro, 1979.

———. "Lima Barreto: a opção pela marginália". *In*: SCHWARZ, Roberto (Org.) *Os pobres na literatura*. São Paulo: Brasiliense, 1983.

———. *Lima Barreto e o Rio de Janeiro em fragmentos.* Rio de Janeiro: UFRJ, 1993.

SANTIAGO, Silviano. "Uma ferroada no peito do pé (dupla leitura de *Triste fim de Policarpo Quaresma*)". *In: Vale quanto pesa.* Rio de Janeiro: Paz e Terra, 1982. p. 163-181.

SANTOS, Afonso Carlos Marques dos (Org.). *O Rio de Janeiro de Lima Barreto.* Rio de Janeiro: RioArte, 1982. 2 volumes.

SEVCENKO, Nicolau. *Literatura como missão:* tensões sociais e criação cultural na Primeira República. São Paulo: Brasiliense, 1983. p. 257.

VASCONCELOS, Eliane. *Entre a agulha e a caneta:* uma leitura da obra de Lima Barreto. Rio de Janeiro: Lacerda, 1999.

VECCHIO, Roberto. *L'estetica della ribellione; la letteratura militante di Lima Barreto.* Itália: Panglosss Cultura, 1994.

Beatriz Resende, nascida no Rio de Janeiro, é professora da Escola de Teatro da UNIRIO, pesquisadora do Programa Avançado de Cultura Contemporânea PACC/ UFRJ, onde edita a Revista Eletrônica Z (*www.ufrj.br/pacc/z*) e coordena a Biblioteca Virtual de Literatura, e do CNPq. Foi pesquisadora visitante da Università degli Studi di Roma – La Sapienza, da Università degli Studi della Tuscia (Viterbo), da Facultad de Artes y Letras e da Casa das Americas, em Havana. Foi curadora da exposição "Cronistas do Rio" no Centro Cultural Banco do Brasil. É autora de *Apontamentos de crítica cultural* (Rio de Janeiro: Aeroplano/DNL, 2002), *Cronistas do Rio* (Rio de Janeiro: José Olympio, 1995), *Lima Barreto e o Rio de Janeiro em fragmentos* (Rio de Janeiro: Editora UFRJ/ Unicamp, 1993) e *Quase catálogo:* a telenovela no Rio de Janeiro 1950-1963 (Rio de Janeiro: CIEC/ECO/UFRJ, 1991). Escreve regularmente para suplementos literários do Rio de Janeiro e de São Paulo.

ÍNDICE

REFORMAS URBANAS

MULHERES

VIDA LITERÁRIA

LUTAS POLÍTICAS

COLEÇÃO MELHORES CONTOS

Aníbal Machado
Seleção e prefácio de Antonio Dimas

Lygia Fagundes Telles
Seleção e prefácio de Eduardo Portella

Breno Accioly
Seleção e prefácio de Ricardo Ramos

Marques Rebelo
Seleção e prefácio de Ary Quintella

Moacyr Scliar
Seleção e prefácio de Regina Zilbermann

Machado de Assis
Seleção e prefácio de Domício Proença Filho

Herberto Sales
Seleção e prefácio de Judith Grossmann

Rubem Braga
Seleção e prefácio de Davi Arrigucci Jr.

Lima Barreto
Seleção e prefácio de Francisco de Assis Barbosa

João Antônio
Seleção e prefácio de Antônio Hohlfeldt

Eça de Queirós
Seleção e prefácio de Herberto Sales

Mário de Andrade
Seleção e prefácio de Telê Ancona Lopez

Luiz Vilela
Seleção e prefácio de Wilson Martins

J. J. Veiga
Seleção e prefácio de J. Aderaldo Castello

João do Rio
Seleção e prefácio de Helena Parente Cunha

Ignácio de Loyola Brandão
Seleção e prefácio de Deonísio da Silva

Lêdo Ivo
Seleção e prefácio de Afrânio Coutinho

Ricardo Ramos
Seleção e prefácio de Bella Jozef

Marcos Rey
Seleção e prefácio de Fábio Lucas

Simões Lopes Neto
Seleção e prefácio de Dionísio Toledo

Hermilo Borba Filho
Seleção e prefácio de Silvio Roberto de Oliveira

Bernardo Élis
Seleção e prefácio de Gilberto Mendonça Teles

Autran Dourado
Seleção e prefácio de João Luiz Lafetá

Joel Silveira
Seleção e prefácio de Lêdo Ivo

João Alphonsus
Seleção e prefácio de Afonso Henriques Neto

Artur Azevedo
Seleção e prefácio de Antonio Martins de Araujo

Ribeiro Couto
Seleção e prefácio de Alberto Venancio Filho

Osman Lins
Seleção e prefácio de Sandra Nitrini

Orígenes Lessa
Seleção e prefácio de Glória Pondé

Domingos Pellegrini
Seleção e prefácio de Miguel Sanches Neto

Caio Fernando Abreu
Seleção e prefácio de Marcelo Secron Bessa

Edla van Steen
Seleção e prefácio de Antonio Carlos Secchin

Fausto Wolff
Seleção e prefácio de André Seffrin

Aurélio Buarque de Holanda
Seleção e prefácio de Luciano Rosa

Aluísio Azevedo
Seleção e prefácio de Ubiratan Machado

Salim Miguel
Seleção e prefácio de Regina Dalcastagnè

Ary Quintella
Seleção e prefácio de Monica Rector

*Hélio Pólvora**
Seleção e prefácio de André Seffrin

*Walmir Ayala**
Seleção e prefácio de Maria da Glória Bordini

*Humberto de Campos**
Seleção e prefácio de Evanildo Bechara

**PRELO*

COLEÇÃO MELHORES POEMAS

Castro Alves
Seleção e prefácio de Lêdo Ivo

Lêdo Ivo
Seleção e prefácio de Sergio Alves Peixoto

Ferreira Gullar
Seleção e prefácio de Alfredo Bosi

Mario Quintana
Seleção e prefácio de Fausto Cunha

Carlos Pena Filho
Seleção e prefácio de Edilberto Coutinho

Tomás Antônio Gonzaga
Seleção e prefácio de Alexandre Eulalio

Manuel Bandeira
Seleção e prefácio de Francisco de Assis Barbosa

Cecília Meireles
Seleção e prefácio de Maria Fernanda

Carlos Nejar
Seleção e prefácio de Léo Gilson Ribeiro

Luís de Camões
Seleção e prefácio de Leodegário A. de Azevedo Filho

Gregório de Matos
Seleção e prefácio de Darcy Damasceno

Álvares de Azevedo
Seleção e prefácio de Antonio Candido

Mário Faustino
Seleção e prefácio de Benedito Nunes

Alphonsus de Guimaraens
Seleção e prefácio de Alphonsus de Guimaraens Filho

Olavo Bilac
Seleção e prefácio de Marisa Lajolo

João Cabral de Melo Neto
Seleção e prefácio de Antonio Carlos Secchin

Fernando Pessoa
Seleção e prefácio de Teresa Rita Lopes

Augusto dos Anjos
Seleção e prefácio de José Paulo Paes

Bocage
Seleção e prefácio de Cleonice Berardinelli

Mário de Andrade
Seleção e prefácio de Gilda de Mello e Souza

Paulo Mendes Campos
Seleção e prefácio de Guilhermino Cesar

Luís Delfino
Seleção e prefácio de Lauro Junkes

Gonçalves Dias
Seleção e prefácio de José Carlos Garbuglio

Haroldo de Campos
Seleção e prefácio de Inês Oseki-Dépré

Gilberto Mendonça Teles
Seleção e prefácio de Luiz Busatto

Guilherme de Almeida
Seleção e prefácio de Carlos Vogt

Jorge de Lima
Seleção e prefácio de Gilberto Mendonça Teles

Casimiro de Abreu
Seleção e prefácio de Rubem Braga

Murilo Mendes
Seleção e prefácio de Luciana Stegagno Picchio

Paulo Leminski
Seleção e prefácio de Fred Góes e Álvaro Marins

Raimundo Correia
Seleção e prefácio de Telenia Hill

Cruz e Sousa
Seleção e prefácio de Flávio Aguiar

Dante Milano
Seleção e prefácio de Ivan Junqueira

José Paulo Paes
Seleção e prefácio de Davi Arrigucci Jr.

Cláudio Manuel da Costa
Seleção e prefácio de Francisco Iglésias

Machado de Assis
Seleção e prefácio de Alexei Bueno

Henriqueta Lisboa
Seleção e prefácio de Fábio Lucas

Augusto Meyer
Seleção e prefácio de Tania Franco Carvalhal

Ribeiro Couto
Seleção e prefácio de José Almino

Raul de Leoni
Seleção e prefácio de Pedro Lyra

Alvarenga Peixoto
Seleção e prefácio de Antonio Arnoni Prado

Cassiano Ricardo
Seleção e prefácio de Luiza Franco Moreira

Bueno de Rivera
Seleção e prefácio de Affonso Romano de Sant'Anna

Ivan Junqueira
Seleção e prefácio de Ricardo Thomé

Cora Coralina
Seleção e prefácio de Darcy França Denófrio

Antero de Quental
Seleção e prefácio de Benjamin Abdalla Junior

Nauro Machado
Seleção e prefácio de Hildeberto Barbosa Filho

Fagundes Varela
Seleção e prefácio de Antonio Carlos Secchin

Cesário Verde
Seleção e prefácio de Leyla Perrone-Moisés

Florbela Espanca
Seleção e prefácio de Zina Bellodi

Vicente de Carvalho
Seleção e prefácio de Cláudio Murilo Leal

Patativa do Assaré
Seleção e prefácio de Cláudio Portella

Alberto da Costa e Silva
Seleção e prefácio de André Seffrin

Alberto de Oliveira
Seleção e prefácio de Sânzio de Azevedo

Walmir Ayala
Seleção e prefácio de Marco Lucchesi

Alphonsus de Guimaraens Filho
Seleção e prefácio de Afonso Henriques Neto

Menotti del Picchia
Seleção e prefácio de Rubens Eduardo Ferreira Frias

Álvaro Alves de Faria
Seleção e prefácio de Carlos Felipe Moisés

Sousândrade
Seleção e prefácio de Adriano Espínola

Lindolf Bell
Seleção e prefácio de Péricles Prade

Thiago de Mello
Seleção e prefácio de Marcos Frederico Krüger

Arnaldo Antunes
Seleção e prefácio de Noemi Jaffe

Armando Freitas Filho
Seleção e prefácio de Heloisa Buarque de Hollanda

Luiz de Miranda
Seleção e prefácio de Regina Zilbermann

Affonso Romano de Sant'anna
Seleção e prefácio de Miguel Sanches Neto

Mário de Sá-Carneiro
Seleção e prefácio de Lucila Nogueira

Augusto Frederico Schmidt
Seleção e prefácio de Ivan Marques

*Almeida Garret**
Seleção e prefácio de Izabel Leal

*Ruy Espinheira Filho**
Seleção e prefácio de Sérgio Martagão

**PRELO*